HEYNE

Das Buch
Das Leben der jungen Japanerin Jun läuft in geregelten Bahnen und auch die Beziehung zu ihrem Freund Seiji ist äußerst glücklich und harmonisch. Trotzdem ahnt die junge Frau, dass ein dunkles Geheimnis auf ihrer Vergangenheit lastet und ihre Eltern etwas verbergen. Als sie immer häufiger von einem fliegenden Falken träumt und sogar Ereignisse vorhersehen kann, beginnt Jun Fragen zu stellen. Der Schlüssel zu Juns Schicksal liegt in der Vergangenheit ihres Vaters. Schon bald kommt sie einem lang gehüteten Familiengeheimnis auf die Spur, das viele Jahre zurückreicht.

Die Autorin
Federica de Cesco, geboren in der Nähe von Venedig, wuchs mehrsprachig in verschiedenen Ländern der Welt auf. Nachdem sie bereits über 50 erfolgreiche Kinder- und Jugendbücher verfasst hatte, schrieb sie mit *Silbermuschel* ihren ersten Roman für erwachsene Leser, der sofort zum Bestseller wurde und dem weitere große Romane folgten. Federica de Cesco lebt mit ihrem Mann, dem japanischen Fotografen Kazuyuki Kitamura, in der Schweiz.

Lieferbare Titel
Im Herzen der Sahara – Fern von Tibet – Die goldenen Dächer von Lhasa – Weißer Kranich über Tibet – Das Gold der Azteken

FEDERICA DE CESCO
Die Schwingen des Falken

Roman

FSC
Mix
Produktgruppe aus vorbildlich
bewirtschafteten Wäldern und
anderen kontrollierten Herkünften

Zert.-Nr. SGS-COC-1940
www.fsc.org
© 1996 Forest Stewardship Council

Verlagsgruppe Random House FSC-DEU-0100
Das für dieses Buch verwendete FSC-zertifizierte Papier
München Super liefert Mochenwangen.

2. Auflage
Vollständige Taschenbuchausgabe 09/2007
Copyright © 2003 by Arena Verlag GmbH, Würzburg
Erstmalig erschienen 1991
bei Aare Verlag/Sauerländer AG, Aarau/Switzerland
Copyright © 2007 dieser Ausgabe
by Wilhelm Heyne Verlag, München,
in der Verlagsgruppe Random House GmbH
Printed in Germany 2007
Umschlagfotos: © W. Perry Conway / Corbis; Ray Juno / Corbi
Umschlaggestaltung: Hauptmann & Kompanie Werbeagentur,
München – Zürich
Satz: Buch-Werkstatt GmbH, Bad Aibling
Druck und Bindung: GGP Media GmbH, Pößneck
ISBN: 978-3-453-40503-5

www.heyne.de

Für Ken

1. KAPITEL

In diesem Frühjahr war es drückend schwül. Seit Anfang April hatten wir kaum einen kühlen Tag erlebt. »Die Erde wird wärmer«, »Treibhaus-Effekt«, seufzten die Menschen. In der Untergrundbahn surrte die Klimaanlage auf Hochtouren; ich hasste den kalten Luftstrom auf Kopf und Schultern. Jeden Morgen fuhr ich zur Stoßzeit zur Uni und war in den Menschenmassen eingepfercht. Zum Glück dauerte die Fahrt nur kurze Zeit. Knapp zwanzig Minuten später kam ich in Shinjuku an. Hier, im größten Bahnhof Japans, stiegen Tag für Tag über eine Million Pendler ein, aus und um. Die endlosen unterirdischen Gänge waren voller Menschen, die in alle Richtungen zu hasten schienen, die Stufen hinauf- und hinuntereilten und sich auf den Rolltreppen stauten. Zum Umsteigen marschierte ich eilig einen Gang entlang und keuchte zwei Treppen hinauf. Aber ob ich mich beeilte oder nicht, auf dem nächsten Bahnsteig standen die Menschen bereits Schlange, lasen dabei die Zeitung oder dösten vor sich hin. Auf die Minute genau fuhr der Zug ein. Abermals gab es ein Riesengeschubse und Gedränge. Einen Sitzplatz zu ergattern war hoffnungslos, doch zum Glück dauerte es bis zur Haltestelle Yotsuya, wo ich ausstieg, nur acht Minuten.

Bis zur Sophia-Universität, die ich seit April besuchte, waren es wiederum nur einige Minuten zu Fuß. Schon am

Bahnhof waren die hohen, ziemlich hässlichen Fakultätsgebäude zu sehen. Gefallen hatte mir sofort das Campusareal mit seinen ausgedehnten Rasenflächen unter hohen Bäumen.

Ich hatte begonnen Physik zu studieren. Mich interessierten die Erforschung der so genannten »leblosen« Materie und darüber hinaus alle Phänomene, die mit Dingen wie Bewusstsein und seelischen Strukturen zu tun haben. Eigentlich also Dinge, die in die Kompetenzbereiche der Psychologie und der Biologie fallen. Um diese neue Richtung aber einzuschlagen, musste ich mir zuerst ein Grundwissen aneignen. Allerdings bemerkte ich schon jetzt, dass mir die trockenen Wissenschaftsfächer Mühe bereiten würden, doch es gab für mich vorläufig nur diesen einen Weg. Die Sophia-Universität war von den Jesuiten gegründet worden und viele Vorlesungen wurden von katholischen Geistlichen gehalten. Die Studenten aber gehörten den verschiedensten Glaubensrichtungen an. In Tokio, wo es über achtzig Universitäten gibt, gilt die Sophia als besonders weltoffen und fortschrittlich. Viele international bekannte Künstler und Wissenschaftler waren hier eingeschrieben. Zudem galt es als schick, an der Sophia zu studieren, sonst hätte meine Mutter womöglich Einspruch erhoben und mein Vater wäre nicht in der Lage gewesen, ihr zu widersprechen. Die schriftliche und mündliche Aufnahmeprüfung waren nervenaufreibend gewesen. Ich hatte nächtelang gebüffelt und war sehr glücklich es gleich beim ersten Mal geschafft zu haben. Ich wollte nicht ein Jahr lang ein »Yobiko«, eine Vorbereitungsschule, besuchen müssen. Schon in den ersten Tagen des Studiums wurden mir die angenehmen Seiten des Studentenlebens klar. In der Schule galt es, dauernd zu pauken, zu büffeln und sich diszipliniert zu verhalten.

An der Uni hingegen ging alles viel lockerer zu. Jeder Student bekam einen Plan mit den Fächern, die er zu belegen hatte. Er konnte selbst entscheiden, ob er zu den Vorlesungen gehen wollte. Klar musste man sich zwischendurch sehen lassen und die vorgedruckten Karten ausfüllen, die vor jeder Stunde als Anwesenheitsbeweis eingesammelt wurden. Aber die konnte man zur Not auch von einem Freund oder einer Freundin ausfüllen lassen. Ob man lernte oder nicht, hing vom eigenen Willen ab. Nach vier Jahren hatte man in Semesterprüfungen und schriftlichen Hausaufgaben eine Anzahl Punkte gesammelt, die durch eine Abschlussprüfung ergänzt wurden. Es gab kaum einen Studenten, der das nicht schaffte.

In den zwei Wochen, in denen ich hier studierte, hatte ich erst wenige Studenten kennen gelernt. Meine früheren Mitschüler waren in alle Winde zerstreut. Yukiko, meine langjährige beste Freundin, war im Januar mit ihren Eltern fünfhundert Kilometer weiter nach Osaka gezogen. Wir schickten uns zwar noch Briefe und telefonierten oft, aber ich merkte, dass wir uns nicht mehr viel zu sagen hatten. Ich war etwas traurig, doch ich wusste gleichzeitig, dass für uns beide ein neuer Lebensabschnitt begonnen hatte.

Auch an diesem Morgen war der Himmel von milchigem Blau; es würde ein warmer Tag werden. Beim Gehen hob der Wind mein wippendes Haar, das ich wie die meisten jungen Japanerinnen täglich wusch und fönte. Ich trug es offen. Eine bunte Spange hielt eine Strähne fest, die mir ins Gesicht fiel, sobald ich den Kopf senkte. Ich hatte weiße Jeans und ein marineblaues T-Shirt an. Die Bücher trug ich in meinem Rucksack aus blauem Tuch. Ich ging mit raschen Schritten. Die Schuldisziplin saß mir noch in den Knochen. Jeden Morgen plagte mich die Angst, zu spät zu kommen, obwohl ich inzwischen festgestellt hatte, dass die Vorlesungen selten auf die Minute genau begannen. Ziemlich außer Atem erreichte ich das Fakultätsgebäude am anderen Ende des Campus. Die Studenten lachten und diskutierten in kleinen Gruppen vor dem Haupteingang oder drängten sich in der Halle vor dem Aufzug. Ich blickte in die mir zumeist unbekannten Gesichter und winkte einigen Studentinnen zu.

Die Morgensonne schien hell in den Hörsaal, die Klimaanlage lief bereits auf vollen Touren. Viele Studenten – wie ich vom Pünktlichkeitsfieber befallen – saßen bereits an ihren Plätzen. Die meisten trugen die weißen, engen Jeans, die in diesem Frühjahr Mode waren. Dazu führte man T-Shirts mit Phantasiewappen oder Goldstickereien spazieren und jeder wollte die witzigsten Turnschuhe haben. Meine waren rosa mit bunten Quasten an den Bändern.

Während ich mich nach einem freien Platz umsah, fiel mein Blick auf ein Mädchen, das zufällig im selben Moment wie ich in den Hörsaal trat. Ich sah sie zum ersten Mal. Sie war fast einen Kopf größer als ich und fest gebaut. Ihr kurzes kastanienbraunes Haar kam mir ungepflegt vor. Sie sah fremdländisch aus. Trotzdem hatte ihr Gesicht etwas Japanisches, doch ich hätte nicht sagen können, woran es lag – vielleicht der volle Mund oder dass die Augen leicht schräg standen. Ihre Jeans waren nicht weiß, sondern blau und verwaschen. Dazu trug sie ein fast knielanges, unförmiges T-Shirt. Auch hatte sie nicht den üblichen Rucksack bei sich, sondern eine schäbige braune Ledermappe, die sie mit beiden Armen an sich drückte, als müsste sie sich daran festklammern. Rascher Atem hob und senkte ihre Brust. Als unsere Augen sich trafen, zuckten ihre Lippen. Sie schien gegen die eigene Verlegenheit zu kämpfen. Ihre mühsam herausgepresste Frage jedoch klang für japanische Begriffe höchst unwirsch:

»Hält Professor Mori seine Vorlesung hier?«

Selbst während des Sprechens mahlte sie einen Kaugummi zwischen den Zähnen. Ich erwiderte verstört ihren Blick. In ihrem Gesicht lag, hinter der provozierenden Art, die Augen und den Mund zu bewegen, etwas Zaghaftes, ja Ängstliches. Sogar ihre Unhöflichkeit hatte etwas seltsam Entwaffnendes an sich. Abgesehen von der abgehackten Sprechweise, war ihr Japanisch völlig korrekt. Alles an ihr wirkte derart widersprüchlich, dass ich lächeln musste.

»Die Vorlesung findet hier statt«, antwortete ich und setzte mich.

Sie nahm neben mir Platz.

»Mori-Sensei kommt jedes Mal zu spät«, fuhr ich fort, »weil er so zerstreut ist. Er verirrt sich in den Gängen oder steigt in den falschen Aufzug.«

Eine Japanerin hätte gelacht oder wenigstens gelächelt. Sie jedoch verzog keine Miene, sondern erwiderte nur achselzuckend: »Na ja, umso besser.« Ihre Augen glitten über mich hinweg und sahen zur anderen Seite, als wäre ich Luft.

Jetzt war meine Neugierde geweckt. »Woher kommst du?«, fragte ich.

Ihre Augen, grün und kühl, zuckten zu mir zurück. »Aus Deutschland«, erwiderte sie knapp.

»Lebst du schon lange in Tokio?«

»Seit zwei Monaten.«

Um nicht zudringlich zu erscheinen, sagte ich: »Du sprichst ausgezeichnet Japanisch.«

»Mein Vater ist Japaner«, entgegnete sie. »Er wurde von seiner Firma nach Tokio zurückberufen. Deswegen musste ich weg aus Schwäbisch Hall. Mir passt das gar nicht. Aber ich wurde natürlich nicht gefragt«, setzte sie mürrisch hinzu.

»Gefällt es dir hier nicht?«

Sie schüttelte den Kopf. »Überhaupt nicht! Ich finde die Menschen total bescheuert. Immer, wenn man offen mit ihnen redet, krebsen sie zurück, als habe man ihnen auf die Füße getreten.«

Ihre Schroffheit war verwirrend und ich fragte mich, ob sie vielleicht nur gespielt war.

»Ich heiße Jun«, stellte ich mich vor. »Jun Hatta.«

»Ich bin Nina Kobayashi«, brummte das Mädchen kauend, als ein kleiner, bebrillter Mann mit einem Papierstoß unter dem Arm in den Hörsaal hastete.

»Da kommt er!«, flüsterte ich.

Sie hob die Brauen. »Wer?«

»Mori-Sensei!«

Professor Mori, der aussah, als würde er an einer Zitrone lutschen, eilte schnaufend an uns vorbei zum Katheder, zog ein blütenweißes Taschentuch aus der Tasche und wischte sich den Schweiß von der Stirn. Dabei entglitt ihm der Papierstoß und fiel zu Boden. Ein Mädchen aus der ersten Reihe sammelte die Blätter auf und reichte sie ihm mit einer tiefen Verbeugung. Mori-Sensei erwiderte die Verbeugung, während er sich immer noch die nasse Stirn betupfte, und ließ den Papierstoß zum zweiten Mal fallen. Der ganze Hörsaal amüsierte sich. Das Mädchen hob die Papiere erneut auf und verbeugte sich abermals. Darauf ging sie an ihren Platz zurück und dabei sah jeder, dass sie nur mühsam einen Lachkrampf unterdrückte.

»So ein Trottel«, knurrte Nina.

»Er ist immer so«, hauchte ich.

Endlich begann Mori-Sensei seine Vorlesung und sofort senkte sich Schweigen über die Reihen der Studenten. Mori-Sensei sprach mit angenehmer Stimme, sachkundig, genau und überzeugend. Er erörterte uns in der Vorlesung subatomare Phänomene und man hätte eine Fliege summen gehört. Es war nicht nur ein höfliches Schweigen, sondern ein konzentriertes Zuhören. Mori-Sensei mochte zerstreut und nicht unbedingt Ehrfurcht einflößend aussehen, ein bedeutender Professor war er zweifellos. »Ein komischer Kauz«, meinte Nina, als wir uns nach der Vorlesung aus dem Hörsaal drängten. Wieder hielt sie ihre Mappe krampfhaft an sich gedrückt, aber ihr Ausdruck war jetzt entspannter. »Ich bin heute zum ersten Mal hier«, setzte sie hinzu, »und hatte mir eigentlich alles viel schwieriger vorgestellt.«

»Wo hast du deine Prüfung gemacht?«

»In Deutschland. Ich habe eine japanische Nachhilfeschule besucht.«

Ich nickte. Ja, ich wusste Bescheid. Von diesen Instituten, »Yuku« genannt, gab es in Japan eine Menge. Und die bekanntesten unterhielten Filialen im Ausland, damit den Kindern von japanischen Eltern die Wiedereingewöhnung in der Heimat erleichtert wurde. Der

Stoff, der in diesen Filialen unterrichtet wurde, war der gleiche wie hier.

»Die Yuku in Deutschland war schlimm«, seufzte Nina. »Ein richtiges Paukseminar. Die verlangten sogar eine Aufnahmeprüfung. Ist doch schwachsinnig«, setzte sie finster hinzu, »wenn man eine Prüfung für die Vorbereitung zu einer Prüfung ablegen muss. Ich habe es jedenfalls gerade noch so geschafft.«

Ich lächelte ihr zu. Sie erwiderte meinen Blick, ohne dass sich ein Muskel in ihrem Gesicht bewegte. Ihre Art, mich anzustarren, wirkte wirklich befremdend. In Japan gilt es als unhöflich, seine Mitmenschen anzuglotzen. Offenbar fand in Deutschland niemand etwas dabei.

Ich fuhr fort, mir Gedanken über sie zu machen. Irgendwie mochte ich sie, obwohl ich keine Ahnung hatte, warum. Vielleicht war ich nur neugierig. »Wollen wir einen Kaffee trinken?«, schlug ich vor.

Sie nickte kauend. Wir gingen in die Kantine; um diese Zeit waren noch nicht viele Studenten da. Wir nahmen ein Tablett und holten uns einen Kaffee. Kaum saßen wir, lehnte sich Nina zurück, schob die Hände in die Jeanstaschen und fuhr fort mich anzustarren. Sie schien sich nichts dabei zu denken, Aber ich verstand durchaus, dass sich manche Japaner daran stören konnten. Es sah so unverfroren aus. Sie schwieg immer noch.

Plötzlich glaubte ich zu wissen, dass sie schüchtern war. Im Allgemeinen sind japanische Mädchen sehr selbstbewusst. Sie werden nur zur Zurückhaltung erzogen. Denn nach dem japanischen Selbstverständnis werden die zwischenmenschlichen Beziehungen vom Streben nach Harmonie geprägt und deshalb vermeidet jeder sein Gegenüber durch aufdringliche Fragen oder Blicke zu verletzen. Doch Nina schien dieses Spiel nicht zu durchschauen. Auf einmal tat sie mir leid.

Um ihr die Befangenheit zu nehmen, stellte ich die erste Frage, die mir in den Sinn kam. »Bist du in Deutschland geboren?«

Immer noch dieser starre Blick, der kauende Mund, aber sie nickte und erzählte ziemlich bereitwillig. Ihr Vater war von seiner Firma ins Ausland geschickt worden und hatte sich schon im ersten Jahr mit einer Deutschen verheiratet.

»Ich war sechzehn Jahre lang Einzelkind. Jetzt habe ich noch eine kleine Schwester. Sie heißt Erika und sieht völlig japanisch aus. Daneben komme ich mir wie ein Brontosaurier vor. Groß, dick und gefräßig.«

Ich musste lachen.

»So schlimm ist es nun auch wieder nicht!«

Endlich nahm sie ihren Kaugummi aus dem Mund und spuckte ihn in ein Papiertaschentuch, das sie in den Aschenbecher stopfte. »Ich möchte wieder nach Deutschland zurück. Lieber heute als morgen. Da falle ich wenigstens nicht auf. Aber mach das mal meinen Eltern klar! Vater wusste schon lange, dass er eines Tages wieder nach Tokio musste. Deswegen hat er mich aus der Schule genommen und in dieses verdammte Paukseminar gesteckt. Da war ich nur mit Japanern zusammen. Alle zierlich und schlank. Und dazwischen ich wie ein Urwaldtier. Außerdem war mein Japanisch eine Katastrophe. Mit meiner Mutter und den Großeltern hatte ich nur Deutsch geredet. Aber mein Vater hatte mir ein Pferd versprochen.«

Ich starrte sie an. »Wieso gerade ein Pferd?«

Sie kaute an ihren Fingernägeln. Ich war ziemlich schockiert; japanische Mädchen legen viel Wert auf gepflegte Hände.

»Ich reite wahnsinnig gerne«, sagte Nina, »und ich wollte schon immer ein eigenes Pferd. Mein Vater sagte: ›Wenn du die Prüfung bestehst, bekommst du eins.‹ Ich habe mich fast zu Tode geschuftet und es im ersten Anlauf geschafft. Eine Woche später hatte ich mein Pferd, eine arabische Halbblutstute. Sie war schon vierzehn Jahre alt und kurz davor von einem Idioten angefahren worden. Sie konnte deshalb keine Rennen mehr bestreiten und war billig zu haben. Sie hieß Suleika. Wir gaben sie bei einem Bauern in Pension. Ich fuhr täglich mit dem Fahrrad hin. Vier Kilometer strampeln, ausreiten, striegeln, Stall ausmisten. Und nachher denselben Weg zurück, selbst wenn es Bindfäden regnete. Und dazwischen die Scheißschule. Aber ich war zufrieden.« Sie warf ein Stück Zucker in den Kaffee, rührte um und trank einen Schluck. Ihr Gesicht verzog sich. »Der Kaffee schmeckt scheußlich, genau wie in Schweden. Das reinste Spülwasser!« Sie nahm einen zweiten Schluck.

»Klar wusste ich, dass mein Vater früher oder später nach Tokio zurückmusste. Aber ich redete mir ein, das käme erst später, wenn ich schon einen Beruf hätte und in Deutschland bleiben könnte.«

»Warst du vorher nie in Japan?«

»Doch, aber nur in den Sommerferien. Diese Hitze! Und immer, wenn das Flugzeug landete, goss es in Strömen. Ich dachte, ich werde verrückt, wenn ich hier leben muss. Alles kam mir eng und klein und niedrig vor und ich stand da und platzte aus den Nähten.«

Sie schaute zur Seite und blähte zornig die Nüstern. Ich musste das Lachen unterdrücken; sie sah selbst wie ein mutwilliges Fohlen aus.

»Auf einmal ging alles sehr schnell«, fuhr Nina fort. »Wir hatte genau einen Monat Zeit, um den Haushalt aufzulösen, die Wohnung zu kündigen und alles einzupacken.«

»Und dein Pferd?«, fragte ich.

»Suleika?« Sie stellte ihre Tasse hart auf den Teller. »Die hat der Bauer behalten. Er versprach, gut für sie zu sorgen, aber ich traue ihm nicht. Sie kann ja nicht einmal mehr Fohlen werfen. Meine Mutter hat gesagt: ›Nun warte doch ab, du kannst sicherlich auch in Tokio reiten.‹ Wo? Zwischen den Hochhäusern? Ich bin doch nicht verrückt! Im nächsten Jahr, in den Ferien, fahren wir wieder nach Schwäbisch Hall. In diesem Jahr geht es nicht, weil der Umzug eine Menge gekostet hat. Ob Suleika dann noch lebt? Ich will lieber nicht daran denken.« Sie zeigte grimmig die Zähne. »Mein Vater hat übrigens auch seine Mühe hier, er hat deutsche Gewohnheiten angenommen. So will er keine Überstunden machen und Golf spielen kann er auch nicht. Und jetzt sitzen wir hier fest. Für mindestens fünf Jahre.«

Ihre Hände sahen schrecklich aus. Die Nägel waren abgeknabbert, die kleinen Häutchen eingerissen. Keine Japanerin würde sich so ungepflegt zeigen. Aber Nina hatte eine schöne Haut, hellbraun und rosa wie ein reifer Pfirsich.

»Und du?«, wollte sie wissen. »Lebst du schon lange hier?«

Ich nickte. »Ja, ich bin aus Tokio. Meine Mutter ist eine Edoko.«

Sie machte ein zustimmendes Zeichen. Ich war überrascht, dass sie diesen Ausdruck kannte. Edoko – wörtlich: ein »Kind von Edo« – bedeutet, dass die Familie seit mindestens dreihundert Jahren in der Hauptstadt, die früher Edo hieß, ansässig ist.

»Und dein Vater?«

Ich lächelte. »Der stammt aus Kanada.«

Ein Schimmer von Interesse leuchtete in ihren Augen auf. »Ist er Kanadier?«

»Er hat einen kanadischen Pass. Aber er ist Japaner, ein ›Nikkei‹.«

»Ach so.«

Auch dieser Ausdruck war Nina also vertraut. Nikkei heißt »dritte Generation« und bezieht sich auf die Nachkommen japanischer Auswanderer. Ich erzählte Nina, dass die Großeltern meines Vaters in den frühen zwanziger Jahren nach Kanada ausgewandert seien. Damals war Japan ein armes Land. Die Feudalzeit war im 19. Jahrhundert aufgehoben worden. Wir mussten uns gegen das Vordringen Europas und der Vereinigten Staaten wehren. Die neue Epoche, Meiji-Ära genannt, stand ganz im Zeichen der Industrialisierung. Auch Japans Militarisierung nahm ständig zu, wobei dies – trotz allen daraus entstandenen Übeln – das Land vor den Zugriffen der westlichen Kolonialmächte erfolgreich bewahrte. Ich wollte eben noch weiter ausholen, aber Nina schnitt mir verdrossen das Wort ab.

»Hör auf damit, das weiß ich doch alles von der Schule her. Komm zur Sache!«

Kein Wunder, dass sie mit Japanern schlecht auskam! Sie merkte nicht, wie taktlos sie war. Sie kann ja nichts dafür, dachte ich und erzählte weiter, als sei nichts gewesen. »In jener Zeit veränderte sich die japanische Gesellschaft: Viele ehemals wohlhabende Familien verarmten. Nach mehreren vergeblichen Versuchen, sich den neuen Verhältnissen anzupassen, entschlossen sich meine Urgroßeltern zur Auswanderung. Und so wurde mein Großvater in Kanada geboren.«

»Hast du ihn noch gekannt?«

Ich schüttelte den Kopf. »Nein. Er starb einige Jahre nach dem Zweiten Weltkrieg an Tuberkulose. Mein Vater hatte seine Mutter ebenfalls verloren, als er noch klein war. Eine Tante nahm ihn bei sich auf und er kam als Zwanzigjähriger zum ersten Mal nach Japan.«

Nina kaute an ihren Nägeln. »Das war eine ziemliche Umstellung, nehme ich an. Warum ist er nicht in Kanada geblieben?«

Ich wich der Frage aus. Mir war plötzlich bewusst geworden, dass ich Nina Dinge erzählte, die sie eigentlich nichts angingen. »Ach, er hat Freunde kennen gelernt und später einen Verlag für englische Literatur gegründet.«

Nina nickte vor sich hin. »Wahrscheinlich ging ihm seine Tante auf die Nerven. Ich habe eine in Düsseldorf, eine richtige Ziege! Wenn ich mir vorstelle, dass ich bei der wohnen müsste.«

Sie mimte abwehrendes Schaudern und zog dabei die Nase kraus. Das sah so komisch aus, dass ich kichern musste.

»Ich glaube, Tante Chiyo war nicht einfach. Aber mein Vater redet selten darüber.«

Ich stockte und fragte mich plötzlich, warum ich dieser Fremden so viel erzählte. Mit anderen Mädchen unterhielt ich mich über Mode, Filme, Fernsehsendungen und Jungen; meist oberflächliches Zeug. Wir redeten über den Unterricht und über die Lehrer, manchmal sogar über Umweltfragen und Politik, aber in persönlichen Dingen war ich stets zurückhaltend gewesen. Mit Nina war das anders. Vielleicht, weil wir so verschieden waren. Ich fühlte, dass sie hinter ihrer provozierenden Art einsam war.

Unwillkürlich lächelte ich sie an, wobei ich ihre Augen beobachtete. Groß, sich nach außen hin leicht verengend, von einem durchsichtigen Grün, empfand ich sie als das eigentlich Schöne an diesem Mädchen, zumindest dann, wenn eine versteckte Erregung sie aufleuchten ließ wie eben jetzt.

»Ach Gott«, stieß sie hervor, »bin ich froh, dass du da bist. Manchmal halte ich es nicht mehr aus. Mit dir kann ich wenigstens reden. Wenn das nur so bleiben könnte.«

Sie lächelte zum ersten Mal. Es war ein scheues Lächeln, das auf Freundschaft hoffte. Doch, sie gefiel mir. Und was sie gesagt hatte, traf auch für mich zu: Ich konnte mit ihr reden, viel besser als mit anderen. Warum nur?, überlegte ich und fand keine Antwort.

2. KAPITEL

Am Nachmittag hatte ich Sportunterricht. An der Uni gab es zwar jede Menge Sportklubs, ich aber lernte in einer Privatschule Bogenschießen. Diese Kunst dient keinem nützlichen Zweck, sie wird nicht einmal zum Vergnügen ausgeübt, sondern sie gehört zu den klassischen japanischen Disziplinen. Meiner Mutter wäre es zwar lieber gewesen, wenn ich mich mit Blumenstecken oder Schönschrift beschäftigt hätte; sie sah jedoch ein, dass meine Neigungen anders lagen. Ich war sportlich begabt, spielte gut Basketball und Tennis. Aber vom Bogenschießen träumte ich schon lange. Bereits als Zehnjährige hatte ich mir selber Pfeil und Bogen geschnitzt und – zum Schrecken meiner Mutter – im Garten damit geübt.

Immerhin war das Bogenschießen eine alte Tradition, von Männern und von Frauen ausgeübt. Meinem Wunsch wurde deshalb schließlich stattgegeben. Doch meine Mutter wollte nicht, dass mir das Bogenschießen in irgendeinem Sportklub beigebracht wurde. Und nach längerem Suchen machte sie eine Lehrerin ausfindig, die als Meisterin in ihrem Fach galt. Ich war elf, als ich Midori-Sensei vorgestellt wurde. Die Ehrfurcht, mit der ich ihr begegnete, werde ich mein Leben lang nicht vergessen. Doch Midori-Sensei gab sich völlig ungezwungen. Sie zeigte mir zunächst einige Bögen und erklärte mir ihren Bau. Ich erfuhr, dass sie vornehmlich aus Bambus hergestellt wurden. Er gab dem Bogen seine außergewöhnliche Spannkraft. Midori-Sensei machte mich auf die edle Form des fast zwei Meter langen Bogens aufmerksam, die dieser annimmt, sobald die Bogensehne eingehängt ist. Allerdings waren solche Bögen für Erwachsene, für Kinder wurden speziell kleine gebaut. Ich war inzwischen so dreist, der Meisterin einige Fragen zu stellen. Fragen übrigens, die nur die Handhabung betrafen. Aber meine Mutter war entsetzt, denn ihr selbst spukten noch alte Sprüche im Kopf herum wie »Tritt nicht einmal auf den Schatten deiner Lehrer, sondern gehe drei Schritte hinter ihnen her«. Umso erstaunter war sie, als Midori-Sensei meine Fragen nicht nur freundlich und sehr genau beantwortete, sondern sich auch bereit erklärte, mich als Schülerin zu unterrichten. Erst viel später wurde mir klar, dass mich die Meisterin, ohne es sich anmerken zu lassen, einer Prüfung unterzogen hatte. Sie war offenbar zu ihrer Zufriedenheit ausgefallen.

Meine Meisterin wohnte in Ueno, einem traditionsreichen Viertel im Norden Tokios. Neben hässlichen Bauten aus den sechziger und siebziger Jahren standen dort noch alte Tempelschreine und einige wenige Holzhäuser, die das Erdbeben von 1923 und die Luftangriffe im Zweiten Weltkrieg überstanden hatten. Midori-Sensei bewohnte ein solches fast siebzigjähriges Haus, das inzwischen unter Denkmalschutz gestellt worden war.

Um zum Eingang zu gelangen, stieß ich ein kleines Holztor auf und ging ein paar Schritte über einen gewundenen Kiesweg. Neben zwei knorrigen Zwergkiefern war ein uralter, abgeschliffener Steinblock in den moosigen Boden gerammt. Seine obere Fläche war ausgehöhlt, sie hatte einst dazu gedient, das Regenwasser für die Teezeremonie aufzufangen. Heute aber war das dreckige Regenwasser unbrauchbar; der Schöpflöffel aus Bambus, der auf dem Rand lag, war nur noch Dekoration.

Die Tür besaß keine Klingel. Ich stieg die zwei Steinstufen empor und klopfte. Nach einer Weile hörte ich ein Schlurfen. Haru-San, die Haushälterin, öffnete. Ich hatte erfahren, dass Haru-San die Milchschwester meiner Meisterin war und sie seit ihrer Kindheit nie verlassen hatte. Midori-Sensei war früher einmal verheiratet gewesen, doch ihr Mann war im Krieg gefallen. Kinder hatte sie keine und eine neue Ehe war sie auch nicht eingegangen. Dass sie bereits über siebzig war, hätte ich nie für möglich gehalten, wenn sie mir es nicht selber bestätigt hätte.

Haru-San begrüßte mich auf altmodische Art; sie hockte sich auf die Fersen und senkte ihren Oberkörper wiederholt zur Verbeugung. Ihre Augen lächelten dabei verschmitzt, ihr rundliches Gesicht ähnelte einem vertrockneten Apfel. Ihr breites Lächeln entblößte die unregelmäßigen Zähne, wie sie bei alten Menschen oft vorkommen. Über einem schlichten, blaugrau gemusterten Kimono trug sie den üblichen weißen Arbeitskittel. Ich schlüpfte aus meinen Turnschuhen und stellte sie sorgfältig nebeneinander. Dabei drehte ich die Spitzen zur Tür, damit ich beim Hinausgehen ohne umständliche Verrenkungen wieder hineinsteigen konnte. Ich fragte Haru-San, wie es ihr ginge, und wie jedes Mal erzählte sie mir heiter von ihren Rückenschmerzen. Sie schlurfte in den traditionell weißen Socken vor mir her und führte mich zuerst in einen winzigen Umkleideraum. Dort zog ich meinen »Hakama«

an, einen faltigen Hosenrock, der über ein knielanges Hemd im Kimonoschnitt an der Taille geknotet wird.

Als ich bereit war, folgte ich Haru-San durch einen dunklen, etwas schiefen Gang. Nach alter Sitte kniete sie auf den glänzenden Holzfußboden nieder und öffnete die Schiebetür, durch die ich den Unterrichtsraum betrat. Dieses Zimmer, mit Reisstrohmatten ausgelegt, nahm fast das ganze Erdgeschoss ein. Die Zielscheibe besaß die Form eines Zylinders und bestand aus gepresstem Stroh. Der Schütze stand ihr in einer Entfernung von zirka zehn Pfeillängen gegenüber. Hatte er eine gewisse Übung erreicht, fand das Schießen in einer nahe gelegenen Übungshalle statt. Hier wurde die Scheibe in einer Entfernung von rund sechzig Metern aufgestellt.

Midori-Sensei erwartete mich, auf der nackten Strohmatte kniend. Sie war überschlank und kleiner als ich; sie reichte mir bis knapp an die Schulter. Doch sie hielt sich so aufrecht, dass sie auf ganz eigentümliche Weise groß und gebieterisch wirkte. Beim Unterricht trug sie stets die Hakama, die Männer und Frauen beim Kampfsport seit alters her kleidet. Die Ärmel hatte sie in Schulterhöhe hochgebunden. Ihr silbergraues Haar war kurz geschnitten, ihr bleiches Gesicht faltenlos. Ihre Augen erstaunten mich jedes Mal aufs Neue: Sie waren nachtschwarz und doch von einer Klarheit, die sie fast durchsichtig schimmern ließ.

Ich verneigte mich vor ihr in der traditionellen Art, die mir beigebracht worden war. Sie erwiderte meinen Gruß mit einer knappen Kopfneigung. Dann schwieg sie, während ich in der vorgeschriebenen Haltung vor ihr hinkniete. Steif und aufrecht saß ich nun da und versuchte mich zu sammeln. Mir war es nicht gestattet, den unteren

Teil des Körpers auch nur im Geringsten zu bewegen. Diese Übung war schwierig, aber notwendig. Sie diente dazu, mich zu entspannen und für den eigentlichen Unterricht bereitzumachen.

Zu Beginn hatte mir das Stillsitzen die größte Mühe bereitet; ich weiß noch, wie mein Körper die ersten Male überall juckte und kribbelte, wie meine Atmung hastig ging und meine Beine schmerzten. Doch Midori-Sensei war unerbittlich geblieben. Ich sollte meinen Körper vergessen und mich konzentrieren. Konzentrieren, ja ... Aber auf was? Einmal hatte ich Midori-Sensei diese Frage gestellt. »Schaff Leere in dir!«, hatte sie mir geantwortet. Doch das hatte mir damals nicht viel gesagt. Trotzdem hatte ich voll guten Willens versucht zu tun, was sie mir geraten hatte. Doch mir waren nur die absonderlichsten Gedanken durch den Kopf gewirbelt: Ich hatte an den letzten Film gedacht, den ich gesehen hatte, an den gelben Pullover, der mir im Schaufenster so gefallen hatte, an meine Schulaufgaben. Kurzum von Leere keine Spur.

Ja, das war der Anfang gewesen. Mit der Zeit aber wurde ich langsam ruhiger und ich begann gleichmäßiger zu atmen, sobald ich die vorgeschriebene Stellung eingenommen hatte. Ich lernte allmählich, dass es möglich war, alle Gedanken abzuschütteln, einen friedlichen Kern in sich selbst zu finden und in ihm zu verharren. Dann schien die Zeit wie aufgehoben; irgendwie gelang es mir, zu vergessen, wer ich war und wo ich mich befand; ich atmete ganz anders, vor allem tiefer, ohne dass es mir schlecht dabei wurde. Etwas öffnete sich in mir wie ein Vogel, der seine Flügel entfaltet und höher steigt. Dabei hatte ich erfahren, dass mich schon der winzigste Ansatz eines Gedankens in die Wirklichkeit zurückholen würde. Dies geschah heute. Ich wurde das seltsame Gefühl nicht los, über einem dunklen Abgrund zu schweben, einem Abgrund ohne Raum und Zeit, als die ruhige Stimme meiner Meisterin wie aus weiter Ferne an mein Ohr drang.

»Nun«, sprach sie, »wir wollen sehen, wie gut es dir heute gelungen ist, dich geistig zu sammeln.«

Eine gleitende Bewegung brachte sie auf die Füße. Ich erhob mich ebenfalls; immer noch verwirrt, merkte ich, wie ich leicht schwankte. Doch als ich aufrecht vor ihr stand, klärte sich mein Verstand; die Benommenheit zog sich aus mir zurück wie eine abfließende Meereswoge. Aufmerksam beobachtete ich, wie Midori-Sensei betont gelassen die nur wenig gespannte Sehne des Bogens mehrmals schnellen ließ. Dies erzeugte ein Geräusch, eine Mischung aus scharfem Schlag und tiefem Summen, das mir stets durch Mark und Bein ging. Das Geräusch bannte die bösen Geister, erst nach diesem kurzen Akt der Weihe konnte der eigentliche Unterricht beginnen.

Meine Meisterin machte mir wieder klar, dass es beim Bogenschießen nicht auf die Kraft, sondern einzig auf die Willensstärke ankam. Und wenn ich sie betrachtete, glaubte ich es ihr. Midori-Sensei war eine feingliedrige Frau, doch ihre Zartheit täuschte. Anmutig und fast spielerisch leicht hob sie die Arme, um den gewaltigen Bogen zu spannen. Sie wirkte nie überanstrengt oder müde, ihr Atem ging völlig gleichmäßig. Ich aber wusste, welche Körperbeherrschung das brauchte, umso mehr, als der Bogen nicht wie ein europäischer in Schulterhöhe gehalten wurde. Sobald der Pfeil eingelegt war, wurde der Bogen mit nahezu gestreckten Armen hochgehoben, bis sich die Hände des Schützen über seinem Kopf befanden. Mir bereitete es schon Mühe, den Pfeil überhaupt in die richtige Stellung zu bringen! Denn kaum ragte der beinahe einen Meter lange Pfeil nur noch wenig über den äußeren Bogenrand, begannen meine Arme zu zittern, meine Schultern taten mir weh, mir blieb vor Anstrengung beinahe die Luft weg.

Midori-Sensei verlor nie die Geduld. »Du kannst es nur, wenn du locker bleibst. Du bist zu nervös, mein Kind. Du atmest immer noch zu hastig. Wie oft soll ich dir sagen, dass du mit Kraft nichts erzwingen kannst. Komm und überzeuge dich selbst!«

Sie nahm mir den Bogen aus der Hand, spannte ihn mühelos und in einer harmonischen Bewegung. Dann forderte sie mich auf, hinter sie zu treten und ihre Armmuskeln zu berühren. Ich gehorchte scheu und stellte fest, dass sie so wenig angespannt waren, als wären sie in Ruhestellung.

»Siehst du?« Die durchsichtigen schwarzen Augen lächelten mich an. »Das Bogenschießen ist nicht dazu da, die Muskeln zu stärken. Nur deine Hände arbeiten. Arme und Schultern bleiben locker und du selbst bist völlig unbeteiligt. Nicht du schießt, sondern der Geist in dir.«

Sie ergriff meine Hände und führte sie langsam durch die Phasen der Bewegung hindurch, damit ich mich gefühlsmäßig an sie gewöhnte. Wie oft schon hatte sie liebevoll und geduldig meine ungelenken Hände auf diese Weise geführt! Heute schämte ich mich ganz besonders, weil ich mich so ungeschickt fühlte. Ninas Ausruf »Ich bin ein Dinosaurier!« kam mir in den Sinn und ich fand, der Ausdruck traf ebenso auf mich zu. Versuchte ich die Armmuskeln zu lockern, versteifte ich umso heftiger die Muskeln meiner Beine. Auch jetzt sprang Midori-Sensei blitzschnell vor und drückte, wie sie es so oft tat, meine Wadenmuskeln an einer besonders empfindlichen Stelle. Ich stöhnte und senkte verzweifelt den Bogen.

»Ich will ja gelockert bleiben! Aber es geht nicht.«

Sie nickte gleichmütig. »Das ist dein Problem, Jun-Chan.« Sie gab mir ihre Zuneigung zu spüren, indem sie ein Kosewort für Kinder verwendete. »Du überlegst dir ständig, was du gerade falsch gemacht hast, und kommst deswegen nicht weiter. Hör auf an den Abschuss zu denken. Stelle dir vor, du bist eine Tänzerin, die jeden Schritt stundenlang wiederholt hat und sich nur noch von der Musik tragen lässt. Beim Bogenschießen ist dein Atem die Musik.«

Das war leichter gesagt, als getan; eine Viertelstunde lang mühte ich mich vergebens ab, dann verlor ich die Geduld. Ich löste einen Schuss, nur damit ich die verflixte Sache endlich hinter mich brachte. Ich schämte mich. Ich wusste, dass Midori-Sensei mich sofort durchschauen würde.

Doch sie sagte nur ganz ruhig: »Bitte noch einmal!« Mein zweiter Schuss schien mir ebenso misslungen wie der erste. Ich schwitzte, jeder Muskel tat mir weh, ich hätte vor Erschöpfung und Wut heulen können.

Midori-Sensei trat auf mich zu und nahm mir sanft den Bogen aus der Hand. »Das genügt für heute.«

Ich zog ein sauber gefaltetes Tuch aus meinem Gurt und betupfte mir damit Stirn und Wangen, denn nass geschwitzte Haut gilt in Japan als ungepflegt. »Ich glaube, ich lerne es nie«, jammerte ich.

Sie lächelte verschmitzt. »Der Weg zum Ziel ist nicht zu messen. Was bedeuten da Wochen, Monate, Jahre?«

Während ich entmutigt schwieg, zog sie die Schiebetür auf und rief Haru-San. Diese kam gleich darauf hereingetrippelt, sie brachte auf einem Lacktablett zwei Schalen heißen, erquickenden Tee. Midori-Sensei hieß mich auf einem Sitzkissen Platz zu nehmen und ließ sich geschmeidig mir gegenüber nieder.

»Trink deinen Tee, Jun-Chan«, sagte sie mit einem Lächeln in den Augen. »Ich dürfte es dir eigentlich nicht sagen, denn lobt man junge Menschen, werden sie übermütig. Aber wisse, dass du begabt bist. Sehr begabt sogar. Woher das kommt, weiß ich nicht.«

Sie betrachtete mich prüfend; ich hatte das verwirrende Gefühl, dass ihr klarer Blick tief in meine Seele drang. »Hör zu und sorge dich nicht. Etwas ist in dir, das von selber trifft.«

Die Worte berührten mich seltsam. Ich spürte, wie mein Nacken erschauerte, und ich musste die Schale, die ich gerade an die Lippen hob, auf das Tablett zurückstellen. Ich stammelte: »Das verstehe ich nicht!«

Sie nahm einen Schluck Tee, wobei sie mich über den Rand der Schale hinweg nachdenklich betrachtete. »Wenn du es verstehen würdest«, sagte sie schließlich, »hättest du mich nicht mehr nötig. Und wenn ich dir auf die Spur helfen und dir damit die eigene Erfahrung ersparen würde, wäre ich eine schlechte Lehrerin. Wisse jedoch, dass Holz kein totes Material ist. Holz ist lebendig und erkennt seine Meister. Bist du es, die den Bogen spannt, oder ist es der Bogen, der deine Hand nach hinten zieht? Die Frage an sich ist unbedeutend und sollte dich nicht bekümmern. Dies ist auch kein Lob, sondern nur eine Feststellung. Das ›Es‹ in dir besteht ohne dein Zutun. Es kommt von etwas Uraltem, das lange vor deiner Geburt bestand. Mehr weiß ich nicht darüber, also sprechen wir nicht mehr davon.«

Sie trank ihren Tee und erhob sich leicht und geschmeidig wie eine junge Frau. Ich war entlassen. Im Umkleideraum schlüpfte ich wieder in Jeans und T-Shirt und stopfte meine Sachen, die gewaschen werden mussten, in den Rucksack. Haru-San begleitete mich bis zur Haustür und verneigte sich, während ich ziemlich ungeschickt mit den Bändern meiner Turnschuhe kämpfte. Draußen ging die Sonne unter. Die ersten Lichtreklamen an den Hochhäusern begannen eben zu leuchten. Die abendliche Stoßzeit hatte begonnen und ich hatte noch eine Stunde Bahnfahrt vor mir.

3. KAPITEL

Im Bahnhof Ueno herrschte das übliche Gedränge. Das Echo unzähliger Schritte dröhnte von allen Seiten. Sobald eine U-Bahn eingefahren war und die Menschen auf einer Seite ausstiegen, öffneten sich die Türen zur anderen Seite hin und eine neue Menschentraube schob sich in den Wagen. Man stand eng aneinandergepresst, wobei jeder Blickkontakt vermieden wurde. Die Menschen hielten sich mit einer Hand am Halteriemen fest, lasen Bücher, Comics oder die Zeitung (wobei diese auf ein Viertel zusammengefaltet wurde), hörten Walkman oder dösten vor sich hin. Ich hatte meinen Walkman auch im Rucksack, aber jetzt war ich so eingepfercht, dass ich ihn nicht herausziehen konnte.

Mit halb geschlossenen Augen sann ich den Ereignissen des Tages nach. Midori-Senseis Worte hatten seltsame Empfindungen in mir geweckt. Ich wusste, dass sie in der Beurteilung von Menschen so treffsicher war wie mit ihren Pfeilen. Ihre Erfahrung war viel zu groß, als dass sie ihre Zeit mit bloßen Redensarten vergeudet hätte. Sie sah etwas in mir, was ich selbst nicht kannte. Was konnte es nur sein? Plötzlich kribbelte mir das Rückgrat; ich merkte, wie ich zitterte. Ich spürte dieses Fluidum, diese Art von Trübung der Atmosphäre, die eine Vorahnung erzeugt. Ich wusste, es gab Dinge, die tief in meinem Wesen verborgen waren. Sie stammten noch aus meiner Kindheit.

Damals hatte ich seltsame Träume; im Spiel hatte ich sogar eine eigene Sprache erfunden, die keiner verstand. Die Menschen hatten das spaßig gefunden, aber als ich älter wurde, meinte meine Mutter, ich solle damit aufhören. Bald hatte ich sämtliche Wörter wieder vergessen. Mit Midori-Sensei hatte ich nie darüber gesprochen. Und trotzdem spürte ich, dass sie darüber Bescheid wusste. Wieder, noch deutlicher, stieg mir das seltsame Kribbeln den Rücken hoch.

Der Zug hielt; die Türen glitten auf. Sekundenlang stand ich in einem Riesengewühl; Leute, die ganz hinten saßen, kämpften sich zum Ausgang durch. Kaum waren sie draußen, drängten neue Reisende hinein. Endlich fuhr der Zug ab. Er schaukelte gewaltig in einer Kurve; der Druck der Schultern und Körper schnitt mir sekundenlang die Luft ab, bis die Wagen wieder auf einer geraden Strecke fuhren.

Das regelmäßige Dröhnen des Zuges schläferte mich ein. Ich schloss die Augen halb und dachte an Nina. Ich hätte sie fragen können, in welcher Sprache sie dachte und träumte. War es überhaupt möglich, ganz in eine andere Sprache überzuwechseln? Oder zwei Sprachen so zu verbinden, dass eine neue Persönlichkeit daraus erwuchs? Es wäre voreilig gewesen, ihr solche Fragen zu stellen. Wir kannten einander ja kaum und außerdem waren wir zu verschieden. Oder etwa doch nicht?

In Shinjuku wechselte ich die Linie und zwängte mich inmitten einer dichten Menschenmenge in den Express-Zug. Diesmal dauerte die Fahrt nur kurz. Schließlich noch fünf Minuten zu Fuß und ich war zu Hause. Wir wohnten in Seijo, in einem Viertel mit Einfamilienhäusern und gepflegten Gärten. Die Straßen waren ruhig: Nur vereinzelt glitten langsam Wagen vorbei, und Radfahrer – vorwiegend junge Frauen – kamen vom Einkaufen zurück. Wie viele Häuser, die in den letzten Jahren gebaut worden waren, hatten wir das unsrige mit hellen Kacheln verkleidet. Hinter einem schmiedeeisernen Tor lag ein schmaler Vorgarten, der gleichzeitig als Parkplatz für unseren Wagen diente. Ein mit Stiefmütterchen und Topfpflanzen gesäumter Weg führte zur Haustür. Obwohl unser Garten ziemlich klein war, schien er größer zu sein, weil ihn einzig eine Buchsbaumhecke vom Grundstück zum Nachbarn trennte. Vom Wohnzimmer aus fiel der Blick durch die offene Schiebetür auf einen winzigen Teich, der zwischen moosbewachsenen Steinen lag. Der Gärtner, den meine Mutter regelmäßig bestellte, ließ die Zierbüsche und Bäume in wohldurchdachter Unordnung wachsen. In den Sommermonaten sahen wir den Mond hinter den Pappeln im Nachbargarten aufgehen und hatten das Gefühl, in freier Natur zu sein. Der betörende Duft der kleinen gelben Heckenblüten, »Mokusei« genannt, drang nachts in mein Zimmer und schon vor Tagesanbruch gurrten die Wildtauben.

Mein Vater hatte das Land vor zwanzig Jahren erworben, als das Viertel noch am Stadtrand gelegen hatte und die Bodenpreise niedrig waren. Heute konnte sich eine Durchschnittsfamilie ein solches Grundstück längst nicht mehr leisten. Und Tokio hatte sich inzwischen dermaßen vergrößert, dass wir mitten in der Stadt wohnten.

Das alte Holzhaus, in dem wir früher gewohnt hatten, hatte mein Vater vor zwölf Jahren abbrechen lassen. Es war ein unpraktisches Haus gewesen voller Winkel, schräger, kleiner Räume und knirschender Schiebetüren. Als unser neues Haus gebaut wurde, passierte der Unfall mit Seijis Vater. Des bösen Omens wegen legten die Zimmerleute die Arbeit nieder. Daraufhin schickte meine Mutter nach einer Priesterin des nahen Shinto-Tempels. Die Priesterin erklärte, dass der Geist des abgerissenen Hauses erzürnt sei. Sie schlug eine O-Harai-Zeremonie vor, um den Geist zu besänftigen. Meine Mutter wusste, dass sie diesen Vorschlag befolgen musste, andernfalls hätten die Zimmerleute die Arbeit nicht wieder aufgenommen. Sie ließ alles vorbereiten und machte eine reiche Stiftung für den Altar. Am Morgen der Zeremonie erschien die Priesterin mit zwei jungen Gehilfinnen. Alle drei waren in Weiß gekleidet, ihr schwarzes Haar, mit einem Band aus Reisstroh gebunden, fiel ihnen auf den Rücken. Die Priesterin führte eine Rute aus Weißholz mit sich, an der ein Bündel langer Streifen heiligen Papiers hing. Sie schwang die Rute in alle vier Himmelsrichtungen und sprach ein Gebet. Nun war der Geist besänftigt. Die Zimmerleute machten sich wieder an die Arbeit und das Haus wurde ohne Verzögerung fertig.

An das tragische Ereignis beim Hausbau hatte ich jahrelang nicht gedacht; ich setzte es kaum noch mit den Leiden von Seijis Vater in Verbindung. Ich war ja damals noch ein Kind. Heute Abend aber, als die Umrisse des Hauses durch die Büsche sichtbar wurden, flackerte die Erinnerung ganz deutlich in mir auf. Meine Nackenhaare sträubten sich. Hastig, als müsste ich fliehen, drehte ich den Türknopf. Tagsüber wurde nur abgeschlossen, wenn niemand im Haus war. Im Flur brannte Licht und ich hörte meine Mutter in der Küche arbeiten. Mein Atem ging wieder ruhig, mein Unbehagen verflüchtigte sich. Alles war wie sonst.

»Tadaima, ich bin zurück«, rief ich, wie es die Höflichkeit vorschreibt, worauf die Stimme meiner Mutter mich mit der üblichen Willkommensformel »O-Kaerinasai«, ehrenvolle Rückkehr, empfing. Diese förmlichen Redewendungen bedeuteten nicht viel mehr als »Guten Tag«. Ich ließ meine Schuhe auf dem Steinfußboden im Eingang stehen und trat in Socken auf den blauen Spannteppich. Dem Architekten war es gelungen, die ziemlich kleine Wohnfläche durch die Höhe des Raumes so zu gestalten, dass das Haus größer wirkte, als es eigentlich war. Im Erdgeschoss befanden sich das Wohnzimmer, das Zimmer meiner Eltern, die Küche und das Bad. Im ersten Stock hatte sich mein Vater ein Büro eingerichtet, weil er oft zu Hause arbeitete. Ich selbst bewohnte das traditionelle japanische Zimmer, das auch in den modernen Häusern nicht fehlen darf. Daneben lag das Gästezimmer, das meine Mutter als Näh- und Bügelraum benutzte.

Ich verzog mich ins Badezimmer und wusch mir die Hände, bevor ich zu meiner Mutter in die Küche trat. Die Klimaanlage surrte und es duftete lecker. Meine Mutter legte eben Garnelen, in lockeren Teig getaucht, in die Pfanne, wobei sie die goldgelben Krapfen mit den Stäbchen geschickt auseinanderhielt.

»Dein Vater hat gerade angerufen«, sagte sie. »Er kommt heute früher. Das Essen ist gleich fertig.«

Über ihren dunkelblauen Hosen trug sie eine bunt geblümte, frisch gebügelte Schürze. Ihr blauschwarzes Haar fiel in wunderschönen Wellen über ihre Schultern. Die zarte Haut war rosa gepudert. Schon morgens, beim

Frühstück, wirkte meine Mutter taufrisch. Ich hatte sie nur sehr selten ungekämmt oder ungeschminkt gesehen. Sie stand immer als Erste auf, schaltete die Stromversorgung ein und duschte und frisierte sich, bevor sie die Kaffeemaschine in Gang setzte und meinen Vater weckte.

Sie drehte einen Krapfen um und warf mir dazwischen schnell einen Blick zu. Sie war kleiner als ich und doch meinte ich jedes Mal, dass ich zu ihr emporschaute.

»Du siehst etwas aufgelöst aus«, meinte sie. »Hat sich Wind aufgemacht?«

Die Bemerkung klang beiläufig; doch es war klar, dass sie damit meine zerzauste Frisur tadelte. Rasch tastete ich nach meiner Haarspange und richtete meine Haare.

»Ein wenig, ja.«

Meine Mutter nahm einen goldbraunen Krapfen aus der Pfanne und legte ihn in einer Schale auf eine Papierserviette, damit das Fett ins Papier einzog. Ich hatte Freude am Kochen und meine Mutter war sehr geschickt in diesen Dingen. Sie brachte mir bei, wie die Anordnung der Speisen und die Zusammenstellung der Farben auf die verschieden geformten Gefäße aus Steingut, Lack oder Porzellan abgestimmt wird, wie ein auf den Rand einer Schale oder auf ein Tablett gelegtes Blatt oder ein Blütenkelch die Jahreszeit symbolisiert.

»Du kannst den Tisch decken«, sagte meine Mutter.

Ich ging ins Wohnzimmer und holte das Wachstuch aus dem Schrank. Auf dem kleinen Tisch neben dem Fernseher lag die Post. Ich sah einen Luftpostbrief mit kanadischer Briefmarke. Er war an meinen Vater adressiert. Zwei meiner Tanten lebten in Kanada. Mein Vater war bei Chiyo, der älteren, groß geworden. Ich kannte sie nicht;

sie galt als eigenwillige Frau und lebte sehr zurückgezogen. Die jüngere, Mayumi, war mit einem Kanadier verheiratet. Beide hatten uns mehrmals besucht. Tante Mayumi war mir als zierliche Person mit überaus lebhaftem Mienenspiel in Erinnerung. Ihr lockiges Haar war kurz geschnitten, ihr Lachen fröhlich und unjapanisch laut. Im Gegensatz zu ihr machte Onkel Robin den Eindruck eines stillen, besonnenen Menschen. Er sprach selten, hielt sich stets ein wenig im Hintergrund, doch seine ganze Person strahlte große Güte aus. Er schien aus dem Frohsinn seiner Frau eine Heiterkeit zu schöpfen, die seinem eigenen Wesen offenbar nicht entsprach.

Der Brief war von ihm, was mich wunderte.

»Komisch«, sagte ich zu meiner Mutter. »Sonst schreibt immer Tante Mayumi und er lässt nur Grüße bestellen.«

Meine Mutter nickte. »Ja, das finde ich auch seltsam. Hoffentlich ist nichts passiert.«

Ich stellte behutsam zwei kleine, randgefüllte Suppenschälchen auf den Tisch, als die Haustür aufging und mein Vater »Tadaima!« rief. Ich lief sofort hin, um ihn zu begrüßen, während er aus seinen Schuhen schlüpfte.

»Ich bin froh, dass ich heute Abend früher wegkonnte«, sagte er. »Im letzten Augenblick fiel eine Besprechung aus.«

Erfreut erwiderte ich sein Lächeln. Ich hoffte, dass er sich etwas Zeit für mich nehmen konnte. Ich wollte ihm von Nina und von meinem seltsamen Gespräch mit Midori-Sensei erzählen. Mit ihm konnte ich über alles reden, mit meiner Mutter nicht. Seine Art, zu denken, zu fühlen, stand mir näher als ihre. Meine Mutter konnte selbstlos und zärtlich sein, ich bewunderte ihre Schönheit, ihre kühle Perfektion, aber irgendwie fand ich den Schlüssel zu ihrem Herzen nicht. Ich wollte nicht so werden wie sie; es mochte sein, dass sie es spürte.

»Wir können sofort essen«, sagte ich. »Übrigens ist ein Brief für dich da. Von Onkel Robin.«

Mein Vater runzelte leicht die Stirn. »Ich komme gleich.«

Er ging sich die Hände waschen und umziehen. Fünf Minuten später kam er in Jeans und Polohemd ins Wohnzimmer. Ich reichte ihm den Brief. Mein Vater schnitt ihn mit dem Brieföffner auf und überflog die Zeilen. Sein Gesicht war sehr ernst geworden.

Meine Mutter, die gerade mit einer Schüssel in der Hand aus der Küche kam, warf ihm einen fragenden Blick zu. »Schlechte Nachrichten, Norio?«

Mein Vater seufzte. »Mayumi geht es nicht gut. Sie liegt seit einigen Tagen im Krankenhaus.«

Meine Mutter stellte die Schüssel auf den Tisch. »Schlimm?«

Mein Vater holte gepresst Luft. »Nach Robins Angaben besteht Krebsverdacht.«

Ich schwieg entsetzt. Aber zum Glück war die heutige Medizin so weit fortgeschritten, dass auch bei dieser schrecklichen Krankheit Aussicht auf Heilung bestand.

Mein Vater schien in meinen Gedanken zu lesen, denn er sagte: »Mayumi ist sehr widerstandsfähig. Außerdem ist der Arzt, der sie operieren wird, ein persönlicher Freund. Wir können nur hoffen, dass alles gut gehen wird.«

Das Essen verlief in gedrückter Stimmung. Ich hatte den Appetit verloren und mein Vater aß ebenfalls wenig. Er sprach wie ein Mann, dessen belanglose Sätze seine wahren Gedanken verbargen. Ich wusste, dass er Tante Mayumi sehr gern hatte und sie sich regelmäßig schrieben.

Nach dem Essen brühte meine Mutter grünen Tee auf, den mein Vater still und ziemlich hastig trank. Dann half er wie gewöhnlich mit, den Tisch abzuräumen. Mein Vater war ein häuslicher Typ. Einmal in der Woche ging er mit dem Staubsauger durch die Zimmer, leerte sämtliche Papierkörbe und sortierte die Zeitungen. In regelmäßigen Abständen nahm er alle Schuhe aus dem Schrank und stellte sie vor den Eingang, um sie zu putzen. Er kümmerte sich auch um den Garten. Mutter arbeitete nur dann im Garten, wenn sie ihre Hände mit den sorgfältig manikürten Nägeln durch Handschuhe geschützt hatte. Ich hatte nie herausgefunden, ob sie seine Hilfe schätzte oder nicht. Sie äußerte sich nie dazu.

Statt wie jeden Abend die Zeitung zu lesen oder sich vor den Fernseher zu setzen, zog sich mein Vater bald in sein Arbeitszimmer zurück. Ich half meiner Mutter die Küche in Ordnung zu bringen. In der Küche stand zwar eine Geschirrspülmaschine, doch die benutzte sie nur für grobe Teller und Tassen. Die zerbrechlichen Keramikschüsseln und das delikate Porzellan wusch sie von Hand. Sie liebte schönes Geschirr und hatte jedes Stück mit viel Sorgfalt ausgesucht. Wir besaßen einige teure handsignierte Stücke. Ich lebte in ständiger Angst, etwas fallen zu lassen. Schon als Kind war ich stets bemüht gewesen, ihrem schweigenden Tadel aus dem Weg zu gehen. Lautes Schimpfen wäre mir lieber gewesen. Aber sie schimpfte nie.

»Norio macht sich Sorgen«, stellte sie fest, während ich behutsam eine Schüssel nach der anderen abtrocknete.

»Komisch«, sagte ich, »dass er sich mit Tante Mayumi viel besser versteht als mit Tante Chiyo. Sie hat ihn doch großgezogen.«

»Chiyo war in ihrer Denkart immer sehr konservativ«, erwiderte Mutter.

Unwillkürlich lächelte ich; dies war zweifellos richtig. So lange ich denken kann, meldete sich Tante Chiyo nur einmal im Jahr mit einer sehr formellen Neujahrskarte. Meinen Vater ließen diese Glückwünsche kalt, während meine Mutter ihre ausgewogenen Schriftzüge bewunderte.

»Eigentlich habe ich nie verstanden, warum Chiyo nicht nach Japan zieht«, fuhr meine Mutter fort. »Sie wird 76 und lebt ganz alleine in Vancouver. Was, wenn Mayumi etwas zustößt? Norio könnte ihr eine Wohnung in Tokio besorgen und wäre in der Nähe, wenn sie ihn nötig hätte.«

»Onkel Robin ist ja auch noch da«, sagte ich.

Sie schob sich mit dem Unterarm eine Locke aus der Stirn. »Das ist nicht dasselbe.«

Ich schwieg. Auch das stimmte. Onkel Robin war kein Blutsverwandter. Ich wusste von meinem Vater, dass er für Tante Chiyo stets ein »Gaijin«, ein Fremder, geblieben war. Und mir war bewusst, dass sie Mayumis späte Ehe mit ihm nie gebilligt hatte.

Doch eigentlich interessierten mich diese Familiengeschichten kaum. Ich konnte mit den Problemen der anderen Generationen wenig anfangen. Sogar meine Mutter nahm daran wenig Anteil. Mein Vater selbst sprach selten darüber. Er ging der Verwandtschaft gerne aus dem Weg und stand auch der Familie meiner Mutter sehr zurückhaltend gegenüber.

Ich stellte vorsichtig eine kleine, mit Pflaumenblüten dekorierte Steingutschüssel in den Geschirrschrank. »Wie alt war mein Vater, als seine Mutter starb?«

Ein Klirren ließ mich zusammenfahren. Ich wandte mich um und starrte auf die Scherben am Boden. Meine Mutter hatte einen winzigen malvenfarbigen Teller fallen lassen. Meine Augen suchten ihr Gesicht; ich sah, wie eine leichte Röte ihre blass gepuderten Wangen überzog. Einige Atemzüge lang blickte sie wie gebannt auf die Scherben, bevor sie sich bückte und sie einsammelte. Ich half ihr dabei.

»Es tut mir leid«, stammelte ich, als hätte ich selbst das Missgeschick verursacht.

Sie schüttelte den Kopf und ich merkte, dass sie ziemlich erregt war.

»Nein, es ist meine Schuld«, entgegnete sie. »Ich habe nicht aufgepasst. Das kommt davon, wenn man beim Arbeiten redet. Hoffentlich finde ich noch einen Teller aus dieser Sammlung.«

Sie sprach ungewohnt hastig. Ich sah, dass ihre Hände leicht zitterten. Rasch holte ich Handbesen und Kehrschaufel aus dem Schrank und wollte die Splitter auffegen, doch meine Mutter nahm mir beides aus der Hand.

»Geh nur. Geh! Du hast sicherlich zu tun. Ich mache das schon.«

Ich band meine Schürze los, hängte sie in den Kasten und ging nach oben in mein Zimmer. Der Vorfall beschäftigte mich. Meine Mutter schien völlig aus dem Gleichgewicht zu sein. Warum nur? Meine Frage hatte wirklich keinen Grund zur Aufregung gegeben. Ich hatte doch nur wissen wollen, wann meine Großmutter gestorben war, weiter nichts.

Mein Zimmer war mit »Tatami«-Matten aus gepresstem Reisstroh ausgelegt; sie hatten das vorgeschriebene Maß und waren mit einem dünnen Streifen Goldbrokat umrandet. Ich liebte diese Matten, weil sie so angenehm unter den nackten Füßen federten und auch in den heißen Sommertagen nach frischem Gras dufteten. Das Fenster war mit einem »Shoji« versehen, einer Schiebewand aus leichten Holzlatten und durchscheinendem Reispapier. Dahinter befanden sich die Glasscheibe und ein ganz feines Netz zum Schutz gegen die Insekten. Abends sah ich, wie sich die Bäume und Sträucher auf dem milchigen Weiß der Papierwand bewegten. Ich liebte diese Stimmung; sie gab mir das Gefühl, unter freiem Himmel zu schlafen. Nachdenklich setzte ich mich an meinen Schreibtisch, holte mein Notizheft hervor und schaltete den Laptop ein. Mein Vater arbeitete im Raum nebenan. Manchmal hörte ich das Auf- und Zuschieben einer Schublade, dann leises Papierrascheln, darauf war wieder eine Zeit lang Stille. Ich versuchte mich meinen Notizen zu widmen, doch an diesem Abend konnte ich mich einfach nicht konzentrieren.

Nach einer Weile schaltete ich den Laptop wieder aus, trat aus meinem Zimmer und klopfte behutsam an der Tür nebenan. »Störe ich dich?«

»Komm nur herein, Jun«, sagte mein Vater.

Ich stieß die Tür auf. Der ziemlich kleine Raum war vollgestopft mit Büchern und Zeitschriften. Auf dem Arbeitstisch standen ein PC, daneben ein Drucker, ein Faxgerät und ein Fotokopierapparat, alles auf engstem Raum. Stapel von Manuskripten häuften sich auf dem Fensterbrett und der Papierkorb quoll über. Ich verbiss mir ein Lächeln. Mein Vater hatte sich in einer gewissen Unordnung stets wohl gefühlt. Deswegen ließ meine Mutter das Zimmer, wie es war. Mein Vater räumte immer wieder mal selbst auf, warf Berge von Zeitschriften und Papier weg und zwei Tage später sah der Raum genauso aus wie vorher.

Er saß an seinem Schreibtisch; vor ihm lag ein Stoß alter Fotos. Er nahm seine Lesebrille ab und rieb sich die geröteten Augen. »Komm, setz dich. Ich bin nicht in Stimmung, zu arbeiten.«

Ich schob einen Stuhl zurecht und setzte mich neben ihn. »Mami hat einen Teller fallen lassen.«

Er hob belustigt die Brauen. »Im Ernst?«

»Ja«, entgegnete ich lebhaft. »Ich habe sie gefragt, wann meine Großmutter gestorben ist, und im selben Augenblick hat es geklirrt.«

Das Lächeln meines Vaters erlosch. Ein Schatten verdunkelte sein Gesicht. Ich meinte zu fühlen, dass er sich in sich selbst zurückzog.

»Warum hast du das wissen wollen?«

Reue überkam mich. Ich war wirklich ein Trampeltier! Ich wusste doch, dass er nicht gerne über seine Kindheit sprach. Und dazu ausgerechnet an diesem Abend!

»Wir redeten über die Familie in Kanada«, erklärte ich kleinlaut. »Mama sagte, dass Tante Chiyo alt wird und besser nach Japan kommen sollte.«

Mein Vater verzog spöttisch die Lippen. »Chiyo hat ihren eigenen Dickkopf.« Er wühlte in den Fotos und hielt mir ein Bild hin. »Das sieht man ihr an, nicht wahr?«

Das bereits vergilbte Foto kannte ich, aber jetzt betrachtete ich es mit neuer Aufmerksamkeit. Tante Chiyo stand in einem Garten. Sie trug einen Kimono und hielt sich sehr aufrecht, nur der Kopf war leicht geneigt, das galt für die Japanerinnen der Vorkriegsgeneration als anmutig. Das Haar, zu einem komplizierten Knoten aufgesteckt, musste dicht und lackschwarz sein. Ihr herzförmiges Gesicht war völlig ausdruckslos, doch ihr scharfer, fast trotziger Blick starrte kühl in die Linse des Fotografen. Mir war früher nie aufgefallen, wie unbeugsam die schmale Gestalt in ihrer Zierlichkeit wirkte.

»War sie streng zu dir?«, fragte ich unwillkürlich.

Mein Vater nickte. »Sehr sogar, das kam von ihrer eigenen Erziehung. Vergiss nicht, meine Urgroßeltern waren Samurai. In solchen Familien wurde die Disziplin nie in Frage gestellt. Eine ihrer alten Lehren mahnte: ›Die Löwin stößt ihr Junges den Felsen hinunter und beobachtet ohne ein Zeichen von Mitleid, wie es mühevoll aus dem Tal zurückklettert. Nur so kann es Kraft und Mut für sein Leben gewinnen.‹«

Ich verzog das Gesicht. »Du meine Güte, hast du das auch mitgemacht?«

Er schmunzelte. »Zum Glück nicht! Die Zeit, in die ich hineingeboren wurde, hatte für diese überholten Ideale nichts mehr übrig. Außerdem war ich ein stiller Junge, der seine Nase am liebsten in Bücher steckte. Ein widerspenstiges Kind hätte Chiyo mehr in die Zange genommen.«

»Hattest du sie gerne?«

Die Frage war ziemlich dreist. Doch mein Vater nahm sie mir nicht übel.

»Sagen wir, ich achtete sie. Sie war streng, aber gerecht. In einigen Dingen jedoch …« Er stockte; ein Seufzer hob seine Brust und er sprach nicht weiter, sondern zog ein anderes Foto aus dem Stoß hervor. »Weißt du, wer das ist?«

Es war das Bild eines jungen Mannes. Ich hielt es näher

ans Licht der Lampe. »Mein Großvater!«, rief ich überrascht. »Du, das Bild kenne ich ja gar nicht! Wo hast du das her?«

»Von Mayumi. Sie schickte es mir vor kurzem. Sie fand es als Lesezeichen in einem alten Buch.«

»Warum hast du es mir nicht gezeigt?«

Sein Ausdruck wurde wieder abwesend. »Ach, vielleicht warst du gerade nicht da oder ich hatte anderes im Kopf. Und später habe ich es dann vergessen.«

Ich sah mir das Bild genauer an. Der junge Mann besaß kaum eine Ähnlichkeit mit seiner älteren Schwester. Das Gesicht war sanfter, voller. Die breite Stirn, die schöne Wangenlinie fand ich bei meinem Vater wieder. Doch mein Vater war überdurchschnittlich groß, seine Muskeln gut durchtrainiert. Als Student war Vater Fechtmeister seiner Universität gewesen und heute spielte er dreimal in der Woche Tennis. Seine Haut war sogar im Winter gebräunt. Da er in einem freien Beruf tätig war, trug er nicht die eintönigen Farben der »Salarymen«, der Angestellten, sondern Kleider von etwas ausgefallenerem Schnitt. Das Haar, mit einigen grauen Strähnen vermischt, trug er an der Seite gescheitelt und kinnlang, was ihn jünger erscheinen ließ. Sein eigener Vater sah auf dem Bild überschlank und fast schmächtig aus. Er war schlicht, fast ärmlich gekleidet. Doch zwei Wesenszüge hatte er mit Chiyo gemeinsam: die hochmütige Haltung und den unerschrockenen, nahezu herausfordernden Blick.

»Dein Vater sieht dir nicht sehr ähnlich«, stellte ich fest.

»Ich glaube, du bist eher nach deiner Mutter gekommen.«

»Schon möglich«, erwiderte er ausdruckslos.

»Hast du kein Foto von ihr?«

Wieder erschien dieser abwesende Ausdruck auf seinem Gesicht. Es war, als würde er sich innerlich versteifen. »Leider nicht«, antwortete er knapp.

»Wie sah sie denn aus?«, forschte ich weiter.

»Wer? Meine Mutter? Woher soll ich das wissen? Ich war ja kaum zwei Jahre alt, als Chiyo mich zu sich nahm.« In seiner Stimme war ein rauer Klang, etwas Jungenhaftes, als wäre er verlegen und bemühe sich dies zu verbergen.

»Vielleicht besitzt Chiyo noch Fotos von früher.«

Seine Lider zuckten. »Das glaube ich kaum. Wenn welche vorhanden waren, sind sie nach dem Krieg sicher verloren gegangen.«

»Meine Großmutter muss sehr hübsch gewesen sein«, sagte ich mit halbem Lächeln.

Er holte tief Atem. Ich vermeinte zu spüren, dass ihm meine Fragen immer unbehaglicher wurden, während er gleichzeitig reden wollte, sich aber aus irgendeinem Grund gewaltsam zurückhielt.

»Ja«, erwiderte er schließlich, »sie soll eine schöne Frau gewesen sein.«

»Wie alt wäre sie, wenn sie jetzt noch lebte?«

Seine weichen dunklen Augen musterten mich, doch mir war, als würden sie durch mich hindurchblicken. Wohin, an wen und worauf richtete er wohl seine Erinnerung, seinen Schmerz?

»So um die siebzig, nehme ich an«, sagte er dumpf. »Sie war ja noch sehr jung, als ich auf die Welt kam. Am 6. August 1945. Genau an dem Tag, als die erste Atombombe fiel ...«

Wie stets, wenn er sein Geburtsdatum erwähnte, war es, als würde ein kalter Finger mein Herz streifen.

»Hiroshima ...«, flüsterte ich.

An seinem Blick meinte ich zu sehen, dass weit zurückliegende Bilder vor seinem inneren Auge vorbeizogen.

Er seufzte. »Ich bin froh, dass du das nicht miterleben musstest. Es waren schwere Zeiten.«

»Auch in Kanada?«, fragte ich erstaunt.

Er presste die Lippen zusammen. Ich spürte, dass ich, ohne es auch nur im Geringsten zu wollen, an etwas gerührt hatte. Eine längst vernarbte Wunde, tief in seinem Innern, war aufgerissen und blutete. Doch er antwortete ganz ruhig:

»Was bringt das, wenn wir den Zorn auf Jahre hinaus am Leben erhalten, ja sogar schüren? Keiner hat das Recht dazu. Irgendwann wird jeder vernünftige Mensch die Dummheit und Hässlichkeit solcher Gefühle empfinden. Doch dann schlägt der Zorn oft in Mitleid um ... Und das macht die Sache nur noch schlimmer. Und gibt uns die Geschichte eine Atempause wie die, die wir gegenwärtig erleben, hoffen viele Menschen, dass morgen alles besser wird. Ich aber – ich weiß Bescheid.«

Die Bitterkeit in seiner Stimme erschreckte mich. Verstört suchte ich auf seinem Gesicht eine Erklärung. »Bist du mir böse?«, brachte ich schließlich hervor.

Sein Blick kehrte in die Wirklichkeit zurück. Ich spürte, dass er mich wieder wahrnahm und an mich dachte, mit einem Kummer jedoch, den ich nicht deuten konnte, denn er schien mit tieferen Dingen vermischt zu sein.

»Böse? Warum sollte ich dir böse sein?«, fragte er, ehrlich überrascht.

Ich senkte verlegen den Blick. »Wegen meiner blöden Fragerei!«

Er schüttelte den Kopf. Jetzt war ein Schatten auf seiner Wange, als würde er lächeln. »Ich bin dir nie böse, das weißt du doch«, sagte er zärtlich. »Aber die Sache mit Mayumi beschäftigt mich. Ich denke an Dinge, die weit zurückliegen. Das ist nie gut.«

Ich schwieg, während er ein Foto in die Hand nahm, das Tante Mayumi beim Golfspielen zeigte. Sie trug ein Poloshirt und Bermudas. Ihre Locken wehten im Wind, ihr Lächeln war strahlend. Obwohl sie bereits über sechzig war, hatte ihre schlanke Gestalt die geschmeidige Haltung der Jugend bewahrt.

»Sie ist ganz anders als Tante Chiyo«, sagte ich.

Mein Vater nickte gedankenverloren. »Ja, Mayumi war die Fröhlichkeit selbst. Sie war ...« Er stockte mitten im Satz. »Warum spreche ich eigentlich von ihr in der Vergangenheit? Sie ist ja noch am Leben!«

Ich antwortete ihm nicht, weil ich wirklich nicht wusste, was ich hätte sagen können. Und plötzlich fühlte ich mich elend. Mein Vater räumte inzwischen die Fotos zusammen, schob sie in einen Umschlag und sagte: »Ich sollte heute Abend noch etwas erledigen.«

Ich verstand sofort, erhob mich und stellte den Stuhl dahin, wo er hingehörte. »Ich auch. Gute Nacht. Entschuldige, wenn ich dich gestört habe.«

»Arbeite nicht zu lange.« Mein Vater lächelte zerstreut. Ich sah noch, wie er den großen Umschlag in der Schublade seines Schreibtisches verschwinden ließ, dann war ich aus dem Zimmer und schloss leise die Tür hinter mir.

In meinem Zimmer war die Schiebetür vor dem Fenster schon zugezogen. Als ich den Lichtschalter andrehte, schimmerte das Reispapier golden. Alles war friedlich. Ich setzte mich vor meinen Schreibtisch und versuchte zu arbeiten. Doch ich war unruhig und nach einer Viertelstunde schaltete ich meinen Laptop aus und holte mein Bettzeug aus dem Schrank, in dem es tagsüber verstaut war. Meine Eltern hatten Betten im Schlafzimmer; ich jedoch schlief lieber auf dem traditionellen »Futon«. Das ist eine etwa zehn Zentimeter dick wattierte Matratze, die mit Baumwollstoff überzogen ist. Ein zweiter, leichterer Futon, mit Daunen gefüllt, diente als Decke. Diese Daunendecke glich die Temperaturen aus, sodass mir nie zu warm oder zu kalt war. Bevor ich am Morgen zur Uni ging, hängte ich die Futons zum Auslüften über den Balkon; im Laufe des Morgens legte sie meine Mutter dann wieder in den Wandschrank zurück.

Ich legte mein Bettzeug auf den Boden und zog mich aus. Nur mit einem Bademantel aus weißem Frottee bekleidet, stieg ich leise die Treppe hinunter. Durch den offenen Türspalt sah ich meine Mutter im Wohnzimmer vor dem Fernseher sitzen, aber sie las die Zeitung. Ich wusste, dass sie die Börsenkurse studierte. Mutter hatte einen ausgeprägten Sinn für Geld und Geschäfte. Wie in Japan üblich verwaltete sie das Gehalt meines Vaters, das monatlich auf ein gemeinsames Konto überwiesen wurde. Sie bezahlte die Rechnungen, plante das Haushaltsbudget und gab meinem Vater und mir unser wöchentliches Taschengeld. Sogar wenn wir auswärts aßen, war sie es, die die Rechnung beglich. Meinem Vater wäre es nicht im Traum eingefallen, sein eigenes Portmonee hervorzuziehen. Meine Mutter legte das restliche Geld in Aktien an und verfolgte deshalb täglich die Börsenentwicklung, um ihr Kapital zu vermehren. Wie viel Geld wir eigentlich besaßen, wusste nur sie. Wie die meisten japanischen Männer kümmerte sich mein Vater nicht im Geringsten darum. Manchmal hatte ich das Gefühl, dass er nicht einmal seine eigene Kontonummer kannte.

Ich lief auf Zehenspitzen am Wohnzimmer vorbei. Das Badezimmer, gleich hinter der Küche, war in zwei Räume geteilt. Im ersten Raum befanden sich das Waschbecken und die Einbauschränke für Handtücher und Wäsche. Dahinter lag der eigentliche, rosa gekachelte Baderaum. Die große, in den Boden eingelassene Wanne war mit einem Plastikdeckel versehen, an dessen Innenseite Wassertropfen hingen. Das Wasser war immer heiß und wurde von meiner Mutter alle paar Tage gewechselt. Vor der Wanne standen ein Plastikschemel und ein kleiner Behälter für Seife, Shampoo und Bimsstein.

Ich zog meinen Bademantel im Vorraum aus und steckte meine Haare auf dem Hinterkopf hoch. Dann nahm ich den triefenden Deckel von der Wanne. Das Wasser hatte gerade die richtige Temperatur. Ich setzte mich zuerst auf den Schemel, seifte mich gründlich ein und duschte mich ab. Das Duschwasser floss durch ein Abflussloch in den Bodenfliesen ab. Erst dann stieg ich in das heiße Wasser, wo ich mit geschlossenen Augen ruhte und mich zu entspannen versuchte. Ich wurde mir selbst nicht klar, wie ich mich fühlte. Ich wusste nur, es hing irgendwie mit meinem Vater zusammen. Er war mir heute Abend so seltsam vorgekommen, ein Fremder fast, der mir unbegreifliche Dinge sagte. Die Nachricht von Mayumis Krankheit musste ihn aufgewühlt haben. Aber da war noch etwas anderes, etwas Beunruhigendes, das er mir verschwieg. Ich versuchte nicht darüber nachzudenken; ich wollte nicht zudringlich sein, nicht einmal in Gedanken. Mir fiel ein, dass ich ihm weder etwas über Nina noch über Midori-Sensei erzählt hatte.

Nach einer Weile stieg ich aus dem dampfenden Wasser, deckte die Wanne wieder zu, ging in den Vorraum und trocknete mich ab. Meine Haut war krebsrot, aber die Hitze tat gut. Das heiße Wasser auf meinem Körper verdunstete fast augenblicklich, sodass ich nur ein kleines Handtuch brauchte. Ich hüllte mich in meinen Bademantel, nahm die Spange aus dem Haar und schüttelte unwillig meine Mähne. Sie fühlte sich, durch den Dampf feucht geworden, schwer an. Dann ging ich ins Wohnzimmer zu meiner Mutter.

Sie faltete die Zeitung zusammen und hob den Blick zu mir empor. »Dein Vater wollte arbeiten. Hast du ihn auch nicht zu lange gestört?«

»Er hat mir Fotos von früher gezeigt. Ein Bild von meinem Großvater, das ich nicht kannte.«

»So?« Meine Mutter spreizte die Finger und senkte ihren Blick auf ihre zartrosa lackierten Nägel.

»Was für ein Unterschied zwischen Tante Mayumi und Tante Chiyo«, fuhr ich lebhaft fort. »Man sollte nicht glauben, dass sie Schwestern sind.«

»Chiyos Leben war entbehrungsreich«, sagte meine Mutter kühl. »Die Ehre der Familie bedeutete ihr viel. Mayumi nahm es damit weniger genau.«

»Wieso?«, wollte ich wissen.

Doch sie schob ihren Stuhl zurück und überhörte die

Frage. »Mein Nagellack splittert ab, jetzt muss ich ihn schon wieder erneuern!«

Ich wünschte ihr eine gute Nacht und ließ sie in Ruhe. Meine Mutter schätzte es nicht, wenn man sie bei einer Tätigkeit störte, und sei es nur bei der Nagelpflege. Wenn ich mit ihr reden wollte, musste ich einen günstigen Augenblick abwarten.

Im Zimmer meines Vaters brannte noch Licht. Ich faltete meinen Bademantel zusammen, zog meinen Pyjama an und schlüpfte unter die Daunen. Manchmal las ich einige Seiten in einem Buch, aber heute stand mir der Sinn nicht danach. Es war ein seltsamer Tag gewesen. Ich löschte die kleine Leselampe und schloss die Augen. Ich schlief immer schnell ein, auch an diesem Abend.

Ich wusste nicht, wie viel Zeit vergangen war, als ich plötzlich erwachte. Etwas, ein Geräusch oder ein Luftzug auf meinem Gesicht, hatte mich geweckt. Ich schlug die Augen auf. Im milchigen Schein, der durch das helle Reispapier fiel, sah ich eine Gestalt vor meinem Bett knien. Ich fuhr erschrocken hoch. Es war meine Mutter. Wie eine Erscheinung fing ihr helles Nachthemd das Licht auf.

»Mama!«, keuchte ich. »Was ist los?«

Sie legte ihren Finger sanft an die Lippen. »Nichts«, hauchte sie. »Schlaf weiter! Ich wollte dich nur zudecken.«

Verwirrt ließ ich mich zurückfallen. Mein Herz schlug hart an die Rippen. Sie zog behutsam die Decke hoch. Ihre Hände strichen zärtlich über meine Schultern. Dann richtete sie sich auf und verließ das Zimmer ebenso lautlos, wie sie gekommen war. Ich aber spürte mein Herz immer noch heftig schlagen. Weswegen beobachtete sie mich, während ich schlief? Und wie lange hatte sie wohl schon vor mir gesessen? Ich versuchte mein Unbehagen loszuwerden. Allmählich ließ mein Herzklopfen nach. Trotzdem lag ich eine ganze Weile wach und starrte auf den Schatten der Zweige, die sich draußen im Nachtwind bewegten. Und plötzlich überlief es mich kalt. Ich glaubte zu verstehen, warum mein Vater nicht gerne von früher sprach. Es gibt Dinge, die man lieber vergessen sollte. Redet man von ihnen, so verleiht man ihnen Kraft. Doch in dieser stillen Stunde vor Tagesanbruch, in der die Menschen am häufigsten sterben, spürte ich ganz deutlich, dass sich etwas in mir und um mich herum in Bewegung gesetzt hatte. Etwas, dem ich keinen Einhalt gebieten konnte und das mein Leben von Grund auf verändern würde. Dann verschwamm dieser Gedanke. Wie ein Strudel, der mich zuerst langsam, dann immer schneller in dunkle Tiefen zerrte, umfing mich der Schlaf. Aber das beängstigende Gefühl wich nicht aus meinem Herzen und verfolgte mich bis in den unruhigen Traum.

4. KAPITEL

Am nächsten Morgen war alles wie sonst. Ich fragte mich, ob ich nicht das Opfer eines Hirngespinstes gewesen war. Die Schatten der Nacht waren verflogen. Die Sonne schien hell. Wie stets hatte meine Mutter, bevor sie zu Bett ging, den Frühstückstisch gedeckt. Es duftete nach frischem Kaffee und nach Toast. Ich wusch mein Haar über dem Waschbecken und fönte es, wobei ich es mit einer Rundbürste aus dem Gesicht bürstete. Ich hatte diese tägliche Prozedur satt. Mein Haar war kräftig und geschmeidig, aber für die warmen Sommermonate viel zu schwer.

Meine Mutter stand in ihrem geblümten Morgenrock im Wohnzimmer, als ich eintrat. Ihr Haar fiel in Wellen auf ihre Schultern, die Haut schimmerte frisch gepudert. Sie schüttete eben Cornflakes für meinen Vater in eine Schüssel und stellte die Milch daneben. »Mama, ich möchte mein Haar gerne schneiden lassen«, sagte ich.

»Aber nicht zu kurz!«, rief sie, wenig erfreut.

In diesen Dingen dachte sie sehr altmodisch. In ihren Augen waren lange, schlichte Haare oder Zöpfe das Richtige für ein Mädchen. Ich jedoch hatte meinen eigenen Geschmack. Zum Glück kam es oft vor, dass sie nachgab. Inzwischen war auch mein Vater da. Ich lächelte ihm zu und meine Mutter sagte bekümmert: »Jun will ihr Haar loswerden.«

Mein Vater setzte sich, goss Milch über seine Cornflakes und streute einen Löffel Zucker darüber. »Keine schlechte Idee«, meinte er. »Jetzt, wo es heiß wird. Was willst du? Eine grüne Strähne über dem Ohr? Oder einen Bürstenschnitt?«

Er zwinkerte mir zu und ich kicherte. Meine Mutter lächelte auch, aber ganz schwach. Sie hatte nur dann Sinn für Humor, wenn ihr das Thema passte. Ich suchte ihren Blick und hielt meine Hand in Kinnhöhe. »Nur so viel kürzer! Geht das?«

Mein Vater schmunzelte. »Dann haben wir ja die gleiche Frisur. Mal sehen, wem sie besser steht.«

Mutter schob ihre weiten Ärmel zurück, hob die Kanne und schenkte ihm Kaffee ein. Das grelle Morgenlicht beleuchtete ihr Gesicht. Ich bemerkte einige Falten um ihre Lippen und unter ihren Augen hatte sie Flecken wie von zerquetschten blauen Trauben. Sie schien schlecht geschlafen zu haben.

»Kurzes Haar stand ihr schon als Kind nicht«, meinte sie.

»Ach, es wächst ja wieder nach«, entgegnete Vater leichthin.

Der Toaster klingelte. Mutter zog mit einer Zange eine Schnitte geröstetes Brot heraus und legte sie meinem Vater auf den Teller. Die zweite bekam ich.

»Geh zu meinem Friseur«, sagte sie. »Er ist teuer, aber er schneidet wenigstens gut. Das Geld kriegst du von mir.«

Ich hob überrascht den Kopf und dankte hocherfreut, während ich dick Butter und Erdbeermarmelade auf meinen Toast strich. Mit diesem schnellen Sieg hatte ich nicht gerechnet.

In unserem Viertel gab es eine Anzahl Friseure. Der

meiner Mutter befand sich unweit des Bahnhofs in einer ruhigen Nebenstraße. Auf dem Weg zur Uni machte ich einen kleinen Umweg, meldete mich an und bekam einen Termin um halb fünf.

Der Tag versprach heiß zu werden. Mein Nacken war jetzt schon feucht. Ich freute mich, dass ich mein Haar bald los war. Wie üblich um diese Zeit war die U-Bahn brechend voll. Ich hatte den Kopfhörer meines Walkmans über die Ohren gesteckt und lauschte mit halb geschlossenen Augen meiner heiß geliebten Flamenco-Musik. Beim Umsteigen in Shinjuku erwischte ich sogar einen Sitzplatz, den ich aber kurz darauf einer kleinen, gebückten Alten anbot. Sie trug eine Mundbinde aus weißem Gazestoff, weil sie erkältet war. Als ich aus dem Bahnhof kam, schien mir die Sonne warm ins Gesicht. Der Himmel war blau wie Flieder. Es lag etwas Fröhliches in der Luft.

Eine der Eigenarten Tokios war, dass man nie befürchtete im Häusermeer unterzugehen. Trotz des starken Verkehrs schufen die breiten Straßen, die vielen Bäume und die Parkanlagen den Eindruck beschwingter, großzügiger Weite. Es roch nach frischem Brot und nassem Asphalt, weil die Straßen gefegt und besprengt wurden. Ich wartete vor einer Ampel, als ich einen raschen Atem hinter mir hörte; kurz darauf legte sich eine Hand auf meine Schulter. Ich wandte mich um. Es war Nina. Gewohnheitsmäßig deutete ich eine Verbeugung an; sie jedoch stand stocksteif vor mir, mahlte ihren Kaugummi und starrte mich aus kühlen grünen Augen an.

»Sag, willst du unbedingt zur Vorlesung? So ein schöner Tag! Wollen wir nicht lieber etwas unternehmen?«

Ich musste ein verdutztes Gesicht gemacht haben. Das

in der Schule eingedrillte Pflichtbewusstsein saß mir noch in den Knochen. Der Gedanke, nicht mit meiner Unterschrift auf der Anwesenheitsliste zu sein, war mir peinlich.

»Ich weiß nicht ...«, stammelte ich. »Wir haben Vorlesung!«

»Du und dein japanisches Pflichtbewusstsein!«, maulte Nina. »Ich finde das furchtbar, wenn immer alles nur nach Schema F abläuft!«

Ich kämpfte gegen die Versuchung an. Klar würde es reichen, wenn ich mir die Unterlagen besorgte und das Versäumte zu Hause nachholte. Aber ich zögerte doch.

»Nun stell dich doch nicht so an«, sagte Nina. »Dir schlägt kein Pauker mehr auf die Finger! Dazu bist du schon zu alt.« Ihre Stimme klang gleichzeitig höhnisch und flehend, eine seltsame Mischung.

Schließlich gab ich nach. »Also gut. Wohin gehen wir?«

Nina lächelte und diesmal war ich es, die sie anstarrte. Es erschien selten, dieses Lächeln, hell und flüchtig und warm wie ein Sonnenstrahl, der durch graue Wolken blitzt. Im nächsten Atemzug aber war es verschwunden und das Gesicht war wieder ausdruckslos wie zuvor.

»Ich brauche frische Luft«, brummte sie.

»Gehen wir in den Ueno-Park«, schlug ich vor.

Wir gingen den Weg zum Bahnhof zurück. Die Stoßzeit war jetzt vorbei. In der U-Bahn waren ausreichend Sitzplätze frei. Wir fuhren einige Stationen weiter. Auch im Ueno-Park begegneten wir um diese Zeit nur selten Spaziergängern oder Radfahrern. Kies- und Asphaltwege durchzogen das riesige Gelände. Ich erklärte Nina, die wenig Interesse zeigte, dass sich hier mehrere Museen, die Musikhochschule und die Kunstakademie befanden. Eine Zeit lang bummelten wir gemächlich den großen Shinobazu-Teich entlang. Die langstieligen Halme der Lotosgewächse bedeckten mit ihren üppigen dunkelgrünen Blättern einen Teil der Wasserfläche. Am Ufer wuchsen Trauerweiden; die Linie der Hochhäuser im dunstigen Gegenlicht verschwamm hinter den herabhängenden Zweigen wie hinter einem Vorhang. Man konnte Boote mieten und über den Teich rudern.

»Total romantisch.« Nina beförderte ihren Kaugummi von einer Backe zur anderen. »Was ist das da vorne für ein Gebäude, das auf der Insel? Ein Restaurant?«

Ich kicherte hinter vorgehaltener Hand. »Das ist der Schrein der Liebesgöttin.«

»So?« Nina wies schmatzend auf einige Paare, die im Gras saßen oder unter den Büschen brav nebeneinander hergingen. »Das scheint die aber kalt zu lassen. Von Sinnesrausch keine Spur!«

»Man zeigt seine Gefühle nicht in der Öffentlichkeit«, belehrte ich sie mit Würde.

»Und warum nicht?«, schmatzte sie. »Wir leben nicht mehr im 19. Jahrhundert. Ihr Japaner seid wirklich rückständig!«

Eine kleine, heiße Welle stieg mir unter dem T-Shirt den Hals hoch. Rückständig? Was stellte die sich eigentlich vor? »Dafür gibt es Love-Hotels!«, entgegnete ich.

Jetzt wirkte sie völlig überrumpelt. »Meinst du diese kitschigen Stundenhotels, die an jeder Straßenecke stehen? Und ich dachte, die seien nur für alte Lustmolche und Animierdamen da!«

Ich fasste mich in Geduld. Dass in Europa manches anders war, wusste schließlich jeder. »Die meisten Studenten leben bei ihren Eltern. Man kann nicht immer warten, bis mal keiner zu Hause ist.«

Nina sah aus wie vor den Kopf geschlagen. »Warst du auch schon in einem Love-Hotel?«

»Da gehen fast alle hin«, sagte ich, weil ich ihre Frage nicht direkt beantworten wollte. »Das ist praktisch und kostet nicht viel.«

»Du meine Güte!« Nina glotzte mich an, als wäre ich ein Marsmensch. Ich war sprachlos. Was hatte sie nur gegen Love-Hotels? Wo sollten wir hin, wenn wir mit einem Jungen in Ruhe zusammen sein wollten?, dachte ich. Bei den Eltern geht es nicht, im Kino ist es unbequem und in einem Stadtpark wird man immer wieder von Passanten gestört.

»Wie ist das in Deutschland?«, fragte ich. »Gibt es da keine Love-Hotels?«

Sie schüttelte heftig den Kopf. »Nein, es gibt keine. Wenigstens ... nicht solche. Andere. Für Leute, die auf den Strich gehen. Verstehst du?«

»Ach so.« Mir leuchtete endlich ein, warum sie so verblüfft wirkte. »Das ist aber unangenehm. Und wo verabredet ihr euch?«

»Na ja, irgendwo ... Es kommt darauf an.« Nina war offenbar überfragt. »Gut ist natürlich, wenn man sein eigenes Zimmer hat.«

»Siehst du?«, sagte ich. »Ein Love-Hotel ist eben doch die beste Lösung.«

Nina verzog die Lippen auf eine Art, die alles Mögliche bedeuten konnte. Ich hatte wirklich Mühe, aus ihr klug zu werden. Sie regte sich über Dinge auf, die ich natürlich fand; ich empfand als taktlos, was für sie völlig normal schien.

Wir kamen an einem Jungen und einem Mädchen vorbei, die eine Bank in Beschlag genommen hatten. Der Junge lag auf dem Rücken und hatte seinen Kopf in den Schoß des Mädchens gebettet, sie streichelte zärtlich sein Haar. Wir setzten uns auf die Bank daneben und sofort ging mir Nina wieder auf die Nerven. Warum schielte sie zu den beiden hin, wo es offensichtlich war, dass sie für sich sein wollten? Dazu wippte sie pausenlos wie ein Kleinkind hin und her. Mir wurde die Sache richtig peinlich und ich atmete auf, als sie endlich die Augen von den beiden abwandte.

»Hast du auch einen Freund?«, fragte sie unvermittelt. Sie hatte das Wort »O-Tomodashi« gebraucht, und das ist bei uns ein dehnbarer Begriff.

»Die meisten Jungen«, erwiderte ich leichthin, »sind ja nur als ›Achi‹ und ›Meschi‹ zu gebrauchen.«

Sie hob die Brauen. »Was meinst du damit?«

Diesmal musste ich lachen. »Achi« bedeutete »Fuß« und »Meschi« hieß »Essen«. Für jemand, der nicht im Bilde war, hörte sich das natürlich komisch an.

»Also«, erklärte ich ihr, »wenn ein Mädchen essen gehen möchte und kein Taschengeld mehr hat, ruft sie ihren Meschi an, einen Jungen, von dem sie weiß, dass er sich für sie interessiert. Der Junge ist entzückt, führt sie aus und zahlt. Nach dem Essen bedankt sich das Mädchen und geht. Als Achi kommt nur ein Junge in Frage, der den Führerschein hat und über ein Auto verfügt. Den ruft das Mädchen an, wenn sie keine Lust hat, mit der U-Bahn zu fahren. Der Achi braust sofort los und fährt das Mädchen nach Hause. Sie bedankt sich, steigt aus und sagt ›Auf Wiedersehen, bis zum nächsten Mal‹. Fast jedes Mädchen hat einige Achi und Meschi, um abzuwechseln.«

Ich dachte, sie fände das witzig. Weit gefehlt: Sie sah mich schockiert an. »Und die Jungen machen mit?«

»Klar. Deutsche Jungen etwa nicht?«

Sie schüttelte gereizt den Kopf. »Hast du eine Ahnung! Die sind doch nicht so pubertär, nicht einmal mit zwölf.«

»Wieso nicht?«, sagte ich überrascht. »Wenn sie sich dabei wichtig fühlen? Jungen brauchen das!«

Das Paar neben uns stand auf und ging.

Nina kaute und sah ihnen nach. »Immerhin halten sie Händchen! Gehen die jetzt in ein Love-Hotel?«

»Na und?«, sagte ich gereizt.

Das ging uns nun wirklich nichts an.

Sie kratzte an ihren Nagelhäutchen. »Eine von uns ist bescheuert. Wenn ich nur wüsste, wer. Man sollte glauben, dass wir uns verstehen. Aber das stimmt überhaupt nicht. In Wirklichkeit reden wir aneinander vorbei.«

»Vielleicht bildest du dir das nur ein«, erwiderte ich mit halbem Lächeln.

Sie kaute an ihren Nagelhäutchen, rieb sie und biss sie ab. »Du machst es dir leicht. Klar benutzen wir dieselben Worte. Aber die haben für uns nicht die gleiche Bedeutung. Wir denken und fühlen ganz anders.«

»Das ist doch unwichtig«, sagte ich.

»Unwichtig?« Jetzt sah sie fast gekränkt aus. »Nicht für mich! In Deutschland kannte ich eine Menge Menschen und ich hatte nie Probleme mit ihnen. Doch seitdem ich in Japan bin, drehe ich beinahe durch. Du kannst dir nicht vorstellen, wie das ist.«

Merkwürdig, dass wir uns mögen, dachte ich, so verschieden, wie wir sind. »Natürlich ist es am Anfang nicht leicht«, sagte ich. »Aber wenn du eine Zeit lang hier bist ...«

Sie schnitt mir aufgebracht das Wort ab. » ... du siehst das falsch. Und das musst du auch. Du hast ja keine Mauer in dir, die dich in zwei Hälften teilt.«

Sie irrt sich, dachte ich. Ich verstehe sie. Besser, als sie denkt. Aber ich schwieg.

»Mit dir kann ich reden«, fuhr Nina erregt fort. »Immerhin reden. Zum ersten Mal. Die anderen machen einen großen Bogen um mich. Als hätten sie Angst vor mir. Alle laufen davon, keiner sagt mir, warum. Ich habe doch nicht die Krätze! Am liebsten würde ich mich verkriechen, in den Erdboden verschwinden, nicht mehr da sein!« Ihre Stimme verriet wirkliche Verzweiflung.

Ich zögerte. Wie konnte man gleichzeitig so grob und so empfindsam sein? »Vielleicht ist es dein Blick?«, sagte ich schließlich.

Sie fiel aus allen Wolken. »Mein Blick? Wieso mein Blick?«

Ich rutschte unbehaglich hin und her. Aber sie hatte Hilfe nötig und ich wollte offen zu ihr sein. Ich nahm all meinen Mut zusammen. »Wir Japaner«, begann ich, »stören uns oft an den Blicken der Fremden. Sie starren uns ins Gesicht; das wirkt zudringlich und aggressiv.« Ich stockte und wurde rot, weil ich so taktlos offen geworden war.

Nina sah mich völlig entgeistert an. »Du meinst, ich würde die Leute zu sehr anglotzen?«

»Wenn du wenigstens dabei lächeln würdest«, sagte ich kläglich. »Aber du wirkst so zugeknöpft …«

»Na hör mal …!«, rief Nina. »Bei uns in Deutschland …« Sie stockte.

Ich merkte, dass sie zu überlegen begann. Ich atmete auf. Das Schlimmste hatte ich hinter mir. »Vielleicht kann ich dir sagen, woher das kommt«, fuhr ich fort. »Wir Japaner leben auf einer Inselgruppe, auf einem Archipel. Auch heute noch sind viele Gegenden unbewohnbar. Die Natur ist bei uns sehr mächtig. Jahr für Jahr suchen uns Erdbeben, Vulkanausbrüche, Flutwellen und die schrecklichen Stürme heim, die Taifune. Da müssen die Menschen zusammenhalten. Und das geht nur, wenn man höflich zueinander ist. Ohne Hilfsbereitschaft, Mitgefühl und Nächstenliebe stünde jeder alleine da, und das wäre schlimm. Tokio hat heute fast dreizehn Millionen Einwohner. Stell dir mal vor, die Menschen würden mit Schusswaffen herumlaufen wie in Amerika oder in der U-Bahn mit Bierflaschen aufeinander losgehen. Klar kommt so was auch vor, aber nur selten. Jeder gibt sich Mühe, seine Mitmenschen nicht zu ärgern oder zu verletzen. Dazu gehört, dass man sie nicht anstarrt. Auch Blicke können wehtun, verstehst du?« Ich sah sie von der Seite an. Ich wollte sehen, wie sie es aufnahm.

Ihr Gesicht hatte sich verändert. Ihre Kiefer waren fest zusammengepresst und zitterten, als kämpfe sie gegen Tränen an. Vielleicht hatte ich schon zu viel gesagt. Sie wird damit fertig werden, dachte ich. Aber es war zu schwierig, sie zu fragen, wie.

»Das hat mir noch niemand gesagt«, stieß sie endlich hervor. »Nicht einmal mein Vater, der es ja schließlich wissen sollte. Aber der nimmt sich ja sowieso keine Zeit für mich. Und meine Mutter kennt diese Probleme nicht. Die sagt nur, ich sei ihr zu kompliziert.«

Ich atmete auf. Mir fiel ein Stein vom Herzen. Ich hatte solche Angst, dass sie beleidigt war. »Es tut mir leid, wenn ich dich verletzt habe«, fühlte ich mich verpflichtet ihr zu sagen. »Klar hättest du es von selbst begriffen. Aber erst viel später.«

Doch sie winkte nur mit der rechten Hand ab, spuckte ihren Kaugummi aus und setzte hinzu: »Auf jeden Fall danke ich dir für die Auskunft.«

Wir blickten einander an; diesmal wich ich ihrem Blick nicht aus und plötzlich lächelten wir gleichzeitig.

Inzwischen war es kurz vor Mittag; die Sonne brannte. Wir merkten, dass wir Hunger hatten. In der Nähe fanden wir ein Café, wo man preiswert essen konnte. Vor dem Eingang stand der übliche Glaskasten, in dem die Gerichte von der Speisekarte, aus buntem Wachs täuschend ähnlich nachgebildet, ausgestellt waren.

Nina zog die Nase kraus. »Immer, wenn ich das sehe, vergeht mir der Appetit.«

Mir war diese Reaktion unbegreiflich. »Aber das ist doch praktisch! Da weißt du sofort, was du vorgesetzt kriegst.«

»Das ist es ja eben«, murrte Nina. »Wo bleibt da die Überraschung?«

Wir traten ein; wie in allen einfachen Restaurants standen die Tische und Stühle dicht nebeneinander. Die Kunden saßen buchstäblich Ellbogen an Ellbogen. Nina ließ ein Stöhnen hören. »Schrecklich, diese Puppenstuben! Ich weiß nie, wohin mit meinen Beinen.«

Es gelang uns, zwei freie Plätze zu ergattern. Keiner

beachtete uns. Die Leute hatten Ninas fremdländisches Aussehen aus den Augenwinkeln wahrgenommen und nahmen keine Notiz mehr von ihr.

Nina sah sich kurz um und flüsterte mir zu: »Du hast eigentlich Recht! In Deutschland glotzen alle, den vollen Löffel in der Hand, sobald ein halbwegs exotisches Wesen seinen Hintern auf einem Stuhl platziert hat. Und hier in Japan bin ich sehr exotisch«, schloss sie düster.

Die Kellnerin brachte uns zwei Gläser Wasser und zwei heiße Frotteetücher in einer Plastikfolie, »O-Shibori« genannt, an den Tisch. Wir bestellten Spagetti.

»Du bist mir eine Antwort schuldig«, fuhr Nina fort, während wir uns Gesicht und Hände mit dem feuchten Frotteetuch abrieben. »Hast du jetzt einen Freund, ja oder nein?«

Sie starrte mich an; ich blieb stumm. Nach wenigen Sekunden schmiss sie ihr Tuch unwillig auf den Tisch. »Wenn du nicht reden willst, dann lass es bleiben.«

Ich schwieg immer noch und trocknete mein Gesicht ab.

»Genau das geht mir so auf die Nerven!«, brauste sie auf. »Dass man nie offen zueinander ist!«

Ich legte das Tuch auf die Plastiktüte. »Nun hab doch etwas Geduld. Wir kennen uns ja erst seit gestern.«

»Aber ich dachte …«, begann sie, mit Trotz in der Stimme.

Ich lächelte beschwichtigend. »Wann soll ich dir etwas von mir erzählen? Du redest ja die ganze Zeit. Klar kenne ich einen Jungen. Schon seit einigen Jahren.«

Ich schwieg, weil die Kellnerin das Essen brachte. Mittags wurde man immer schnell bedient.

»Die Spagetti sehen nicht übel aus.« Nina nahm sich geriebenen Käse und reichte ihn mir. »Hoffentlich schmecken sie auch. Wie heißt er?«, setzte sie neugierig hinzu.

»Seiji.« Ich sprach seinen Namen aus und fühlte meinen Herzschlag. Die Geschichte kannte keiner. Nicht einmal Yukiko, meine weggezogene Freundin. Warum hatte ich plötzlich das Bedürfnis, sie Nina zu erzählen? Vielleicht, weil wir uns so fremd und doch so nahe waren? Weil wir uns einander schon so viel Wichtiges mitgeteilt hatten? Ich wusste es nicht. Ich wusste nur, dass ich jetzt darüber reden wollte.

»Wir kannten uns schon als Kind«, begann ich. »Seiji wohnte ganz in der Nähe. In der Grundschule gingen wir in dieselbe Klasse. Aber ...«, ich schluckte schwer, »heute sieht es meine Mutter nicht mehr so gerne, wenn wir uns treffen.«

Nina rollte ihre Spagetti auf die Gabel. »Was hat sie dagegen?«

Ich saß regungslos vor meinem vollen Teller. »Es geht um seinen Vater.«

Ninas grüne Augen waren erwartungsvoll auf mich gerichtet. »Was ist mit ihm?«

Ich atmete schneller und kämpfte gegen mich selbst. Es war schwierig, weiterzureden; viel schwieriger, als ich gedacht hatte. »Er war Zimmermann. Das ist bei uns ein sehr traditioneller Beruf. Zimmerleute gelten nicht als gewöhnliche Arbeiter. Sie gehören einer besonderen Zunft an.«

Nina nickte. »Wie bei uns in Deutschland. Über Zimmerleute gibt es eine Menge Sagen. Komisch, dass es in Japan auch so ist.«

»Es hängt mit dem Holz zusammen«, sagte ich. »Das

Holz stammt von den Bäumen. Die Bäume sind Göttersitze; sie wachsen aus der Erde und berühren den Himmel.«

»Im Ernst?« Nina starrte mich an. »Und du, glaubst du daran?«

»Die Erde ist lebendig«, sagte ich. »Sie lebt und atmet; sie ist gut zu den Menschen oder sie rächt sich an ihnen, wenn sie verletzt wird.«

Nina schüttelte fassungslos den Kopf. »Du bist wirklich unglaublich. Jetzt redest du wie eine Medizinfrau der Oglala. Nun sei endlich mal sachlich!«

Da – schon wieder spürte ich dieses seltsame Prickeln! Ein Schauer lief über meinen ganzen Körper bis in die Kniekehlen hinunter und ich dachte: Was ist das?

Nina musste gemerkt haben, dass ich mich plötzlich verschloss.

»Ich hab's nicht so gemeint«, sagte sie schnell. »Ich habe nur einen Witz gemacht. Von mir aus kannst du an deine göttlichen Bäume glauben. Bitte, ich schenke sie dir! Dafür will ich jetzt endlich wissen, was mit Seijis Vater passiert ist ... Übrigens – deine Spagetti werden kalt!«

Ich starrte auf meinen Teller, die Hände hielt ich unter dem Tisch. Ich fühlte, wie meine Finger auf den Knien fest ineinandergriffen. »Vor zwölf Jahren ließen wir unser Haus abreißen, um ein neues zu bauen«, fuhr ich leise fort. »Seijis Vater war als Vorarbeiter dabei. Als der Dachstuhl fertig war, stieg er hinauf, um einen Sakaki-Busch am Firstbalken zu befestigen. Dieser Busch hat immergrüne Blätter und gilt als heilig.«

»Wie bei uns der Tannenbaum«, sagte Nina. »Der wird auch auf dem fertigen Dachstuhl aufgestellt.«

»Ach ja?«, antwortete ich verwundert. »Das wusste ich nicht.«

Ich hielt mich jedoch nicht bei dieser Überlegung auf und erzählte weiter. »Seijis Vater hatte den Busch gerade befestigt, als er das Gleichgewicht verlor. Er fiel aus einer Höhe von zehn Metern auf einen Balken und brach sich die Wirbelsäule.«

Nina hatte aufgehört zu essen und sah mich an. Nicht mit ihrem kritisch abwehrenden Blick, der alles in Frage stellte, sondern fassungslos und mitfühlend. Die schrecklichen Bilder von einst flimmerten vor meinem inneren Auge. Nina spürte meine Erregung, hörte zu, sah wie ich Seijis Vater aus großer Höhe stürzen, mit dumpfem Aufprall den Boden berühren und bewegungslos liegen bleiben. Sie sah ihm das Blut aus Mund und Nase sickern und auf dem Boden eine kleine Lache bilden. Und wie in einem fernen Spiegel sah sie die Jun von damals, ein sechsjähriges schreckerfülltes Mädchen, und hörte einen kleinen Jungen laut kreischen: »Mein Papa ist tot!«

»Dann«, fuhr ich zitternd fort, »hob er einen Stein auf und schrie meine Mutter an: ›Es ist Ihre Schuld. Sie haben meinen Papa getötet!‹ Er warf den Stein und traf sie an der Schläfe. Darauf lief er heulend weg.«

Immer mehr Leute setzten sich an die Tische im Lokal. Es roch nach Sojasoße und Bratenfett. Über meinem Kopf surrte die Klimaanlage. Ich massierte mit kreisenden Bewegungen meine Schultern.

Nina fuhr fort mich anzustarren. »War sein Vater wirklich tot?«

»Er hatte die Wirbelsäule gebrochen«, sagte ich dumpf. »Er starb nicht, aber er ist gelähmt. Jetzt sitzt er im Rollstuhl.« Ich holte tief Luft. Endlich hatte ich davon reden können. Nach so vielen Jahren.

Auf einmal merkte ich, dass ich Hunger hatte. Die Spagetti waren inzwischen kalt geworden, aber das war mir egal. Ich griff nach der Gabel.

Nach einigen Bissen fuhr ich fort: »Später schickte Seijis Mutter ihn zu uns, um sich zu entschuldigen. Meine Mutter war nett zu ihm. Der Stein hatte sie ja nicht verletzt. Sie sagte ihm, wie leid ihr der Unfall tue und dass sie ihm nicht im Geringsten böse sei.«

»Und Seiji?«, fragte Nina. »Wie nahm er es auf?«

»Das Merkwürdigste ist«, fuhr ich fort, »dass wir auch nach diesem Zwischenfall befreundet blieben. Ich hatte sogar den Eindruck, dass wir noch mehr zusammenhielten. Ich besuche Seijis Eltern oft. Sein Vater war … Er ist immer noch ein fröhlicher Mann. Stell dir vor, er macht sogar Witze über den Unfall, manchmal richtig geschmacklose. Doch selten, wenn ich dabei bin. Er spürt, dass mich die Erinnerung quält. Seiji aber ist nach dem Unfall nie mehr bei uns gewesen. Als wir zur Oberschule wechselten, holte er mich jeden Morgen mit dem Fahrrad ab. Aber er wartete immer vor dem Gartentor. Meiner Mutter geht er heute noch aus dem Weg. Er hat schon jahrelang nicht mehr mit ihr gesprochen. Irgendwie hängt es mit dem Stein zusammen. Er schämt sich noch heute deswegen.«

Nina konnte das nicht verstehen. »Aber er war ja damals ein Kind. Und er hatte schreckliche Angst.«

Ich schüttelte traurig den Kopf. »Er weiß genau, dass meine Mutter den Vorfall nicht vergessen hat. Und dass sie ihm nie verzeihen wird. Niemals.«

5. KAPITEL

Nina und ich trennten uns gegen vier an der U-Bahn-Station. Als ich alleine war, suchte ich mit den Augen die kleinen roten Telefonapparate, die überall in den Bahnhöfen zu finden sind. Alle Apparate waren besetzt. Ich stellte mich an und wartete; an solchen Orten beschränken sich die Menschen in ihren Gesprächen auf das Wesentliche. Zwei Minuten später wurde ein Telefon frei. Ich wählte Seijis Nummer. Ich wusste, dass er um diese Zeit zu Hause sein würde. Seine Mutter nahm den Hörer ab.

»Guten Abend, Arashi-San«, sagte ich höflich. »Entschuldigen Sie, wenn ich störe.«

»Ach du bist es, Jun-San!«

Ich hörte Frau Arashis Lachen, das so gut zu ihren lebhaften Zügen passte. Doch ihre Stimme kam mir heute belegt vor.

»Nein, du störst überhaupt nicht«, fuhr sie fort. »Du willst sicher mit Seiji sprechen ... Ja, er ist hier.«

Ich hörte, wie sie seinen Namen rief, bevor sie sich verabschiedete.

Einen Augenblick später klang Seijis Stimme durch den Bahnhofslärm an mein Ohr. »Hallo, Panda! Schön, dass du anrufst! Ich wollte sowieso mit dir reden. Sehen wir uns gleich?«

»Erst etwas später«, sagte ich. »Ich muss zuerst zum

Friseur. Dafür werde ich dir meinen neuen Haarschnitt vorführen.«

Er lachte. »Ich bereite mich aufs Schlimmste vor! Wann bist du fertig?«

»Um sechs«, sagte ich. »Wir treffen uns bei Fugetsudo.«

Fugetsudo war ein Café, in dem wir uns oft trafen. Zudem lag es nur etwa drei Minuten vom Friseur entfernt.

»Vielleicht komme ich etwas später«, setzte ich hinzu. »Beim Friseur weiß man nie, wie lange es dauert.«

»In Ordnung, Panda. Du weißt ja, ich bin ein geduldiger Mensch.«

Ich legte den Hörer auf und lächelte über den Kosenamen, den Seiji seit unserer Kindheit verwendete. Er hatte schon damals gesagt, ich sähe wie ein Panda aus. Mir hatten meine breiten Wangenknochen nie gefallen. Früher hatte ich sie deshalb zu verstecken versucht, indem ich meine Haare ins Gesicht kämmte. Eines Tages aber, als ich in einem Warenhaus einen Lippenstift kaufte, sagte mir die Verkäuferin, wie vorteilhaft meine Wangen das Licht auffingen. »Wie bei einem Fotomodell!«, hatte sie entzückt ausgerufen. Das war natürlich übertrieben, doch es hatte mein Selbstbewusstsein ungemein gestärkt.

Ich fuhr mit der U-Bahn nach Seijo zurück. Beim Friseur wurde ich bereits erwartet. Ich erfuhr, dass meine Mutter angerufen und ihre Anweisungen gegeben hatte. Ich bemühte mich, meinen Ärger herunterzuschlucken. Warum musste ich mich immer nach ihr richten? Nun, wir würden ja sehen.

Der Friseur, ein wendiger junger Mann mit perfekt gestyltem Kurzhaar, trug einen weißen Overall und an jedem

Finger einen silbernen Ring. Er behandelte mich wie ein rohes Ei; schließlich war meine Mutter eine gute Kundin. Er musterte mein Haar, das voll und glänzend auf meinen Rücken fiel, legte den Kopf schief und die Stirn in Falten. Dann zupfte er an einigen Strähnen. Darauf probierte er verschiedene Scheitel aus.

»Die ehrenwerte Frau Mutter wünscht«, meldete er salbungsvoll, »dass wir das Haar in Schulterhöhe kürzen.«

Ich äußerte mich nicht dazu, sondern ließ die Prozedur des Haarewaschens, der Cremespülung und des Kopfmassierens stumm über mich ergehen. Die Shampooneuse arbeitete sehr gewissenhaft. Es dauerte fast eine Stunde, bis ich alles hinter mir hatte. Nun musste ich den Stuhl wechseln und mich vor einen großen Spiegel setzen. Ich bekam einen frischen Umhang um die Schultern und einen kühlen Orangensaft zur Entspannung. Wieder erschien der Meister persönlich, diesmal mit Kamm und Schere in den manikürten Händen. Behutsam begann er zu schneiden. Ich lauschte auf das Knirschen der Schere und starrte unverwandt auf mein Spiegelbild. Eine junge Gehilfin fegte die Haare, sobald sie gefallen waren, weg.

Schließlich trat der Meister zwei Schritte zurück, besah sich sein Werk und meinte selbstgefällig: »Die ehrenwerte Frau Mutter wird gewiss zufrieden sein.«

Ich schüttelte den Kopf, dass die feuchten Strähnen flogen. »Bitte noch etwas kürzer!«

»Kürzer?« Der Meister machte ein Gesicht, als hätte er auf etwas Saures gebissen. »Ich bin so dreist Ihnen eine solche Länge als besonders vorteilhaft zu empfehlen.«

»Es tut mir leid«, erwiderte ich kalt. »Ich möchte sie kürzer haben.«

Der Meister stand offenbar auf Kohlen. »Ich erlaube mir, einzuwenden, dass diese Frisur die Proportionen Ihres Gesichtes besser zur Geltung bringen.«

Der Mann fing an, mir auf die Nerven zu gehen. Ein Grund mehr, auf meinem Standpunkt zu beharren. »Bitte, schneiden Sie!«

Der Friseur zog gequält die Mundwinkel nach unten und machte sich erneut an die Arbeit. Unerbittlich gab ich ihm die gewünschte Länge mit der Hand an. Schließlich war ich zufrieden. Der Friseur zog mir einen Seitenscheitel und holte seufzend einen Fön. Als das Haar endlich trocken war, nahm mir der Meister mit kummervoller Miene den Umhang von den Schultern. Ich saß kerzengerade vor dem Spiegel und starrte mich an. Auf einmal wusste ich nicht mehr, ob mir die kurze Frisur überhaupt gefiel. Das Haar, von der Wärme etwas hochgebauscht, bedeckte gerade noch meine Ohrläppchen. Ich beugte den Kopf, wobei das Haar geschmeidig der Bewegung folgte.

»Der Schnitt ist klassisch und dennoch sehr persönlich«, seufzte der Meister. »Ich wage zu hoffen, dass Ihre Frau Mutter dieser Kreation ihr Wohlwollen entgegenbringt.« Es fehlte nicht viel und er hätte ein »Das-ist-mir-schnuppe« zu hören bekommen. Doch ich beherrschte mich, zahlte und ging.

Seiji saß längst bei Fugetsudo. Ich sah auf die Uhr. Schon Viertel vor sieben und um sechs hatten wir uns treffen wollen! Ich lief die Straße entlang; mein Haar kam mir federleicht vor. Mit fliegendem Atem stieß ich die Tür zu Fugetsudo auf und hastete in den ersten Stock hinauf. Um diese Zeit waren nur wenige Gäste an den Tischen. Seiji saß so, dass er den Eingang im Auge behalten konnte. Er klappte sein Buch zu und betrachtete mich lächelnd.

»Nun? Wie findest du mich?«

Er sah mich gut zwanzig Sekunden lang an und zwinkerte mir schließlich zu. »Jetzt siehst du wirklich wie ein Panda aus!«

Ich fühlte, wie meine Wangen heiß wurden. »Gefalle ich dir oder nicht?«, fragte ich zögernd.

Er schmunzelte und setzte meiner Unsicherheit mit den Worten »Nicht übel!« ein Ende.

Die Kellnerin brachte ein Glas Wasser und das übliche heiße Tuch. Ich bestellte einen Schwarztee.

»Meine Mutter wird nicht zufrieden sein«, seufzte ich.

Er zog die Schultern hoch. »Und?«

»Sie hat sehr eigenwillige Ansichten.«

»Du ja auch«, sagte er.

Ich seufzte ein zweites Mal, wobei ich gleichzeitig lachen musste. Ich erzählte ihm die Sache mit dem Friseur. Seiji hörte zu, das Kinn auf die Hand gestützt. Er saß locker da. Er war nie grob oder vorlaut, wie es Jungen oft sind. Für sein Alter wirkte er erstaunlich selbstbewusst.

»Wozu das ganze Theater?«, meinte er, als ich geendet hatte. »Es ist doch dein Haar.«

Er lächelte mich an, während er seine Tasse zum Mund führte. Seiji hatte eine hohe Stirn, breit und glatt; seine Augen waren groß und zeigten um die Iris herum bläuliches Weiß. Die flaumigen Brauen liefen in Spitzen aus. Sein Haar war dunkler als meines, fast blauschwarz und etwas gelockt. Heute trug er ein rotes T-Shirt zu schwarzen Jeans. Er hatte immer eine prall gefüllte Gürteltasche dabei, in der er alles Mögliche mit sich trug, meist sogar ein, zwei Bücher.

»Wie geht es deinem Vater?«, fragte ich nach einigem Zögern. »Ich habe das Gefühl, dass sich deine Mutter Sorgen macht.«

Seijis Lächeln erlosch. »Deswegen will ich mit dir reden. Stell dir vor, er hat sich zu einem zweijährigen Kurs bei einer Firma angemeldet, die Behinderte zu Computerprogrammierern ausbildet.«

Ich war überrascht. »Seit wann gibt es das?«

»Erst seit wenigen Jahren. Sie scheinen damit Erfolg zu haben. Die Kurse an vier Wochentagen dauern je sechs Stunden; zusätzlich wird noch zu Hause geübt. Mein Vater hat ziemliche Schmerzen, weil er den Kopf dabei hochhalten muss. Doch wenn er die Prüfung schafft, hat er Aussicht auf eine gut bezahlte Heimarbeit. Bis dahin ist er auf die Fürsorge angewiesen und ausgerechnet jetzt verliert meine Mutter ihren Job.«

»Warum?«, fragte ich erschrocken. Ich wusste, dass sie als Sprechstundenhilfe bei einem Ohrenarzt arbeitete. »Ach, der Arzt ist siebzig geworden und gibt seine Praxis auf. Neulich hat er sich selbst einen Hörapparat verschrieben!« Seiji zeigte ein flüchtiges Grinsen. »Bisher lief alles so einigermaßen, aber jetzt sitzen wir in der Klemme: Die Praxis liegt ganz in der Nähe. Morgens fährt meine Mutter meinen Vater zu seinem Kurs und holt ihn nachmittags wieder ab. Wenn sie jetzt die Stelle wechselt, ist das nicht mehr möglich. Sie hat zwar eine Arbeit in Aussicht. Aber da verdient sie weniger und sitzt dafür eine Stunde mehr am Steuer. Doch in ihrem Alter wird sie kaum etwas Besseres finden.« Er schüttelte düster den Kopf. »Auf die Dauer hält sie das nicht durch. Und ich will nicht, dass sie sich abrackert, während ich mir an der Uni ein angenehmes Leben leiste. Ich koche und putze und kaufe ein und in den Ferien gehe ich arbeiten und lege ihnen Kostgeld auf den Tisch, damit sie mich nicht zu füttern brauchen. Aber was bringt das auf die Dauer?«

Seiji war ganz versessen auf Zeichentrickfilme, er experimentierte schon jahrelang mit Farben und Formen. Um an das nötige Geld zu kommen für Bücher, Papier, Pinsel, Malzeug, Celluloidfolien, einen Computer, eine gebrauchte Trickfilmkamera mit Einzelbildschaltung, Filme und was sonst noch dazugehörte, gab er Nachhilfestunden in Mathematik und in Geometrie. Er war so begabt, dass er ein Stipendium bekommen hatte und an die Kunst-Fakultät der berühmten Nippon University aufgenommen worden war. Wer ihm sein Talent vererbt hatte, wusste keiner. Sein Vater war ein kluger, aber ziemlich derber Mann. Auch die Mutter stammte aus einfachen Verhältnissen; ihre Eltern hatten irgendwo auf dem Land einen Gemüseladen besessen. Nur ein Onkel – der Bruder seines Vaters – war Keramiker gewesen, doch er war gestorben, bevor er berühmt werden konnte.

»Und was nun?«, fragte ich.

»Hier liegt mein Problem«, sagte Seiji. »Vorgestern traf ich Mashiko. Er lässt dich übrigens grüßen.«

Ich rührte Zucker in meinen Tee. »Danke. Wie geht es ihm?«

Mashiko Yamada hatte früher bei uns im Nebenhaus gewohnt. Er war einige Jahre älter als wir. Ein mondgesichtiger Bursche mit dicker Hornbrille, der immer im Kino saß, wenn er eigentlich hätte lernen sollen. Er hatte seine

Zeit damit verbracht, sich mit peinlicher Genauigkeit ein Verzeichnis sämtlicher Filmschauspieler der Welt anzulegen. Später war er weggezogen und wir hatten ihn aus den Augen verloren.

»Der sah doch immer drei Filme am Tag an und fraß so viel Popcorn dabei, dass er fett wurde.«

»Er ist nicht mehr fett«, sagte Seiji. »Dazu ist er viel zu beschäftigt. Er arbeitet beim staatlichen Fernsehen in einer Abteilung für Filmproduktion.«

Ich nippte an meinem Tee. »Da ist er ja am richtigen Ort gelandet.«

»Das habe ich ihm auch gesagt.« Seiji schmunzelte. »Nun, wir haben lange miteinander gesprochen. Er arbeitet in einem kleinen, selbstständigen Team. Und gerade jetzt ist eine Stelle als Kameramann frei geworden. Noburo sagt, wenn ich wolle, würde ich sie bekommen. Ich könnte schon morgen beginnen.«

Ich stellte meine Tasse behutsam hin. »Und wie lässt sich das mit der Uni verbinden?«

Er malte mit dem Finger Kreise auf den Tisch. »Ich müsste mein Studium aufgeben.«

»Wie stellst du dir das vor?«, fragte ich.

Er hob den Kopf. »Ich will lieber Geld verdienen. Dann kann sich meine Mutter um meinen Vater kümmern und sich in Ruhe eine Stelle suchen, die ihr Spaß macht. Doch mich bedrückt das auch: Verlasse ich die Uni, verbaue ich mir vielleicht bessere Chancen für später.«

»Und dein Stipendium?«, fragte ich.

Er zog die Schultern hoch. »Ein schwacher Trost, wenn die Familie unter dem Durchschnittseinkommen lebt!«

»Was sagt deine Mutter dazu?«

Seijis Lider zuckten. »Dass ich mir diese Schnapsidee sofort aus dem Kopf schlagen soll. Gestern Abend redeten wir darüber. Es gab ein Riesentheater. Wir haben uns angebrüllt und hinterher geheult. Für meine Mutter kommt nur die Uni in Frage. Sie hat mich auf Erfolgskurs programmiert, und wenn ich davon abkomme, wird sie hysterisch. Sie denkt weder an sich selbst noch an meinen Vater. Nur immerfort an mich.«

Ich seufzte. Das war vorauszusehen. Nichtakademiker stehen auf dem japanischen Stellenmarkt ganz unten. Wenn es um die Ausbildung der Kinder geht, schrecken die Eltern vor keiner finanziellen Last zurück. Seijis Mutter schuftete sich zu Tode, damit ihr Sohn studieren konnte. Und jetzt wollte er auf einmal alles hinschmeißen.

»Sie findet mich kindisch, undankbar und niederträchtig«, seufzte Seiji.

»Und du?«, fragte ich. »Wie denkst du darüber?«

Er legte die Stirn in Falten und sah plötzlich älter aus, als er eigentlich war. »Hör zu, Panda! An der Uni werde ich das Gefühl nicht los, meine Zeit zu vertrödeln. Wenn ich mit eigenen Ideen oder Vorschlägen komme, heißt es immer: Warte, bis du mehr Erfahrung hast! Dabei lässt sich mit Trickfilmen so viel machen. Es tut sich schon einiges auf diesem Gebiet. Zum Beispiel können Fotos, Tuschzeichnungen und Computergrafiken gemischt werden. Damit lassen sich total irrsinnige Effekte erzielen. Aber mach das mal unseren Professoren klar! Die wollen einem alles von der Pike auf eintrichtern. Sogar ›Fantasia‹ gilt bei denen als bahnbrechend. Das war vor fünfzig Jahren. Hätten die Walt-Disney-Studios die heutige Technik gekannt, wäre der Streifen ganz anders ausgefallen!

Aber ich soll den Mund halten und Sachen lernen, die ich längst weiß.«

Ich antwortete nicht. Ich wusste genau, was sich in seinem Kopf abspielte.

»Meine Mutter findet mich arrogant«, fuhr er bitter fort. Die glaubt auch, dass man die Startlöcher tief ansetzen muss. Alles schön der Reihe nach und mit viel Disziplin wie in den alten Zeiten. Das macht mich wild!«

»Du bist ein Künstler«, sagte ich beschwichtigend.

Er grinste gequält zurück. »Sag das nur nicht meiner Mutter, wenn du keinen Aufstand erleben willst!«

»Menschen wie du«, sagte ich, »gehen ihren eigenen Weg. Das muss sie einsehen.«

Er ließ mich nicht aus den Augen. »Willst du damit sagen, dass diese Gattung auch ohne akademische Bildung auf einen grünen Zweig kommt?«

»Augenblick mal, das habe ich nicht gesagt«, verteidigte ich mich.

Darauf mussten wir beide lachen. Wir kannten uns bestens.

»Die Wahrheit ist«, seufzte er, »dass wir beide einen harten Schädel haben. Das macht uns das Leben schwer.«

Ich strich gedankenverloren über mein Haar. Ich war froh, dass es kurz war. Es fühlte sich so angenehm an. »Ich mag diese Art von Auseinandersetzung nicht«, sagte ich. »Lieber sage ich zuerst Ja, um Ruhe zu haben. Und dann tue ich, was ich will.«

»Sanft und unerbittlich.« Seiji lächelte zärtlich. »Das mag ich so an dir, dass du so herrlich selbstsicher bist. Deine Mama-Gon wird sich noch die Zähne an dir ausbeißen!«

Ich lachte wieder, wenn auch nur halb. Der Ausdruck ›Mama-Gon‹ stammte aus der Kinosprache und bezog sich eigentlich auf ein Ungeheuer. Im täglichen Sprachgebrauch allerdings war damit eine ehrgeizige Mutter gemeint. Mich wurmte es ein wenig, dass Seiji meine Mutter als Mama-Gon bezeichnete. Wenn ich es mir aber genau überlegte, konnte ich es ihm nicht übel nehmen. Er hatte ja Recht. Aber selbstsicher? War ich das wirklich? Ich wunderte mich, dass Seiji mich so sah. Der Gedanke war mir noch nie gekommen.

»Klar gibt es manchmal Schwierigkeiten«, sagte ich. »Aber die müssen sein. Sonst merkt man ja nie, wie stark man ist.«

Er sah mich lange an. »Glaubst du das wirklich?«

Ich antwortete: »Wir müssen wissen, wer wir sind.«

Seijis dunkle Augen blieben lange Zeit unbeweglich. Dann aber begann er plötzlich zu lächeln. »Ich glaube es auch«, sagte er.

Ich trank meinen Tee aus. »Ehrlich gesagt, ich möchte nicht in deiner Haut stecken. Du hast einen schweren Entschluss zu fassen.«

Ein schelmischer Funke tanzte in seinen Augen. Er lehnte sich bequem zurück. »Jetzt nicht mehr.«

Ich starrte ihn an. »Soll das heißen ... dass du schon weißt, was du tun wirst ...? Seit wann?«

Er schaute auf seine Armbanduhr. »Um ganz genau zu sein, seit vierzig Sekunden.«

»Auf einmal?«, fragte ich fassungslos.

Er nickte. »Morgen rufe ich Mashiko an und sage ihm, dass ich bei ihm beginne.«

»Und warum so plötzlich?«

»Weil du mich dazu gebracht hast.«

»Ich?«, rief ich betroffen. »Nun rede keinen Unsinn!«

»Ich rede keinen Unsinn, ganz und gar nicht. Ich meine es ernst.« Seijis Stimme klang, als würde er sich über mich lustig machen, vielleicht aber meinte er es wirklich ernst, ich wusste es nicht.

»Du hast mich überzeugt, das ist ja das Komische mit dir, Panda. Manchmal redest du wie eine, die siebzig ist.«

Ich wurde langsam böse. Um ihm zu zeigen, dass ich beleidigt war, redete ich ihn mit seinem Familiennamen an.

»Arashi-San, das ist nicht fair! Ich habe dich überhaupt nicht dazu gebracht, von der Uni zu gehen. Du darfst mit diesen Dingen nicht spaßen.«

Sein Ausdruck veränderte sich; er beugte sich über den Tisch und nahm meine Hand. »Es tut mir leid ... Ich habe mich wohl nicht genügend deutlich ausgedrückt. Was ich sagen wollte ... du redest manchmal wie eine Sensei, wie eine weise Frau.«

»Arashi-San, du bist vollkommen übergeschnappt!«

Ich wollte meine Hand wegziehen, doch er hielt sie fest.

»Jetzt hör mal, Panda. Du verstehst mich nicht. Du redest ganz wesentliche Dinge und merkst es nicht einmal!«

Ich fiel aus allen Wolken. »Was habe ich denn so Besonderes gesagt?«

»Du hast von Schwierigkeiten gesprochen. Dass sie notwendig sind, dass man ohne sie nicht stark wird.«

Wir schwiegen beide. Er streichelte meine Hand.

»Habe ich das wirklich gesagt?«, flüsterte ich nach einer Weile.

Er nickte. Seine Finger fühlten sich ein wenig klamm an. Ich spürte, wie sein Puls raste.

»Beruhige dich, Panda«, sagte er leise. »Im Grunde wusste ich längst, was ich wollte. Aber ich brauchte eine Bestätigung.«

»Und was wird deine Mutter davon halten?«

Ich sah den Schmerz in seinem Gesicht und las den Entschluss in seinen feuchten Augen.

»Sie wird es verkraften«, sagte er dumpf.

Ich schluckte schwer. »Es wäre ganz schrecklich für mich, zu erfahren, dass ich dich schlecht beraten habe.«

Er schüttelte den Kopf; sein Lächeln, das so offen und voller Zuneigung war, kam wieder auf seine Lippen. »Nichts, was von dir kommt, kann schlecht sein, Panda.«

Unsere Augen trafen sich. Seine Augen erinnerten mich an die meines Vaters, dachte ich. Augen, die mich ansehen und gleichzeitig durch mich hindurch auf ferne, unsichtbare Dinge blicken. Ein zarter Schmerz zuckte in mir auf, ein Hauch von Schmerz nur, der gleich wieder verklang. Ich erwiderte sein Lächeln und senkte dann rasch den Blick.

»Hast du Zeit?«, fragte er leise.

Ich seufzte. »Nein, heute nicht. Ich muss nach Hause.«

»Ein andermal?«

»Ja.«

Jetzt war ich es, die seine Hand streichelte. Wir schwiegen eine ganze Weile. Wieder musste ich an meinen Vater denken und ich hörte mein Herz klopfen.

»Ich bin froh, dass du da bist«, sagte Seiji.

6. KAPITEL

Auf dem Heimweg fiel mir ein, dass ich Seiji mein Gespräch mit Nina verschwiegen hatte. Ich wunderte mich über diese Unterlassung. Aber Seiji und ich vertrauten einander; es war ebenso mein Geheimnis wie seines. Wir hatten einander nie versprochen darüber zu schweigen. Wozu? Wahrscheinlich hatte er es ebenfalls weitererzählt, ohne es mir zu sagen. Wieder stieg dieser Schmerz in mir hoch, den ich schon vorhin bemerkt hatte. Im Grunde war es kein richtiger Schmerz, sondern eher die Furcht, Schmerzen zu empfinden, die noch gar nicht da waren. Woher dieses Gefühl kommen mochte? Ich wusste es nicht, aber ich spürte es ganz deutlich.

In Japan kommt der Abend schnell; einen Augenblick nur leuchtete der Himmel glutrot, dann versank die Sonne rasch hinter dem Horizont. Als ich durch den Garten lief, war es bereits dunkel. Über der Haustür brannte Licht. Ich trat ein und schlüpfte aus meinen Schuhen.

»Tadaima.«

»O-Kaerinasai«, antwortete mein Mutter. Sie trat aus dem Wohnzimmer und kam mir im hell erleuchteten Flur entgegen. Sie hatte am Nachmittag Golf gespielt; sie trug einen Hosenrock und ein Polohemd. Ihr lockiges Haar fiel offen auf ihre Schultern; sie sah schlank und geschmeidig aus wie eine Gleichaltrige. Plötzlich blieb sie stehen und starrte mich an. Ich merkte, wie ihr Atem stockte.

»Wie siehst du denn aus!«, sagte sie schließlich kalt.

Ich wollte unwillkürlich eine Strähne zurückstreichen, die nicht mehr vorhanden war. »Gefalle ich dir nicht?«, fragte ich zaghaft lächelnd.

Ohne mir zu antworten, fuhr sie kühl, Wort für Wort betonend, fort: »Ich hatte dem Friseur doch genaue Anweisungen gegeben.«

Ein kurzes Schweigen folgte. Ich konnte mich nicht erinnern sie jemals so erregt gesehen zu haben. Fast spürte ich am eigenen Körper, wie sie innerlich zitterte. »Doch«, stammelte ich betroffen. »Aber ...«

Sie schnitt mir das Wort ab. Ihre Stimme klang fast schrill und kalt wie Eis, » ... du siehst ja wie dein Vater aus ... Genau wie dein Vater!«

Für ein japanisches Mädchen ist es nicht schmeichelhaft, mit einem Mann verglichen zu werden. Ich erschrak. Meine Mutter hatte in allen Dingen einen sicheren Geschmack. Womöglich hatte mir der Friseur einen scheußlichen Haarschnitt verpasst und Seiji hatte sich nicht getraut mir das zu sagen. Mein Herz stand vor Scham fast still. Wie sollte ich mich morgen auf die Straße wagen?

»Es ist meine Schuld«, brachte ich kläglich hervor. »Ich wollte die Haare kürzer haben, als du es angeordnet hattest.«

Für mich war es stets ein Rätsel gewesen, wie meine Mutter, so zierlich von Gestalt, von einer Sekunde zur anderen groß und gebieterisch erscheinen konnte.

»Und was soll der Friseur jetzt denken«, rief sie aufgebracht, »wenn meine Tochter ihn zwingt meine Anordnungen zu übergehen? Ich blamiere mich und er verliert sein Gesicht.«

Ich biss mir nervös auf die Lippen. Das hatte ich tatsächlich nicht bedacht.

»Jetzt muss ich mir einen anderen Friseur suchen«, fuhr sie fort, »dabei war ich mit dem sehr zufrieden. In deinem Alter sollte man weniger gedankenlos sein!«

Darauf wusste ich nichts zu erwidern. Ich sah in ihr Gesicht. Ihre Lippen waren weiß, ihre Augen weit aufgerissen. Mir war, als würde sie mich gleichzeitig fürchten und hassen. Ich erschrak noch mehr – ich hatte einen Zorn anderer Art erwartet.

»Genau wie Vater ...«, wiederholte sie. »Die gleiche Frisur ... das gleiche Gesicht!«

Unvermittelt drehte sie mir den Rücken zu, verschwand in ihrem Schlafzimmer und schloss lautlos die Tür hinter sich. Einige Atemzüge lang vermochte ich mich nicht zu rühren. Mein Herz hämmerte hart gegen die Rippen. Dann lief ich die Treppe hinauf. Oben befand sich ein kleines, rosa gekacheltes Klo. Ich drehte das Licht an und starrte in den Spiegel über dem Waschbecken. Die neue Frisur mit dem Seitenscheitel betonte das Herbe, Jungenhafte in mir. Kein Wunder, dass das meiner Mutter missfiel! Während ich mich anstarrte, sah ich, wie meine Augen feucht wurden und sich meine Kieferknochen trotzig spannten. Dann verschwamm das Bild vor meinen Augen; mein Gesicht verschwand hinter einem Tränenschleier. Ich riss ein Stück Toilettenpapier ab, putzte mir die Nase und rieb meine Augenlider, bis sich meine Sicht wieder klärte. Also gut, meine Mutter fand mich scheußlich. Na und? Mir fiel ein, was Seiji über sie gesagt hatte. Sie sollte wirklich aufhören ständig an mir herumzumäkeln! Wütend zerknüllte ich das Papier, warf es in die Kloschüssel und zog die Spülung. Ich musste mich damit abfinden, dass bei uns eine Zeit lang dicke Luft herrschen würde.

Mein Vater kam gegen halb neun. Ich hörte die Haustür und seine Schritte im Flur. Rasch lief ich aus meinem Zimmer und beugte mich über das Treppengeländer. Er schlüpfte in seine Hausschuhe und blickte zu mir empor, während ein Lächeln über sein Gesicht huschte. »Lass dich ansehen!«

Schüchtern kam ich die Treppe hinunter.

Er betrachtete mich prüfend und nickte: »Hübsch.«

Ein Stein fiel mir vom Herzen. »Ich dachte, ich sähe abscheulich aus!«

»Wie kommst du darauf?«, fragte er überrascht. »Der Schnitt steht dir ausgezeichnet.«

»Mutter ist da anderer Meinung«, seufzte ich.

Er hob die Brauen. »Wieso? Diese Frisur ist im Sommer viel praktischer.«

Meine Mutter hatte uns reden hören. Sie kam aus dem Schlafzimmer und neigte kurz den Kopf zum Gruß. Sie hatte sich ausgezogen und trug die blaue Bundfaltenhose, die sie zu Hause oft anhatte. Ihr Ausdruck war eisig. Mir kam in den Sinn, dass sie sonst um diese Zeit in der Küche stand.

»Warum magst du Juns neue Frisur nicht?«, fragte Vater.

»Sie steht ihr nicht«, entgegnete Mutter abweisend, ohne ihn anzuschauen.

Ihr Zorn, ihre Abneigung waren offensichtlich und ich fragte mich auf einmal, ob mein Vater es auch spürte. Und da – ich weiß nicht warum – sagte ich trotzig zu ihm: »Mami findet, dass ich dir ähnlich sehe.«

Mein Vater sah mich kurz an; dann schaute er zu meiner Mutter hinüber. In diesem Moment bemerkte ich, dass es zutraf: Wir hatten die gleichen Wangenknochen, die gleiche hoch angesetzte, leicht gebogene Nase, die mandelförmigen Augen, den vollen Mund. Und jetzt noch die gleiche Frisur.

»Und warum nicht?«, sagte mein Vater eigentümlich sanft. »Sie ist ja schließlich meine Tochter.«

Meine Mutter holte tief Luft. Ihre Augen blitzten, zwei kleine rote Flecken zeichneten sich auf ihren Wangen ab. »Es ist spät«, sagte sie spröde. »Ich sollte etwas kochen.« Sie ging in die Küche und schloss die Tür hinter sich.

Vater blickte mit einem seltsamen Ausdruck im Gesicht hinter ihr her. Dann wandte er sich zu mir und lächelte, wenn auch nur schwach. »Mach dir nichts daraus«, sagte er. »Die Frisur steht dir wirklich gut. Aber deine Mutter hat eben ihren eigenen Geschmack.«

Verwirrt ging ich in mein Zimmer zurück, setzte mich an meinen Laptop und versuchte mich auf die Arbeit zu konzentrieren. Ich hatte meiner Mutter bewusst nicht angeboten ihr in der Küche zu helfen: Sie hätte mich sofort hinausgeschickt.

Nach etwa einer halben Stunde rief Mutter zum Essen. Wir hatten genügend Gerichte tiefgekühlt und mit dem Mikrowellenherd ließ sich schnell etwas zubereiten. Ich deckte den Tisch. Der Fernseher lief. Wir aßen, die Augen auf den Bildschirm gerichtet, und wechselten kaum ein Wort. Das Gesicht meiner Mutter war völlig unnahbar. Mein Vater wirkte wie sonst. Er sah sich die Nachrichten und dann die Sportsendung an. Doch nach dem Essen ging er mit der Zeitung in sein Arbeitszimmer. Sonst half er immer mit, den Tisch abzuräumen, und las die Zeitung im Wohnzimmer.

Ich begann wortlos die Schüsseln und Teller einzusammeln, doch meine Mutter sagte:

»Lass nur, ich mach das.«

Ihr Ton erlaubte keine Widerrede. Ich verdrückte mich in mein Zimmer und schloss die Tür hinter mir. Sie schmollte also; das würde wohl ein paar Tage dauern. Am besten, man ging ihr in dieser Zeit aus dem Weg. Ich arbeitete bis halb elf. Dann schlüpfte ich in meinen Frotteemantel und ging ins Bad. Im Wohnzimmer brannte kein Licht; meine Mutter hatte sich also schon zurückgezogen. Ich wusch mich, spülte mich ab und war glücklich, dass meine Haare dabei nicht nass wurden. Das Badewasser war nicht mehr heiß genug. Missmutig stieg ich aus der Wanne und trocknete mich ab. Als ich aus dem Badezimmer kam, hörte ich meine Eltern im Schlafzimmer reden. Sonst wäre ich achtlos weitergegangen, aber diesmal blieb ich aus irgendeinem Grund stehen, hielt den Atem an und lauschte. Das Mondlicht fiel durch das Flurfenster und beleuchtete eine Topfpflanze, die meine Mutter sorgfältig pflegte. Der Spannteppich fühlte sich unter meinen nackten Füßen weich an, während meine Hand auf dem geschliffenen Holz des Treppengeländers ruhte.

»Ich weiß nicht, warum du dem Mädchen Vorwürfe machst«, sagte mein Vater. »Die heutige Generation kümmert sich wenig um die alten Rollenbilder.«

»Darum geht es nicht«, erwiderte die klare Stimme meiner Mutter.

»So, und worum geht es dann?« Mein Vater sprach betont ruhig.

Ein langes Schweigen folgte. Schließlich sagte meine Mutter: »Das weißt du genau. Ich habe Angst, dass man es sieht.«

Abermals herrschte Stille.

Als mein Vater wieder sprach, klang seine Stimme müde. »Hanae, erinnerst du dich an unser Abkommen?«

Wieder trat eine Pause ein. Ich wartete; mein Herz pochte stark.

»Das weißt du selbst am besten.«

Ich konnte meine Mutter deutlich hören.

»Ich habe immer zu dir gestanden, nicht wahr.«

Auf der Straße heulte ein Motorrad. Ich beugte mich vor, um besser zu hören.

Es dauerte eine Weile, bis mein Vater endlich etwas sagte: »Ja, so ist es. Ich verließ mein Heim, um nie mehr dorthin zurückzukehren. Ich habe dir damals genau gesagt, warum. Und du versprachst mir zu helfen. Es tut mir leid, Hanae. Ich hätte die Frage nicht stellen sollen. Aber warum quälst du dich so? Jun ist erwachsen. Und sie ist wie alle anderen Mädchen. Weshalb also alte Wunden aufreißen?«

»Sie trug jahrelang dieselbe Frisur.« Die Stimme meiner Mutter zitterte. »Ich merkte nicht, wie sie sich veränderte. Heute Abend aber erkannte ich auf einmal, wie sehr sie dir gleicht. Dieser Schock! Ich war nicht darauf vorbereitet, verstehst du?«

Wieder schwiegen sie. Dann antwortete die Stimme meines Vaters unverändert sanft: »Was ist daran so schlimm? Die Jugend lacht über Dinge, die uns früher das Leben schwer machten. Ich bin froh darüber. Zu viel Tragisches ist geschehen, als dass ich der Vergangenheit auch nur eine Sekunde nachtrauern könnte. Was mich damals wütend und verzweifelt gemacht hat, das sehe ich nun so, wie es war. Ich gebe zu, dass ich Jun beneide. Ja, ich beneide diese Generation, ich liebe ihr Selbstbewusstsein, ihre Sorglosigkeit. Sie leben, als wäre nichts zu hoch für ihre Ansprüche; sogar dieser naive Hochmut erfüllt mich mit Genugtuung. Und ich glaube langsam, dass wir wirklich in einer besseren Zeit leben. Obschon ...«

Er ließ den Satz in der Schwebe.

Ich lauschte mit angehaltenem Atem. Mein Gaumen war kalt. Auf einmal hörte ich ein seltsames Geräusch, doch erst nach ein paar Sekunden merkte ich, dass Mutter weinte.

Als sie sich etwas beruhigt hatte, sagte sie: »Ist dir aufgefallen, Norio, dass wir uns beide nie beklagt haben? Wir haben uns so angestrengt! Keiner weiß die Wahrheit, nicht einmal meine Eltern. Und jetzt habe ich das Gefühl, dass ich dafür bestraft werden soll.«

»Nun beruhige dich«, antwortete mein Vater betont sachlich. »Du brauchst deswegen doch kein schlechtes Gewissen zu haben.«

»Ich denke nicht an mich«, schluchzte meine Mutter. »Ich denke an Jun. Nein, sei still, ich weiß genau, was ich sage. Ich habe immer gedacht, ich kann es fühlen, wenn es so weit ist. Und jetzt fühle ich es. Eines Tages wird sie heiraten. Ihre zukünftigen Schwiegereltern könnten Fragen stellen. Mayumi redet gerne und viel. Was, wenn sie unsere Familie in Verruf bringt?«

»Ich verstehe dich nicht. Glaubst du wirklich, sie würde es so weit kommen lassen?« Mein Vater bemühte sich, seine Stimme zu beherrschen. Aber in dieser Stimme schwang plötzlich ein harter Ton mit, ein Klang, der mir fremd war. »Eigentlich sollten wir darüber kein Wort mehr verlieren. Mayumi gab ihrem Bruder ein Versprechen. Seither mögen Jahre vergangen sein. Doch das ändert nichts. Vergiss nicht, wer sie ist.«

Jetzt verstummten beide; ich dachte, sie hätten sich nichts mehr zu sagen.

Plötzlich brach meine Mutter mit tränenerstickter Stimme das Schweigen. »Ach, Norio, ich bin eine Närrin! Verzeih mir. Ich habe die Nerven verloren. Es wird nicht wieder vorkommen.«

Dann war nur noch ihr Schluchzen zu hören, das sich langsam beruhigte. Ich ahnte, dass mein Vater sie in die Arme genommen hatte.

Eine Weile stand ich wie versteinert, dann stürzte ich die Treppe hinauf. Dabei verfing sich mein Fuß im Saum des Bademantels und ich stolperte über die letzten Stufen. Zum Glück erstickte der Spannteppich das Geräusch. Ich zog mich am Geländer hoch, flüchtete mit weichen Knien in mein Zimmer und zog die Tür hinter mir zu. Nur meine hastigen Atemzüge füllten jetzt die Stille. Ich merkte, dass ich am ganzen Körper zitterte. Etwas Schreckliches war geschehen. Mein ganzes Leben, bisher so sorglos und unbeschwert, lag vor mir wie ein Trümmerhaufen. Meine Eltern wussten etwas über mich, das sie mir verschwiegen. Was konnte das nur sein? Trotz meiner Panik versuchte ich zu überlegen. Offenbar hatte mein Vater in seiner Jugend etwas Schlimmes erlebt. Hatte er etwas Strafbares getan? Meine Phantasie drehte durch. Vielleicht war er sogar hinter Gittern gelandet! Aber was hatte ich damit zu tun? Ich war ja damals noch gar nicht auf der Welt!

Nein, es ging sicher um etwas anderes. Aber warum hatten meine Eltern nie mit mir darüber gesprochen? Hatte meine Mutter nicht deutlich genug gesagt, dass ich deswegen in Schwierigkeiten kommen könne? Natürlich wollte ich eines Tages heiraten. Und in Japan ist es üblich, vor der Hochzeit Nachforschungen über die zukünftige Verwandtschaft anzustellen. Vor allem in traditionellen Familien legt man Wert auf das gesellschaftliche Gleichgewicht der Brautleute. Bei diesem Gedanken geriet ich erst recht in Panik. Was mochte mit mir sein? Trug ich eine Erbkrankheit in mir, von der ich nie etwas gemerkt hatte? Lächerlich! Ich war immer kerngesund gewesen. Meine letzte Erkältung lag zwei Jahre zurück.

Fragen über Fragen! Ich war so durcheinander, dass mir beinahe übel wurde. Schlotternd zerrte ich meine Futons aus dem Wandschrank, zog meinen Pyjama an und legte mich nieder. Das Bad, das mich sonst entspannte und einschläferte, hatte seine Wirkung längst verloren. Ich glühte und fror gleichzeitig.

Was nun?, überlegte ich verzweifelt. Das Aufrichtigste wäre natürlich, meinen Eltern zu gestehen, dass ich ihr Gespräch belauscht hatte. Ich hatte schließlich das Recht, zu wissen, was mit mir los war. Aber woher sollte ich den Mut dazu nehmen? Ich verschränkte die Arme über der Brust und rieb meine eiskalten Füße aneinander. Meine Tränen drohten mich zu ersticken. Meine Augen brannten, die Kehle schmerzte, ich zitterte so heftig, dass meine Zähne aufeinanderschlugen. Das starke Vertrauensband zwischen mir und den Eltern war eingerissen. Und ich fühlte mich meinen Ängsten hilflos ausgeliefert wie ein kleines Kind.

7. KAPITEL

In dieser Nacht schlief ich kaum. Die Aufregung hielt mich stundenlang wach und ich zuckte bei jedem Geräusch zusammen – beim fernen Heulen eines Feuerwehrwagens, beim Schrei eines Nachtvogels oder auch nur beim Schleifen eines Zweiges an der Balkonbrüstung. Erst lange nach Mitternacht fiel ich endlich in einen unruhigen Schlaf.

Wie jeden Morgen weckte mich unser Nachbar, der Punkt halb sieben seine Schiebetür aufriss. Milchige Helle strömte in mein Zimmer. Alles schien wie sonst und doch war alles verändert.

Mit schwerem Kopf stand ich auf und hängte mein Bettzeug über die Balkonbrüstung. Dann ging ich ins Badezimmer und wusch mich. Das kalte Wasser spülte meine Müdigkeit weg. Mein kurzes Haar war in wenigen Minuten gefönt. Ich fühlte mich besser.

Im Wohnzimmer lief bereits der Fernseher. »Magic-Zahnpasta für perlweiße Zähne«, wisperte eine weiß gekleidete Schönheit. »Suntory Whisky, ein Schluck zum Träumen«, seufzte ein Schwarzgelockter mit Sehnsucht in der Stimme. Sieben Uhr, Nachrichten. Im Norden Japans noch kühl. In Tokio heiter bis wolkig. Starke Regenschauer in Okinawa. Der Kaiser empfing den französischen Botschafter.

Meine Mutter stellte einen kleinen Glasteller mit einer halbierten Grapefruit an meinen Platz. Sie trug ihren rosa

Morgenrock, ein ebenfalls rosa Satinband im Haar und duftete nach Maiglöckchen. Sie lächelte mich an. »Gut geschlafen?«

Ich wich ihrem Blick aus. »Ja, danke«, hauchte ich. Ich setzte mich, steif und verstört.

Meine Mutter hatte die Scheiben der Grapefruit schon mit einem Messer gelöst, sodass ich essen konnte, ohne den Saft zu verspritzen. Kurz danach erschien mein Vater. Er war bereits vor dem Haus gewesen und hatte die Zeitung aus dem Kasten geholt. An diesem warmen Tag trug er ein weißes Polohemd und eine Leinenhose. Ich betrachtete ihn aus den Augenwinkeln. Wie gut er aussah mit seinen ausgeprägten Zügen und seinem dichten Haar! Mir fiel auf, dass er schon braun war. Ein bisschen Sonne und seine Haut nahm sofort eine Zimtfarbe an. Er bewegte sich ungezwungen wie sonst, stieß die Schiebetür auf, schlüpfte in die bereitstehenden Sandalen und stapfte einige Schritte durch den Garten; er rupfte ein Unkraut aus, füllte eine Gießkanne aus Plastik und gab den Blumen Wasser.

»Die Azaleen haben schon Knospen«, sagte er, als er sich zu uns setzte.

»Die Begonien auch.« Meine Mutter steckte die Weißbrotschnitten in den Toaster. »Alles wächst früh in diesem Jahr. Der Gärtner sollte gelegentlich die Hecke schneiden.« Sie sprach ohne den geringsten Ton von Aufregung. Doch als sie plötzlich hinter mich trat, zuckte ich unwillkürlich zusammen. Sie hielt die Kanne in der Hand und goss mir seelenruhig Kaffee ein. »Eigentlich ganz hübsch, dein Haar«, meinte sie versöhnlich.

Ich fühlte meine Wangen heiß werden. Alles war wie

sonst, ein Morgen wie jeder andere, mit Sonnenschein, blühenden Büschen und dem Geruch nach warmem Kaffee. Warum ließ ich mich von finsteren Gedanken gefangen nehmen? Ich hätte heulen können. Heulen vor Erleichterung. Der Krach gestern? Eine Kleinigkeit! Meine Mutter hatte ihre Launen; heute tat es ihr leid und sie suchte den Frieden. Und das Gespräch meiner Eltern? Ich hatte ja nur einen Teil gehört und sehr wahrscheinlich falsch ausgelegt. Und zudem hatte ich selbst Schuld an der Ungewissheit, die mich plagte, weil ich hinter der Tür gehorcht hatte. Ich brauchte nur den Zwischenfall zu vergessen und alles würde wieder gut sein. So gut wie früher.

Wie früher? Nein, dachte ich, ich glaube kaum, dass es wieder wie früher sein wird. Es ist nun einmal da, dieses Gefühl, meine Eltern wie durch eine Glaswand zu sehen. Ich bin verstört und befangen. Ich weiß nicht, wie ich mit ihnen umgehen soll, werde immer unsicherer und ersticke in Selbstvorwürfen. Mit der Zeit wird es vielleicht besser werden. Aber nicht von heute auf morgen.

Beim Frühstück sprach mein Vater nur wenig. Er sah schnell die Zeitung durch und gab sie dann meiner Mutter. Er las sie lieber abends. Stumm trank ich meinen Kaffee aus und brachte das Geschirr in die Küche. Morgens ging ich immer als Erste aus dem Haus. Mein Vater fuhr meist etwas später, wenn die Stoßzeit vorbei war. Dafür machte er nur eine kurze Mittagspause.

Als ich zur Haustür ging, sah sich mein Vater die Nachrichten an, meine Mutter las die Zeitung, wobei sie an ihrem Milchkaffee nippte. Sie saß graziös und kerzengerade. Sobald mein Vater und ich aus dem Haus waren, nahm sich meine Mutter zwei Stunden für Hausarbeit und Wäsche, setzte sich dann aufs Rad und machte einige Besorgungen. Richtig eingekauft wurde am Samstag, wenn mein Vater mit ihr zum Supermarkt fuhr und tragen half. Mittags wärmte sie sich ein Schnellgericht auf oder aß in einer Imbissstube. Der Nachmittag gehörte ihr. Zurzeit besuchte sie einen Kurs für Seidenmalerei; einen für französische Küche und einen für Kapitalanlagen. Am Donnerstag lernte sie Englisch und am Freitag traf sie sich mit einer Freundin zum Golfspielen. Manchmal sah sie sich eine Ausstellung an, ging ins Kino oder ins Theater in die Nachmittagsvorstellung. Gegen sechs Uhr war sie abends stets zu Hause, um das Abendessen vorzubereiten. Egal, zu welcher Stunde mein Vater heimkam, das Essen war bereit. Sie verbrachte eine Stunde in der Küche und ging nie zu Bett, bevor nicht jeder Gegenstand pingelig wieder an seinem Platz stand.

Ist mein Vater glücklich mit ihr?, fragte ich mich auf dem Weg zur U-Bahn-Station. Ich stellte mir die Frage zum ersten Mal. Sicher hatten sie sich nicht mehr viel zu sagen, aber das war nach über zwanzig Jahren Ehe wohl normal. Immerhin spürte ich, dass sich die beiden noch sehr verbunden fühlten, dass sie zusammenhielten. Der Gedanke tröstete mich, schläferte meine tiefsten Ängste jedoch nicht ein.

Ich spürte beim Gehen, wie angenehm es war, die Haare kurz zu tragen. Aber jedes Mal, wenn ich an meine Frisur dachte, überfiel mich die Unruhe aufs Neue. Wirre Gedanken drehten sich wie im Karussell in meinem Kopf. Immer stärker wuchs in mir das Bedürfnis, mit jemandem darüber zu sprechen. Aber mit wem? Mit

Nina? Undenkbar! Ich wollte meine Eltern vor ihr nicht bloßstellen. Seiji? Ja, mit Seiji konnte ich darüber reden. Vielleicht erinnerte er sich an eine Geschichte von früher, die mir helfen würde dem Rätsel auf die Spur zu kommen. Plötzlich kam ich fast um vor Sehnsucht. Seijis Stimme. Sein Gesicht, seine Hände. Ich brauchte ihn nötig! Ich wollte, dass er mich in die Arme nahm, mir zuhörte, um darauf mit wenigen Worten die Schatten zu verscheuchen. Ich sah auf die Uhr. Vielleicht erreichte ich ihn noch, bevor er ging, und wir konnten uns für diesen Nachmittag verabreden.

Gleich neben der Bahnhofstreppe standen Telefonapparate. Einer wurde gerade frei. Ich nahm den Hörer ab und steckte die Zahlkarte in den Apparat. Während ich seine Nummer wählte, kam mir unser Gespräch von gestern in den Sinn. Plötzlich schämte ich mich. Hatte er nicht genügend eigene Probleme zu Hause? Durfte ich ihn mit den meinen belasten? Langsam legte ich den Hörer wieder auf und zog die Karte heraus. Nein, ich konnte ihn nicht anrufen. Nicht heute. Morgen vielleicht ...

»Gut siehst du aus«, sagte Nina, als ich in den Hörsaal trat. »Kurzes Haar ist doch praktisch. Ich lasse meines nie wachsen.«

Aber du solltest es häufiger waschen, dachte ich für mich. Es sieht immer fettig aus. Dabei hat es eine so hübsche Farbe, wie die reifer Kastanien.

Ich lächelte befangen. »Meiner Mutter gefiel es nicht.«

»So?«, sagte sie. »Hauptsache, du bist zufrieden.«

Ich gewöhnte mich allmählich an ihre nüchterne Art. Bei ihr klang alles absolut und entschieden. Sie liebte das

Direkte. Sie würde in meiner Lage gewiss anders reagieren, sie würde Fragen stellen, eine Aussprache provozieren. Ich aber scheute mich, in die Privatsphäre meiner Eltern einzudringen. Was konnte ich tun? Ein ruhiges Gesicht aufsetzen, freundlich sein und Geduld haben.

Wir saßen in der Vorlesung von Professor Otani aus Osaka. Glatzköpfig und steif wie ein Spazierstock, stand er hinter dem Katheder und dozierte über das extrem Große und das extrem Kleine.

Nach einer Viertelstunde gähnte die Hälfte der Studenten, die andere Hälfte war bereits eingeschlafen. Meine Gedanken schweiften ab. Ich blickte von ganz hinten, wo wir uns gesetzt hatten, über das Auditorium und sah die Masse der Köpfe wie eine unscharfe Fotografie. Ich hatte Lust, zu heulen wie ein Baby.

»Du schwebst völlig in den Wolken«, sagte Nina nach einer Weile. »Was ist mit dir los?«

Sogar sie merkte, dass ich nicht bei der Sache war. Ich rang mich zu einer halben Lüge durch. »Ach, nichts weiter. Ich bin zu lange aufgeblieben und konnte nachher schlecht einschlafen.«

»Nur weil du gestern geschwänzt hast? Also – damit habe ich keine Probleme! Ich habe geschlafen wie ein Murmeltier.«

Sie suchte das Gespräch, ich aber wollte lieber schweigen.

»Was hältst du von der Vorlesung?«

Ich gähnte. »Nicht schlecht.«

»Ach komm, der Mann ist echt mühsam.« Nina gähnte noch lauter und hielt sich nicht einmal die Hand vor den Mund. »Dabei lehrt er in Princeton.«

Kurz vor zwölf gingen wir zusammen in die Kantine und aßen ein Sandwich. Eine halbe Stunde später saßen wir in einer Vorlesung über die Grundgesetze physikalischer Phänomene. Darauf besuchten wir eine Einführung in die Relativitätstheorie. Ich versuchte zwar mitzuschreiben, aber bereits das Zuhören strengte mich immer mehr an. Kaum war ich einige Sekunden unkonzentriert, fehlte mir der Faden und ich verstand nichts mehr. Als wir endlich aus dem Hörsaal kamen, plagten mich Kopfschmerzen. Draußen war es schwül. Über dem Horizont aus Hochhäusern, Antennen und überdimensionalen Werbetafeln staute sich eine gelbliche Dunstglocke. Vielleicht regnete es bald.

Nina mahlte ihren Kaugummi und starrte mich an. »Was hast du vor?«

Ich hätte ihr am liebsten gesagt, ich wäre verabredet, aber ich wollte sie nicht belügen und schüttelte den Kopf. »Eigentlich nichts.«

»Gehen wir ins Kino?«

Ich suchte einen Grund, um Nein sagen zu können, aber ich fand keinen. Alles war gut, um auf andere Gedanken zu kommen. »Gehen wir ins Kino«, sagte ich.

Abends, zu Hause, ging alles seinen gewohnten Gang. Mutter bereitete in der Küche das Essen vor, es roch nach Miso-Suppe und gebratenem Fisch. Kaum hatte ich mich umgezogen und begonnen den Tisch zu decken, läutete das Telefon. Mein Vater rief von der U-Bahn-Station an und fragte, ob meine Mutter etwas brauche. Sie hatte vergessen Brot einzukaufen. Zehn Minuten später war Vater da. Er brachte Brot mit und er hatte Erdbeeren gekauft, süße, pralle Früchte, die sehr teuer waren. Ich wusch sie sorgfältig, schnitt sie in Stücke, verteilte sie in Glasschalen und schlug mit dem Mixer die Sahne steif. Ja, es war ein Abend wie jeder andere. Mein Vater erzählte, dass einer seiner Autoren ein Hotelzimmer gemietet habe, um in Ruhe zu schreiben, weil ihn zu Hause seine Kinder zu sehr stören würden. Meine Mutter berichtete mit gespielter Entrüstung von der Tochter einer Freundin, die nach einer besonders teuren und prunkvollen Hochzeit von der Hochzeitsreise zurückgekommen sei, um sich sofort scheiden zu lassen. Ich lachte, doch der sonderbare Druck wich nicht von meinem Herzen.

Später, in meinem Zimmer, überfiel mich wieder die Unruhe von heute Morgen. Mein Magen verkrampfte sich und mir kam beinahe das Essen mit den Erdbeeren hoch. Ich setzte mich an meinen Schreibtisch, blätterte in den Lehrbüchern und schaltete den Laptop ein. Das Zittern wurde stärker; ich legte den Kopf auf die Arme und presste die Zähne zusammen. Ich werde noch verrückt!, dachte ich. Ich habe mir was eingeredet und komme nicht davon los. Warum bringe ich es nicht fertig, den Zwischenfall von gestern Abend zu vergessen?

Als ich auf die Uhr schaute, war es bereits zehn, viel zu spät, um zu arbeiten. Ich nahm mein Bettzeug aus dem Schrank, zog meinen Bademantel an und ging ins Badezimmer. Ich sah mein verstörtes Gesicht im Spiegel, die blauen Ringe unter den Augen. Komisch, dass meine Eltern nichts gemerkt hatten. Später, im Bett, wälzte ich mich unruhig von einer Seite auf die andere. Mir war heiß, mein Herz hämmerte. Ob ich Fieber hatte?

Ich musste eingeschlafen sein. Das Rauschen eines Platzregens weckte mich. Ich sah auf die Leuchtziffern meiner Uhr – halb drei; der Regen trommelte auf die Büsche. Durch den offenen Fensterspalt zog der derbe Geruch von nasser Erde ins Zimmer. Und plötzlich wusste ich, wen ich um Rat fragen konnte. Heute Nachmittag hatte ich nach der Uni Unterricht im Bogenschießen. Midori-Sensei kannte mich besser als ich mich selbst. Sie würde meinem Gefühl, hilflos auf etwas Schlimmes und Unausweichliches zuzusteuern, ein Ende setzen, würde für mich ins Licht rücken, was ich nicht verstand. Dann würde alles wieder wie früher sein, übersichtlich und klar. Auf einmal wurde ich ruhig. Das Rauschen des Regens mischte sich mit meinen gleichmäßigen Atemzügen. Bald schlief ich tief und fest.

8. KAPITEL

Am Morgen strahlte der Himmel türkisblau. Ein kühler Wind schüttelte Regentropfen aus den Büschen. Als ich mein Bettzeug zum Auslüften auf den Balkon hing, sah ich im Osten den schneeweißen Gipfel des Fudschijamas. Wir frühstückten in heiterer Stimmung. Meine Mutter besuchte heute ihren Englischkurs und mein Vater erklärte, dass er abends mit einem Autor in der Stadt essen würde.

»Ich komme auch später«, sagte ich. »Ich gehe zum Bogenschießen.«

»Schön. Grüße Midori-Sensei von mir«, sagte meine Mutter. Mein Vater sah mich an. »Machst du eigentlich Fortschritte?«

»Ich ... ich weiß nicht.« Errötend wich ich seinem Blick aus. Ich schämte mich; ich hatte das Gefühl, dass ich sie beide hinterging.

Noch auf dem Weg zum Bahnhof fühlte ich, wie mein Herz schlug. Doch bald vergaß ich mein schlechtes Gewissen. Die Luft schien ähnlich den Regenbogenfarben einer Seifenblase zu schillern.

Das Sonnenlicht funkelte in den Fenstern der Hochhäuser, sodass ich blinzeln musste. Die Frauen trugen farbige Kleider, ihr Haar glänzte in der Sonne; sogar das Echo der Schritte in den unterirdischen Gängen der U-Bahn-Station klang beschwingt. Ich fühlte eine seltsame Leichtigkeit, vielleicht übertrug sich die Stimmung der Menschen auf mich, denen ich auf dem Weg zur Uni begegnete.

Auch während des Unterrichts fühlte ich mich gut. Ich nahm an einem Seminar teil, es ging um Lichtgeschwindigkeit und Elementarteilchen. Das Seminar hielt eine muntere, rotwangige Physikerin, die Mutter von vier Kindern war. Sie sprach in schlichten Worten von komplizierten Vorgängen. Sie beschrieb manche Eigenschaften der Elementarteilchen als »seltsam« und »eigenartig« und sprach anderen einen gewissen »Charme« zu. Sie lachte über unsere Mienen und erklärte uns, dass sie diese Ausdrücke nicht etwa zum besseren Verständnis ihrer Ausführungen erfunden habe. Die moderne Physik würde sie tatsächlich verwenden, um die Eigenschaften sonst »unbeschreibbarer« Elementarteilchen zu veranschaulichen. Ich hörte zu und war aufmerksam, interessiert und ohne die Angst, alles zu vergessen oder ein Wort nicht zu verstehen. Heute war wirklich ein guter Tag.

»Kommst du mit?«, fragte Nina nach dem Seminar. »Meine Mutter will dich kennen lernen.«

Ich blickte sie an, erstaunt und etwas verlegen. »Störe ich sie nicht?«

»Ob du sie störst?« Ihre Wimpern zuckten. »Sie hat mir schon tausendmal gesagt, ich solle mir endlich eine Freundin suchen. Ich habe ihr gestern von dir erzählt und dass ich mich gut mit dir verstehen würde. Jetzt möchte sie dich kennen lernen.« Ihre Augen blickten mich ernst und etwas argwöhnisch an, ich vermeinte auch Unsicherheit zu bemerken.

»Ich meine ... wir sind doch Freundinnen – oder?«

Warum brauchte sie ständig eine Bestätigung? Warum

beherrschte sie die Kunst nicht, mit dem Herzen zu denken? Sie musste doch spüren, dass ich sie mochte!

Ich lächelte sie an. »Natürlich. Und ich komme gerne zu dir.«

Die grünen Augen blickten weiterhin starr, bis plötzlich ein scheues, nahezu dankbares Lächeln ihre Züge entspannte. Es war ein Lächeln, das nicht nur ihre Freude zeigte, sondern auch ein starkes Bedürfnis nach Zuneigung verriet, dessen ständiges Ungestilltsein ihr großen Kummer zu bereiteten schien.

»Heute?«, fragte sie.

»Nein«, sagte ich. »Heute nicht, ein andermal. Wann immer du willst, aber nicht heute.«

Wir verabschiedeten uns am Bahnhof. Ich hastete die Treppe hinauf und erwischte gerade noch den Zug nach Ueno. Zwischen Menschen eingekeilt, das Gesäß eines fetten Oberschülers im Rücken, klammerte ich mich am Halteriemen fest und versuchte mich auf den Besuch von Midori-Sensei vorzubereiten. Würde ich mich überhaupt getrauen, sie um Rat zu fragen? Zwar redete ich mir ein, dass bei uns die Beziehung vom Schüler zum Lehrer zu den wichtigen Bindungen im Leben gehöre und die Verantwortung des Lehrers über den reinen Unterricht hinausreiche. Aber wie sollte ich ihr meine Ängste verständlich machen? Zudem hatte ich Angst vor ihren Antworten. Es war nicht Midori-Senseis Art, ihre Schüler mit Glacéhandschuhen anzufassen. Wie würde ich reagieren, wenn ich von ihr zu hören bekäme, dass ich meine Unruhe selbst verschuldet hätte? Dass man nicht hinter den Türen lauschen würde. Dass es beschämend sei, seinen Eltern zu misstrauen. Vor Aufregung wurden meine Hände schweißnass. Aber ich hatte mich entschieden, mit ihr zu sprechen und wollte auch die Folgen tragen.

Als ich vor dem altmodischen Haus ankam, fasste ich neue Zuversicht. Das verwitterte Holz und der kleine Vorgarten strahlten eine Ruhe und Heiterkeit aus, die mich an den Frieden unserer alten Tempelschreine erinnerte. Ich klopfte an die Tür und rief: »Entschuldigung, darf ich eintreten?« Sofort erschien, eilig trippelnd, die alte Haru-San. Sie verneigte sich und lächelte dabei. Während ich die Schnürsenkel meiner Turnschuhe aufknotete und sorgfältig nebeneinander hinstellte, redeten wir über das Wetter. Dann ließ mich Haru-San im Ankleideraum alleine. Ich zog Jeans und Sweat-Shirt aus, band meine »Hakama« fest und schlüpfte in die weißen Socken. Mit klopfendem Herzen trat ich in den Übungsraum. Hier roch es süßlich herb nach dem Weihrauch, den Midori-Sensei vor dem vergoldeten Hausaltar angezündet hatte.

Ich setzte mich in der vorgeschriebenen Haltung auf die Matte und wartete. Mir war, als verursache mein Atem in der Stille ein störendes Geräusch. Ich fühlte, wie ich innerlich zitterte. Nach einer Weile glitt die Schiebetür mit einem sanften Schleifton auf; Midori-Sensei trat lautlos über die Schwelle. Ich verneigte mich tief. Die Meisterin erwiderte meinen Gruß freundlich. Es dämmerte bereits. Midori-Sensei drehte einen Schalter. Helles Neonlicht erleuchtete die Zielscheibe aus gepresstem Stroh. Das Licht war so angebracht, dass es die Augen nicht blendete. Lautlos und geschmeidig nahm die Meisterin auf ihrem Sitzkissen Platz. Zu meinen kurzen Haaren äußerte sie sich nicht. Gelassen leitete sie die Atemübungen ein, mit denen sie die Unterrichtsstunde zu beginnen pflegte. Ich folgte ihren Anweisungen, drückte nach jedem Einatmen den Atem sachte herunter, bevor ich möglichst langsam und gleichmäßig wieder ausatmete.

Die Meisterin ließ mich nicht aus den Augen. Sicher spürte sie meine Unruhe. Das machte mich nervös. Vergeblich bemühte ich mich, alle Gedanken abzuschütteln, um die innere Selbstvergessenheit zu erreichen.

Nach einer Weile, die mir kürzer vorkam als gewohnt, befahl mir Midori-Sensei, mit den Schießübungen zu beginnen. Ich schlüpfte in den Lederhandschuh mit dem dick gepolsterten Daumen. Er verhinderte, dass mich der Druck der Sehne schmerzte. Wie ich es gelernt hatte, legte ich beim Spannen den Daumen unterhalb des Pfeiles um die Bogensehne und hielt die Sehne mit ihm fest. Als die Sehne genügend gespannt war, ließ ich los und der Pfeil schnellte weg. Ich beherrschte diese Übung ganz gut, aber ich wusste, dass ich heute nur mit halbem Herzen dabei war. Beim Loslassen des Pfeils begann ich am ganzen Körper zu zittern. Das übertrug sich auch auf Pfeil und Bogen. Der Schuss verwackelte und der Pfeil verfehlte sein Ziel.

Midori-Sensei betrachtete mich überrascht, während mir ein bestürztes »Oh!« entfuhr. Beschämt senkte ich den Kopf.

Sie aber faltete gelassen die Hände im Schoß und sagte in ihrer ruhigen Art: »Jun-Chan, du bist heute offensichtlich nicht in der geistigen Verfassung, um dich auf das Bogenschießen konzentrieren zu können. Du solltest dich besser vorbereiten und dich innerlich sammeln.«

Meine Wangen wurden heiß. Dies war ein schwerwiegender Tadel. Stumm schlüpfte ich aus dem Handschuh und legte den Bogen behutsam nieder. Auf das Zeichen meiner Lehrerin setzte ich mich scheu ihr gegenüber.

Sie betrachtete mich und runzelte dabei kaum merklich die Stirn. »Dein Schuss ist völlig missraten, weil du von dir selbst nicht loskamst. Du hieltest dich steif wie ein Regenschirm und warst total verkrampft. So als habest du nur darauf gewartet, zu versagen.«

Ich senkte den Kopf noch tiefer. Mein Puls flog. Jetzt musste ich reden, ihr mein Herz ausschütten, bevor ich mich ein zweites Mal blamierte. Aber wie sollte ich nur den Mut dazu aufbringen?

»Bitte, verzeihen Sie«, stieß ich hervor. »Ich bin ganz durcheinander.«

Sie fuhr fort mich mit ihren klaren Augen zu betrachten. »Und, was bewegt dich?«, fragte sie gütig. »Warum steht dir das Weinen nahe?«

So aufgefordert, begann ich zu erzählen, anfangs noch überstürzt und verworren, mit der Zeit aber zunehmend gefasster. Die Meisterin saß ganz still, den Kopf hoch erhoben; Ruhe lag auf ihrem Gesicht. Als ich endlich schwieg, dachte sie kurz nach und sagte:

»Du hast ein schlechtes Gewissen, weil du hinter der Tür gelauscht hast. Nun, das geschah ohne Absicht und sollte dich nicht übermäßig grämen. Nur ein reifer Mensch wüsste in einem solchen Augenblick seine Ohren zu verschließen. Reden wir lieber von etwas anderem.« Sie ließ einen Atemzug verstreichen, wie um ihren Worten mehr Gewicht zu geben, und fragte: »Haben dir deine Eltern je Anlass gegeben, an ihrer Liebe zu zweifeln?«

Ich schüttelte stumm und entschieden den Kopf.

Sie fuhr leise fort: »Deine Eltern sprachen von Ereignissen, die weit zurückliegen. Dein Vater muss in jungen Jahren Schmerzvolles erlebt haben. Die Erinnerung mag tief in ihm sitzen, doch mir will scheinen, dass er sich damit abgefunden hat.«

Ich presste meine Finger so stark zusammen, dass die Glieder knackten. »Aber meine Mutter? Ich hörte ganz deutlich, dass sie weinte.«

Sie lächelte beschwichtigend. »Auch dies sollte dich nicht allzu sehr bekümmern. Hat dein Vater sie nicht zu trösten gewusst?«

Ich nickte mit zugeschnürter Kehle.

Midori-Sensei legte die Hände auf die Knie. »Was dich betrifft ...« Nachdenklich verstummte sie. Ihre Augen starrten mich an und gleichsam durch mich hindurch. Ich senkte verstört den Blick.

Auf einmal beugte sie sich vor, als wolle sie mir ein Geheimnis anvertrauen. »Hör zu! Ich spüre Seltsames in dir. Nein, nichts Schlechtes: Im Gegenteil! Du besitzt eine Gabe, die ich nicht zu deuten vermag. Ich habe viele hundert Schüler unterwiesen, aber bis jetzt habe ich bei keinem von ihnen etwas Ähnliches gefühlt. Du bist stark, viel stärker, als du denkst, und wahrscheinlich sogar stärker, als ich es heute zu spüren vermeine.«

Ich hob verwirrt die Augen und sah sie an: »Woher wissen Sie das?«

Midori-Sensei nahm mir die dreiste Frage nicht übel. Sie neigte den Kopf, als würde sie in sich selbst hineinhören. »Woher ich das weiß? Kind, wie soll ich dir das sagen? Ich fühle, dass in dir eine eigentümliche Schwingung ist. Sie erinnert mich an das Dröhnen einer fernen Trommel, das Geräusch galoppierender Pferde in der Ebene, an einen Gesang, vom Winde vieler Zeitalter verweht ... Die Schwingung erreicht mich wie ein Echo, ein Vibrieren, ein Wellenring auf dunklen Gewässern; wie blauer Rauch in der Morgenluft, wie ein Ton aus dem Herzen des Erdbodens ... Die Schwingung singt in deinen Knochen, in deinem Blut, sie singt mit jedem Schlage deines Herzens. Aber du hörst sie nicht ... noch nicht.«

Sie sprach stockend und traumbefangen, mit einer gewissen Traurigkeit. Ihre Augen glänzten im Neonlicht wie Marmor. Sie schienen auf unsichtbare Dinge in weiter Ferne gerichtet zu sein. Mir war, als würde mir die Feder eines Nachtvogels kalt den Rücken streifen. Ich kannte sie als meine Lehrerin. Nie war sie in meinen Gedanken eine Seherin gewesen, eine heilige Frau. Jetzt aber fühlte ich es so.

»Das verstehe ich nicht«, stieß ich hilflos hervor.

Ein Funke glomm in ihren Augen auf. Die starren Pupillen bewegten sich. Ich merkte, dass sie meine Frage gehört hatte. »Ich auch nicht, Kind«, seufzte sie. Ich verschränkte die Arme, mir war kühl, ich massierte meine Schultern und schwieg.

Auch sie schwieg und dachte lange nach. Schließlich sagte sie: »Dein Vater weiß mehr. Vielleicht wirst du es eines Tages von ihm erfahren. Bewahrt er jedoch sein Geheimnis, sollst du ihm keinen Vorwurf machen und du darfst ihm deswegen auch nie deine Liebe verwehren.«

Ich schüttelte den Kopf. »Wie könnte ich das?«

»Wir Menschen sind an unser Schicksal gebunden«, sagte sie. »Wir verändern uns, denn wo Leben ist, ist immer ein Wandel, zum Guten oder zum Bösen. Elend, Leid und Verderben füllen die Welt mit Dunkelheit. Am Ende aber wird das Gute siegen. So will es das Gesetz des Lebens. Und wenn dieses Ende gleichzeitig auch das Ende von uns Menschen wäre, was würde das schon ändern? In Raum und Zeit sind wir ohne Bedeutung.«

Ich versuchte darüber nachzudenken, doch es war zu hoch für mich. Ich fragte mich, wo der Zusammenhang lag. Verstört hob ich den Blick. Was in ihrem Gesicht geschrieben stand, war rätselhaft wie eine Handschrift, die ich nicht entziffern konnte. »Was soll ich jetzt tun?«

Ihre Züge belebten sich; unter ihren Augen erschienen kleine Fältchen. Sie lächelte ungezwungen und herzlich. »Weiterleben, mein Kind! Was denn sonst? Denke nicht zu viel nach und sammle deine Kräfte. Eines Tages wirst du sie brauchen. Dann aber sei stark und übe Nachsicht. Nun geh! Mit dem Unterricht wird es heute nichts. Du würdest nicht einmal einen Berg treffen! Das Kursgeld für diese Stunde rechne ich dir nicht an.«

Sie entließ mich mit einer Handbewegung; sicher wartete bereits der nächste Schüler.

Ich verneigte mich tief, wechselte rasch die Kleider und verabschiedete mich von Haru-San, die sich beflissen verbeugte.

Draußen schlug mir der Verkehrslärm entgegen. Die Sonne war bereits untergegangen. Die Neonreklamen leuchteten hell. Über den Hochhäusern schien der Himmel blau wie ein dunkler Kristall. Es lag eine Frische in der Luft, die den Schmerz in mir noch schlimmer machte. So ist das also, dachte ich bitter. Mein Vater bewahrte vor mir ein Geheimnis. Würde ich es je von ihm erfahren? Nun störte es mich zwar, nicht Bescheid zu wissen, aber vielleicht war es besser für meinen Seelenfrieden. Midori-

Sensei hatte mir zu viel gesagt – oder zu wenig. Ihre Worte schienen mir nur der Bruchteil einer flüchtigen Empfindung gewesen zu sein; eine Vorahnung vielleicht, aber ganz bestimmt keine Erklärung. Zurück blieb ein Schmerz und das Wissen, dass sich alles nur aus dem logisch erklären ließe, was mein Vater vorher erlebt hatte.

Was aber könnte das sein?, rätselte ich weiter. Die Frage ließ mich nicht los. Die Unruhe in mir wuchs. Du bist stark!, hatte Midori-Sensei gesagt. Sie hatte mir Mut machen wollen, was sonst? Leider hatte sie die Dinge nicht vereinfacht, sondern komplizierter gemacht. »Ich bin nicht stark«, sagte ich laut.

Meine Stimme ging im Straßenlärm unter. Vor den Schaufenstern und Cafés stauten sich Menschen. Angestellte im Hemd drängten mit raschen Schritten durch die Menge, lachten laut und strömten in die Sake-Bars. Ruckweise schob sich die Autoschlange durch die Straßenschlucht. Und aus den Seitenstraßen drangen weitere Wagenkolonnen. Motorräder heulten auf, rasten los, bremsten. Eine Menschentraube wartete vor einer Ampel. Ich blieb ebenfalls stehen, im Gedränge eingekeilt. Wagen sausten vorbei, ein Taxi hielt. Ich fühlte mich betäubt wie nach einem Schlag. Das Gespräch mit Midori-Sensei hatte mich nicht beruhigt, im Gegenteil, jetzt fürchtete ich mich noch mehr. Ich hatte wirklich große Angst. Wie sollte ich damit weiterleben ...?

Werden sich die Ungereimtheiten je logisch zusammenfügen, werde ich je die Wahrheit wissen? Und wenn die Wahrheit schlimm war? Ich schüttelte den Kopf. Nein, daran mochte ich gar nicht denken!

Die Ampel wechselte auf Grün, das kleine Musiksignal

für Blinde ertönte. Die Menschen setzten sich in Bewegung. Alle strömten zum Bahnhof und ich mit ihnen. Gänge, Rolltreppen, Hallen; ein Niemandsland, erfüllt vom Echo der Schritte. Ich lief die Treppe hinunter, meine Beine zitterten. Menschen strömten an mir vorbei. Unzählige Schicksale kreuzten meinen Weg. Gesichter huschten vorüber. Die Absätze der Frauen schienen in meinem Kopf zu klappern. Ich meinte nicht vom Fleck zu kommen, wie in einem dieser Alpträume, in denen man mit gelähmten Füßen vergebens zu fliehen versucht. An einer Säule war ein Spiegel angebracht. Eine Frau stand davor und zog sich die Lippen nach. Ich hastete vorbei, eine unter tausenden, ich erkannte mich selbst nicht. »Wer bin ich?«, sagte ich laut. Aber niemand hörte meine Frage.

9. KAPITEL

Am Samstagmorgen stellte ich mich bei »Sweet Apple« vor. Ich wollte in den Semesterferien etwas Geld verdienen. Doch da viele Studenten eine Arbeit suchten, musste man sich frühzeitig darum bemühen. »Sweet Apple« war eine Schnellimbisskette, in deren Lokalen nur Apfelkuchen und Kaffee verkauft wurden. Sie hatten von morgens um acht bis abends um elf geöffnet; die Kunden standen an Stehtischchen, aßen schnell ihren Apfelkuchen und verließen das Lokal. Ich hatte erfahren, dass im Viertel Aoyma für Juli etwas frei wurde. Der Personalchef sagte mir, dass die Arbeit denkbar einfach sei: Kaffee einschenken, den Apfelkuchen im Mikrowellenherd erwärmen und etwas Vanillesoße dazugeben. Die geschmacklose Kleiderschürze und das kleine Häubchen, das die Angestellten trugen, stifte die Firma. Jede Mitarbeiterin erhalte zwei Schürzen und zwei Häubchen. Und ich erfuhr, dass ich das Haar nicht im Gesicht tragen dürfe und rot lackierte Fingernägel verboten seien.

»Ich muss morgens um halb acht da sein und bin um halb zwei fertig«, erzählte ich meiner Mutter. »So habe ich wenigstens den Nachmittag für mich.«

»Stell dir das nicht so einfach vor«, sagte sie. »Du bist damit immerhin sieben Stunden auf den Beinen.«

»Wieso?«, sagte ich. »Andere machen das ja auch!«

Meine Mutter stand im Garten und schnitt die Büsche.

Sie hatte Jeans an. Die Ärmel ihrer Hemdbluse hatte sie hochgekrempelt und ihr Haar zu einem Pferdeschwanz gebunden. Sie legte die Schere hin und streifte bedächtig die Gartenhandschuhe von den Händen.

»Übrigens, Seiji hat angerufen.«

»Wann?«

»Vor einer halben Stunde.«

Klang ihre Stimme wirklich anders als sonst? Ich hatte keine Zeit, mich damit zu befassen. Ich drehte mich um und lief ins Haus. Mein Vater spielte heute Tennis. Ich ging deshalb in sein Büro, um ungestört reden zu können, griff nach dem Hörer und wählte Seijis Nummer. Er nahm sofort ab. Ich wusste, dass er auf den Anruf gewartet hatte.

»Hallo, Panda!«

Ich schluckte. »Wie geht es dir?«

»Hast du Zeit?«, fragte er.

»Wann?«, fragte ich.

»In einer halben Stunde beim Bahnhof, geht das?«

»In Ordnung«, sagte ich.

Ich lief ins Badezimmer und warf einen Blick in den Spiegel. Doch, meine Haare sahen noch hübsch aus. Ich wechselte rasch die Kleider. Die Schiebetür zum Garten war offen. Meine Mutter saß auf einem Kissen im Türrahmen und suchte Lilienzwiebeln aus.

»Ich treffe mich mit Seiji«, sagte ich.

Sie nickte, ohne mich anzusehen. »Bist du zum Abendessen zurück?«

Die Frage klang beiläufig, aber ich hörte einen misstrauischen Zwischenton heraus. »Es kann später werden.«

Sie fuhr gelassen fort, die Zwiebeln zu sortieren. »Vergiss den Schlüssel nicht. Ich lasse das Licht draußen brennen.«

Dieser Hinweis war deutlich. Sie wollte nicht, dass ich über Nacht wegblieb.

Ich wandte rasch das Gesicht ab. »Bis später.«

Als ich fünf Minuten später die Bahnhofstreppe hinaufstürmte, stand Seiji schon oben.

»Schnell! Der Expresszug fährt gerade ein!«

Wir liefen durch die Sperre, eilten die Treppe hinunter und drängten uns ins Gewühl. Im Abteil drin lehnte ich mich atemlos an Seiji. Die Türen schlossen sich und der Zug fuhr los. Ich hob das Gesicht zu ihm empor und wir lächelten uns an. Er drückte mich fester an sich. »Schön, dass du da bist«, flüsterte er.

»Ich habe viel an dich gedacht«, sagte ich. »Aber ich wollte nicht anrufen. War es schlimm bei dir?«

Er verzog das Gesicht. »Sagen wir mal, es war kein Spaß. Mein Vater sieht die Dinge vernünftig. Er sagt, man könne auch ohne Uni was werden.«

»Und deine Mutter?«

Wir neigten unsere Gesichter aneinander und sprachen, der anderen Menschen wegen, ganz leise.

»Ein schwieriger Fall«, seufzte Seiji. »Ich musste es ihr langsam beibringen. Sozusagen brockenweise ...« Er stockte.

Ich sah ihn fragend an.

Er hob finster die Schultern. »Jetzt glaubt sie, dass ich eine Niete sei, zum Lernen viel zu dumm. Dabei gibt sie sich selbst die Schuld und zweifelt an ihrer Erbmasse.«

Ich war betroffen. »Das hat doch damit nichts zu tun! Du willst ihr ja nur helfen.«

»Mach ihr das mal klar«, brummte Seiji. »Ich weiß genau, dass es nicht anders geht, aber ich fühle mich gemein dabei, weil ich ihr wehtue.« Er versuchte zu lachen, doch es gelang ihm nicht.

Unsere Blicke trafen sich. Jetzt erst fiel mir auf, wie blass und niedergeschlagen er aussah. Er hatte dunkle Ringe unter den Augen.

Mich überkam eine solche Rührung, dass ich mich danach sehnte, ihn in meine Arme zu schließen und zu trösten. Ich schmiegte mein Gesicht an seine Brust.

»Ach, Seiji«, sagte ich leise. »Ich verstehe dich ja nur zu gut!«

Der Zug verlangsamte seine Fahrt; wir hatten Shinjuku erreicht. Die Türen gingen auf. Die Menge strömte hinaus und hätte uns beinahe mit sich gerissen. Wir traten schnell zur Seite und ließen die Menschen vorbei.

»Wohin gehen wir? Ins Blue Lagoon?«, fragte Seiji, als wir alleine waren. Ich drückte seine Hand, froh, dass wir ein paar Stunden für uns hatten. »Hoffentlich ist noch ein Zimmer frei.«

Gleich hinter dem Bahnhof, in einer der vielen Seitenstraßen voller Bars, Imbissstuben und den üblichen Pachinko-Spielhallen, befanden sich einige Love-Hotels. Im »Blue Lagoon« waren wir schon mehrmals gewesen. Hier trafen sich viele Studenten. Das Hotel war nicht zu aufgedonnert und die Preise waren vernünftig. Die Zimmer wurden meist für drei Stunden gebucht.

Unsere Namen waren bereits im Hauscomputer gespeichert. Eine junge Dame mit Berufslächeln übergab uns den Schlüssel. Das Zimmer im fünften Stockwerk war klein und ganz in Türkisblau gehalten. Es besaß einen winzigen Vorraum für die Schuhe. Kitschige Reproduktionen in ebenso kitschigen Rahmen zeigten halb nackte Hula-Mädchen und in einer Ecke stand eine künstliche Kübelpalme. In der Ecke gegenüber befand sich der Fernseher, daneben lag ein beachtlicher Stapel »Adult videos«, Pornos. Die Lampen auf den Nachttischchen trugen Schirme aus weißem Organza, die mit blauen Schleifen versehen waren. Im Zimmer hörte man nur das Summen der Klimaanlage, die schalldichten Fenster ließen den Verkehrslärm nicht durch.

Eine Tür führte ins Badezimmer; das winzige Waschbecken, die Sitzbadewanne und das Klo waren aus hellblauem Plastik. Alles, was man brauchte, war vorhanden: zwei Hauskimonos, Zahnbürste und Zahnpasta, Papiertaschentücher. Shampoo, Gesichtslotion und Präservative. Es roch nach Seife und Reinigungsmittel, nach muffiger Bettwäsche und billigem Parfüm.

Neben dem Fernseher stand ein kleiner elektrischer Kocher mit einer Glaskanne, Plastiktassen und Teebeuteln.

»Tee?«, fragte Seiji.

Ich nickte.

Er ging ins Badezimmer, ließ Wasser in die Kanne laufen und stellte den Kocher an. Wir setzten uns beide schon aufs Bett, jeder auf eine Seite, und sahen aneinander vorbei.

»Wann fängst du beim Fernsehen an?«, fragte ich schließlich.

»Am Montag. Ich habe mich an der Uni bereits abgemeldet. Seither heult meine Mutter.«

»Meine würde kein Wort mehr mit mir reden.«

»Jede hat ihr persönliches Rezept«, meinte Seiji, »aber es läuft immer auf eine Art von Erpressung hinaus.«

Wir versuchten uns anzulächeln.

»So bis dreizehn oder vierzehn«, fuhr Seiji fort, »hatte ich es gerne, dass meine Mutter mir sagte, was ich tun oder lassen solle, was richtig war und was falsch. Ich glaube, Jungen brauchen dieses Gefühl, dass die Mutter ganz für sie da ist.«

»Jedes Kind braucht das.«

Er nickte. »Mag sein. Aber irgendwann muss man erwachsen werden und eigenverantwortlich denken. Sogar Mist muss man bauen dürfen, wenn es sein muss. Ich will kein Muttersöhnchen bleiben, bis mir die Haare ausfallen! Er sitzt im Rollstuhl, nicht ich!«

»Ich weiß, wie dir zu Mute ist«, sagte ich. »Du bist plötzlich nicht mehr sicher, ob du die richtige Entscheidung getroffen hast. Du willst niemanden verletzen und doch musst du es tun.«

Er lächelte schwach. »Ja, ich war ziemlich verstört. Aber jetzt geht es mir besser. Zum Glück kommst du immer dann, wenn ich dich brauche. Du hast die Fähigkeit, die Probleme ins richtige Licht zu rücken.«

»Physiker denken sachlich«, erwiderte ich leichthin.

Seiji war überzeugt, dass ich Leiden in etwas verwandeln konnte, was für uns beide wertvoll war. Das stimmte zwar nicht, doch ich hatte keine Ahnung, wie ich ihn von dieser Illusion abbringen konnte.

Das Teewasser brodelte. Seiji erhob sich, hängte die Teebeutel in die Plastiktassen und füllte sie mit kochendem Wasser.

»Manchmal möchte ich lieber ein Mädchen sein. Ich glaube, Mädchen haben es leichter als Jungen. Sie finden eher den inneren Frieden.«

»Das bildest du dir ein«, entgegnete ich.

Er reichte mir behutsam die Tasse. Wir pusteten in unseren Tee, den wir, wie alle Japaner, sehr heiß tranken.

»Ich will dir nichts vormachen«, sagte Seiji. »Im Grunde geht es mir nur um meine Selbstbehauptung. Ich versuche mich gleichzeitig an meine Kindheit zu klammern und frei zu sein, was natürlich nicht zusammen geht. Ich glaube, ich werde bald von zu Hause ausziehen müssen.«

»Suchst du dir eine eigene Wohnung?«

»Ja, sobald mein Vater eine Stelle gefunden hat und ich es mir leisten kann.«

Seiji stand auf und stellte die leeren Tassen auf seinen Nachttisch.

»Das Weggehen ist nur der letzte Schritt. In Wirklichkeit habe ich mich schon seit einigen Jahren von zu Hause distanziert.«

Ich legte mich aufs Bett, er kam neben mich und zog mich zu sich hin.

»Dann bist du schon weiter als ich«, seufzte ich. »Ich fand es bisher angenehm bei meinen Eltern. Ich mochte dieses Gefühl, dass mir nichts passieren kann, weil sie da sind. Aber ich weiß genau, dass das nicht das wahre Leben ist. Das Leben ist anders, roher und kälter. Keiner bleibt davor verschont. Und das macht mir Angst.«

»Angst? Wovor?«

»Vor schlimmen Dingen. Vor Schatten. Ich kann es mir selbst nicht erklären. Ich weiß nur, dass ich an nichts anderes mehr denke.«

Er streichelte mein Gesicht. Weich und zärtlich bewegten sich seine Fingerkuppen auf meiner Haut.

»Das verstehe ich nicht. Was ist mit dir?«

Ich spürte, wie ich fröstelte, und drückte mich enger an ihn.

»Du frierst ja!«, rief er überrascht. »Wart, ich stelle die Klimaanlage wärmer.«

Bevor er sich wieder hinlegte, schlug er die Bettdecke auf und zog sie uns bis zum Kinn. »Ist dir besser jetzt?«

»Ja«, hauchte ich. »Entschuldige, ich bin etwas durcheinander! Noch vor ein paar Tagen war ich glücklich und ahnungslos. Aber so wird es nie mehr sein. Wie oft habe ich dich anrufen wollen! Doch ich hatte nie den Mut dazu.«

»Sonst bist du nicht so scheu.«

»Ach, Seiji«, rief ich jämmerlich. »Du hattest ja deine eigenen Probleme. Da wollte ich dich nicht noch mit den meinen belästigen!«

»Du bist witzig«, sagte er. »Als gingen die mich nichts an. Hast du dich mit deinen Eltern verkracht?«

»Nein, es ist etwas anderes.«

»Haben sie sich verkracht?«

Ich schüttelte den Kopf.

»Jetzt erzähl endlich!«

Anfangs sprach ich nur zögernd, doch allmählich ließ meine Befangenheit nach. Ich fühlte mich neben ihm geborgen und verlor die Hemmungen, darüber zu reden. Ich brauchte Seiji nicht einmal anzusehen, es genügte mir, seinen Atem zu spüren, zu wissen, dass er zuhörte. Das allein gab mir den nötigen Mut.

»Ich hatte schreckliche Gewissensbisse, verstehst du? Sie quälten mich Tag und Nacht, in der Uni und im Kino, im Bett. Ich musste meine Ängste loswerden und dachte, dass Midori-Sensei mir vielleicht helfen könne. Doch es kam ganz anders, als ich es mir vorgestellt hatte. Sie antwortete mir mit Worten, die mich noch mehr verunsicherten.«

Er fuhr mit den Fingerspitzen über mein Gesicht. »Hat sie dir eine Strafpredigt gehalten?«

»Überhaupt nicht! Ich ... ich weiß nicht, wie ich dir das erklären soll. Sie saß einfach da und starrte mich an und redete, als würde sie in meinen Gedanken lesen und Dinge über mich wissen, von denen ich selbst keine Ahnung hatte. Und was sie sagte, war wunderschön anzuhören, es tönte beinahe wie ein Gedicht. Als würde sie Worte vernehmen und mir nur ihren Klang weitergeben. Doch das Unheimliche war, dass sie alles, was sie sagte, aus mir selbst, aus meinem Innern, herauszuholen schien. Und jetzt komme ich vor Unruhe fast um. Es ist etwas in mir, mit dem ich nicht fertig werde.«

Seiji blieb gelassen. »Ach, sie ist eine sehende Frau? Ja, die haben diese besondere Fähigkeit. Und deswegen bist du so aufgeregt? Hat sie dir ein Unglück vorausgesagt?«

Ich verneinte lebhaft. »Im Gegenteil. Sie meinte, dass ich sehr stark sei.«

»Das ist doch gut!«, rief Seiji erfreut.

Ich lächelte und war schon etwas beruhigt. In Japan gehören die »Uranai«, die Wahrsager, zum Alltag. Sie sitzen abends im Schein einer Kerze oder einer Taschenlampe hinter kleinen Tischen am Straßenrand. Sie werfen Stäbchen oder lesen aus der Hand. Manche sagen sogar mit einem Computer wahr. Was sie erzählen, darf man nicht für bare Münze nehmen. Aber einige Menschen – vorwiegend ältere Frauen – sind wirklich von der »heiligen Kraft« erfüllt und werden bei wichtigen Lebensfragen zu Rate gezogen. Sie wissen zum Beispiel, ob ein Brautpaar gut zusammenpasst. Oder sie bestimmen das Datum der Hochzeit. Als ich das kürzlich Nina erzählte, war sie echt schockiert. »Das ist doch der reine Aberglaube«, hatte sie gemeint. Ich hatte ihr klarzumachen versucht, dass die »Uranai« ihre Kräfte seit eh und je zum Wohle der Gemeinschaft gebrauchen würden, dass ihre Kenntnisse der menschlichen Seele der modernen Psychoanalyse gleichkämen. Aber Nina hatte nichts davon wissen wollen. »Wie kannst du nur so kindisch sein! Und dabei studierst du Physik!«

Kindisch? Nun, dann sind wir Japaner alle miteinander kindisch. Wir schreiben unsere Wünsche auf geweihte Papierstreifen oder auf Holzplättchen, befestigten diese an einem Zweig und glauben, dass das Wachstum des Baumes die Erfüllung unseres Wunsches beständig macht. Wir tragen einen »O-Mamori«, einen kleinen Talisman aus buntem Brokat, in der Tasche. Zu Neujahr streuen wir kleine, runde Bohnen, um die bösen Geister zu verscheuchen.

»Es ist doch alles ganz einfach«, hatte ich Nina erklärt. »Es gibt diese Welt und es gibt eine andere, unsichtbare Welt, die Welt der Götter und Geister. Deswegen liegt in jedem Tag eine günstige oder Unheil bringende Bestimmung.«

Sie hatte mich angestarrt. »Was soll das heißen?«

Ich hatte ihr einige Beispiele gegeben: An Tagen mit schlechter Bestimmung findet keine Bestattung statt und keine offizielle Zeremonie. Dafür ist der Tag des »Taian« für Hochzeiten oder Geschäfte besonders günstig. Diese und andere Vorschriften werden heiter befolgt und gehören zum japanischen Alltag. Sie stärken das Selbstvertrauen und helfen uns in Harmonie mit uns selbst zu leben.

Aber Nina hatte das alles überspannt gefunden. »Kaum zu glauben!«, hatte sie ausgerufen. »In welchem Jahrhundert lebt ihr eigentlich?«

Ich hatte meine Geduld bewahrt und nicht versucht, sie von ihrer Einstellung abzubringen. »Warte nur ab«, hatte ich gesagt, »eines Tages wird auch dir ein Licht aufgehen.« Daraufhin war sie fast beleidigt. »Hör mir damit auf! Ich bin nicht mehr so naiv wie du!«

Nun, hatte ich mir gesagt, dann bin ich eben naiv, denn ich glaube wirklich an die unsichtbare Welt.

»Manchmal«, sagte ich zu Seiji, »sehe ich im Traum Berge, Wälder und Flüsse. Die Landschaft kommt mir ganz vertraut vor. Im Traum weiß ich, dass ich schon einmal dort gewesen bin. Ich treffe Menschen. Sie sehen wie Japaner aus, nur ihre Kleider sind anders, lang und bunt. Ich rede mit ihnen in einer fremden Sprache, als wäre es meine eigene. Kaum aber bin ich wach, kann ich mich an kein einziges Wort mehr erinnern. Ich weiß, dass ich diese Menschen und die Landschaften nie gesehen habe.« Ich dachte eine Weile nach. »Ich weiß«, fuhr ich leise fort, »dass sich sogar Physiker damit befassen. Sie fragen sich zum Beispiel, ob jede Zelle des Körpers über ein Erinnerungsvermögen verfügt. Ob wir mit allen Lebewesen ein Stück dieser Erinnerung teilen. Ob wir uns tatsächlich an die Zeit vor unserer Geburt erinnern können, vielleicht sogar an frühere Leben. Natürlich bleibt das alles Spekulation. Ich frage mich trotzdem, ob Midori-Sensei nicht Spuren in mir sieht, an die sich mein Körper erinnert, auch wenn das nicht bis in mein

Bewusstsein dringt. Ich weiß nicht, was es ist, Seiji, aber es beschäftigt mich. Und ich fühle, dass es mit meinem Vater zusammenhängt ...«

Ich kehrte mich zu ihm hin, um ihn anzusehen. Doch er blickte sinnend zur Decke.

Ich lächelte ziemlich verkrampft. »Eine komplizierte Geschichte, nicht wahr?«

»Ich finde sie eher traurig«, sagte Seiji.

Traurig? Ich hatte sie bisher nicht als traurig empfunden. Aber plötzlich kam mir wieder in den Sinn, dass meine Mutter geweint hatte.

Nach einer Weile fragte Seiji: »Warum hat dein Vater Kanada eigentlich verlassen?«

Ich richtete mich verdutzt auf. Darüber hatte ich mir niemals Gedanken gemacht. »Er kam als Student nach Japan, lernte meine Mutter kennen und blieb hier.«

»War das der einzige Grund?«

»Ich weiß es nicht«, sagte ich zögernd. »Ich habe nie danach gefragt.«

Seiji hing seinen Gedanken nach. »Solange ich deinen Vater kenne«, meinte er schließlich, »denke ich, dass er Kummer hat.«

Jetzt, wo er es sagte, fiel es mir auch auf. Ja, es war etwas an meinem Vater, das sich nur schwer beschreiben ließ – eine Tiefe in seinen Augen, eine Aura von Stille, die ihn umgab.

Ich legte mich aufs Bett zurück und Seiji schob den Arm unter meinen Nacken.

»Irgendwie muss ihm die Vergangenheit viel bedeuten. Wer weiß, was er erlebt hat?«

»Das ist es ja gerade«, seufzte ich. »Ich hatte immer das

Gefühl, dass wir uns gut verstanden. Für ein Mädchen hört sich das vielleicht seltsam an, aber ich habe stets ihn und nicht meine Mutter zum Vorbild genommen. Und jetzt muss ich feststellen, dass ich ihn gar nicht kenne.«

»Vielleicht ist er ganz anders, als du glaubst.«

»Genau das ist es!«, rief ich betroffen. »Mein Vater lebt neben mir, ein stiller, freundlicher Mensch. Er ist immer für mich da und hilft mir, wenn es nötig ist. Aber wenn ich mit ihm über ganz bestimmte Dinge reden will, wenn ich ihn etwa frage, wie es damals in Kanada war, dann weicht er aus und sagt, dass er zu tun habe. Er nimmt die Zeitung und geht in sein Zimmer. Aber diese Fragen nach seiner Vergangenheit interessieren mich doch!«

»Und er spricht wirklich nie darüber?«, fragte Seiji.

»Vor ein paar Tagen haben wir zum ersten Mal seit Jahren von früher geredet. Er zeigte mir alte Fotos. An diesem Tag hat er von Onkel Robin erfahren, dass Tante Mayumi operiert werden muss.«

»Was hat sie?«

»Die Ärzte fürchten, es könne Krebs sein«, seufzte ich. »Und jetzt wartet mein Vater auf Nachricht aus Kanada. Er könnte ja anrufen. Aber er tut es nicht. Ich spüre, dass er Angst hat, etwas Schlimmes zu erfahren. Solange er ohne Nachricht ist, kann er noch hoffen.«

Meine Kehle wurde plötzlich eng. Ich schluckte ein paarmal, bevor ich wieder reden konnte.

»Manchmal glaube ich, er hat ganz stark Heimweh nach Kanada. Aber er will nicht, dass man es merkt!«

»Da kommt mir etwas in den Sinn«, sagte Seiji. »Nur eine kleine Begebenheit, nichts von Bedeutung. Ich war elf, vielleicht zwölf, als dein Vater erzählte, dass er früher so gerne Pfannkuchen mit Ahornsirup gegessen hat. Ich hatte keine Ahnung, was das sein könnte, und da ...«

Ich unterbrach ihn lebhaft. »... du, ich erinnere mich! Er ging mit uns in ein Café und bestellte für jeden eine Portion. Du hast deine so schnell verschlungen, dass er sich gezwungen fühlte dir eine zweite zu spendieren!«

Seiji ließ ein Kichern hören. »Du weißt doch, dass ich früher ganz versessen auf Süßigkeiten war. Stell dir vor, welch ein Riesenerlebnis das für mich war! Meine Eltern gingen nie mit mir in ein Café. Wir hatten ja kein Geld und mein Vater saß im Rollstuhl. Heute ist das anders, heute nimmt man eher Rücksicht auf Behinderte ...« Er stockte. »Aber eigentlich habe ich dir etwas ganz anderes erzählen wollen. Dein Vater hat eine Bemerkung gemacht, die mir in Erinnerung geblieben ist. ›Als ich klein war‹, hat er gesagt, ›gab es bei uns solche Pfannkuchen zum Frühstück. Ich liebe diesen Geschmack. Wenn ich die Augen schließe, fühle ich mich nach Kanada zurückversetzt.‹ Ich weiß noch«, fuhr Seiji fort, »dass ich ungeheuer beeindruckt war. Eine Zeit lang wollte ich unbedingt nach Kanada auswandern. Es war für mich das Land, wo die Leute Pfannkuchen zum Frühstück aßen.«

Ich drückte meinen Kopf enger an seine Schulter. »Eigentlich war alles viel schöner als Kind. Wir stellten uns die Welt wie ein Bilderbuch vor. Aber so, wie es früher war, wird es nie wieder sein. Dieses Gefühl quält mich, als würde ich nachts auf einer Klippe stehen und eine Tiefe spüren, die ich nicht sehen kann.«

Er ließ seine Finger durch mein Haar gleiten. »Midori-Sensei hat gesagt, dass du stark bist.«

Ich richtete mich auf. »Vielleicht hat sie etwas ganz

anderes damit gemeint. Vielleicht befürchtet sie, dass schlimme Dinge auf mich zukommen und ich stark genug sein muss, um sie zu ertragen.«

Er beruhigte mich mit einem Lächeln. »Wart ab, was geschieht, und denk nicht allzu viel nach. Schmerz und Freude sind immer da.«

Ich ließ mich zurücksinken und schmiegte mein Gesicht an seinen Hals. Meine Lippen glitten über seine weiche Haut. »Wenn ich bei dir bin, habe ich oft das Gefühl, dass ich mit meinem Vater rede. Auch das mag ich so an dir ...«

Ich merkte, wie sich seine Schulter leicht versteifte; doch er zog sie nicht weg, ich spürte seine Wärme weiter.

»Ich nehme an, dass ich geschmeichelt sein muss.« Seine Stimme klang gelassen und etwas spöttisch.

Ich schloss die Augen. Alles war so friedlich, so still. Sogar an den fremden Geruch im Zimmer hatte ich mich gewöhnt. Es war schön, hier zu liegen und Seijis Nähe zu spüren. Ich hörte ihn atmen. Er war gut und zärtlich und ich wusste, dass er auch stark war. Was für eine weiche Haut er hat, dachte ich. Wie Seide. Wir gehörten zusammen, wir brauchten einander. Ich legte die Hände um seinen Hals, aber während wir uns umarmten, blieb ein Teil von mir zerstreut und jede meiner Bewegungen antwortete ihm wie aus der Erinnerung. Er liebt mich, dachte ich. Aber ich? Wen liebte ich in Wirklichkeit?

10. KAPITEL

Nina wohnte im Viertel Omote-Sando in einem zwanzigstöckigen Hochhaus, das an einer der breiten, verkehrsreichen Straßen lag. Der Neubau mit reich bepflanzter Eingangshalle war erst im vergangenen Jahr fertig geworden.

Nina erzählte, dass sie sich zuerst an die computergesteuerte Tür- und Fahrstuhlkontrolle habe gewöhnen müssen. Sie habe ihre Chipkarte anfangs oft vergessen. »Und ohne das Ding bist du total aufgeschmissen«, erklärte sie.

Wir standen im Fahrstuhl, sanfte Musik rieselte aus dem Lautsprecher.

»Das ist ein so genanntes IB, ein ›Intelligent building‹, Klimaanlage, Beleuchtung, Notstromgenerator, Fahrstühle, Feuer- und Erdbebenwarnsystem, alles wird dauernd von Computern überwacht. Doch das Wohnzimmer ist nicht größer als die Küche in Deutschland.«

»Dafür sind die extrem teuren Bodenpreise verantwortlich«, sagte ich.

Nina schob ihren Kaugummi von einer Backe in die andere. »Weiß ich. Tokio ist das teuerste Pflaster der Welt. Zum Glück zahlt Papas Firma die Miete, sonst müssten wir unter einer Brücke hausen.«

Der Aufzug hielt sanft im achten Stock. Die Türen glitten auf. Ninas Familie wohnte am Ende des engen Korridors. Die Tür zur Wohnung ließ sich ebenfalls nur mit Hilfe der Chipkarte öffnen. Wir traten ein und stellten unsere Schuhe, wie es sich gehörte, in den Vorraum. Nina rief einige Worte in deutscher Sprache. Eine Tür ging auf und eine Frau erschien.

Ich war sehr überrascht, denn ich hatte mir Ninas Mutter anders vorgestellt. Sie war kleiner als ich und sehr schlank, das kurze hellbraune Haar schien fein wie aus Seide zu sein, ihre Augen waren von einem hellen Grün. Ich verneigte mich höflich. Ninas Mutter lächelte mich an, eigentlich war es nur die Spur eines Lächelns, das über ihren Mund glitt. Sie sprach mit leiser Stimme, ihr Japanisch klang seltsam. Die Art, wie sie die Worte zusammensetzte, war nicht die gebräuchliche, doch ich verstand sie gut.

»Das ist also die Jun! Schön, dass du uns einmal besuchst. Ich heiße Sabine.«

Ihre ungezwungene Begrüßung war mir, trotz aller Fremdheit, sympathisch. Ich fühlte, dass sie warmherzig und vielleicht auch einsam war.

Sie führte mich durch einen schmalen Flur, an den Wänden standen Bücherregale, dazwischen hingen bunte Stiche und Plakate. Der Flur mündete in ein enges Wohnzimmer mit hohen Fenstern. Meine Füße versanken angenehm im dichten braunen Spannteppich. Hinter einem niedrigen Tischchen aus Glas stand ein mit hellbraunem Waschsamt überzogenes Sofa, auf dem viele bunte Kissen lagen. Auf dem Tischchen befanden sich in Keramikvasen kleine bunte Sträuße aus Trockenblumen.

Sabine deutete darauf. »Ich kann keine frischen Blumen in die Wohnung stellen. Erika, meine kleine Tochter, zerrt alles zu Boden.«

»Sie fängt gerade an zu laufen«, erklärte Nina. »Man kann sie keine Sekunde aus den Augen lassen!«

»Nina hat viel Geduld mit kleinen Kindern«, meinte Sabine lächelnd. »Eigentlich erwartet man das gar nicht von ihr.«

»Wieso muss ich mir das ständig bieten lassen?«, fauchte Nina.

Ihre Mutter beachtete sie nicht, sondern deutete auf das Sofa. Als ich mich setzte, sank ich so tief ein, dass sich meine Knie fast in Kinnhöhe befanden. Ich schaute aus dem Fenster. Auf der gegenüberliegenden Straßenseite fingen die Hochhäuser die Nachmittagssonne auf, gläserne Giganten, die in den Himmel starrten. Gerade vor dem Haus öffnete sich eine Straßenschlucht und ließ den Blick auf das endlose Häusergewirr frei. Dazwischen funkelte der Horizont, kühl, blau und straff wie eine Kugel.

»Als ich vor über zwanzig Jahren zum ersten Mal herkam«, sagte Sabine, »schlug die Luftverschmutzung in Japan alle Rekorde. Heute ist der Himmel wieder klar; die Japaner haben die Probleme mit Geschwindigkeitsbegrenzung und Katalysatorzwang in den Griff bekommen; dafür erstickt jetzt Europa im Smog. Na ja, in einigen Jahren werden auch die Europäer einsehen, dass nur radikale Maßnahmen etwas ändern.«

Nina, die sich neben mich gesetzt hatte, schwang ein Bein über die gepolsterte Lehne. »Das ist deine Meinung, aber ich lebe lieber in Deutschland, auch wenn es nach Abgasen stinkt!«

Sabine ging auf die Bemerkung nicht ein. »Ich habe oft Kopfschmerzen und trinke viel Kaffee«, sagte sie zu mir. »Nimmst du auch eine Tasse oder möchtest du lieber etwas anderes trinken?«

»Ich trinke gerne Kaffee«, sagte ich.

Sabine setzte sich auf einen Stuhl. »Nina, sei so nett und stell Tassen hin«, sagte sie. »Ich glaube, der Kaffee ist noch warm.«

Nina schlenderte hinaus. Ich hörte sie in der Küche hantieren. Löffel klirrten, Schranktüren knallten auf und zu. Nina musste alles mit Lärm machen.

»Mir gefällt es hier«, sagte Sabine, ohne die Stimme zu heben. »Ich liebe das Provisorische: Tokio ändert sich jeden Tag. Alles wirkt ungereimt, närrisch, auf Messers Schneide zwischen Eleganz und Kitsch. Die Stadt scheint mir beinahe organisch zu sein; sie lebt und pulsiert und die Menschen sind aktiv und schöpferisch. Und ich meine ...«

» ... Mama, nun fang nicht wieder an!«, rief Nina, die eben mit einem Tablett aus der Küche gekommen war. Sabine sah mich verlegen an. »Nina hat Recht, ich rede zu viel. Eine Berufskrankheit, ich war früher Lehrerin.«

Nina goss Kaffee ein. »Du solltest sie einmal hören, Jun, wenn Papa abends nach Hause kommt. Dann legt sie erst richtig los. ›Du sprichst ja in Wirklichkeit nicht mit mir‹, sagt dann mein Vater. ›Du führst Selbstgespräche und ich höre dir zu.‹«

»Nina, füll die Tassen nicht so randvoll«, seufzte Sabine. »Und die Plätzchen hast du auch vergessen.«

»Nun meckere nicht immer herum.« Nina wurde rot. »Ich hatte keinen Platz mehr auf dem Tablett.«

Sie lief hinaus, kam zurück und schüttete schwungvoll Butterkringel in ein Schälchen.

Wir schwiegen. Ich nippte an meinem Kaffee, der ziemlich bitter war, und sah zu Nina hin. Sie steckte sich einen Butterkringel nach dem anderen in den Mund.

»Nina, pass mit den Plätzchen auf. Der Teppich!«

»Scheiße!«, schimpfte Nina. »Ich kann doch nichts dafür, wenn das Zeug so krümelt!« Sie wischte sich mit dem Handrücken über den Mund, als ich ein Kind schreien hörte. Nina sprang sofort auf. »Erika ist wach!«

Sie wollte eben an mir vorbei, als sie mit der kleinen Zehe an ein Tischbein schlug. Nina begann zu fluchen und humpelte hinaus.

Sabines Gesicht war von einer leichten Röte überzogen. Ninas grobes Benehmen schien sie mehr zu stören als mich. »Es tut mir leid ...«, sagte sie befangen.

Ich fühlte, dass sich in ihre Verwirrung etwas wie Schuldbewusstsein mischte, und schüttelte nachsichtig den Kopf. »Das macht doch nichts!«

»Sie merkt, dass wir ähnlich empfinden, glaubt sich vernachlässigt, und das macht sie aggressiv«, sagte Sabine. »Seid ihr wirklich gleich alt?«

»Nina ist drei Monate älter als ich.«

»Und benimmt sich wie ein Baby!« Sabine seufzte.

Auf dem Tisch standen eine silberne Zigarettendose und ein Aschenbecher. Daneben lag ein Feuerzeug. Sabine nahm eine Zigarette und zündete sie an.

»Du rauchst sicher nicht?« Ich schüttelte den Kopf.

»Ich versuche neuerdings auch es mir abzugewöhnen«, fuhr sie fort, »aber aller Anfang ist schwer.«

Sie zog Rauch durch die Nase und fügte hinzu: »Mitunter klammert man sich an Belanglosigkeiten.« Sie sah mich mit ihren wirklich schönen Augen prüfend an. Sie räusperte sich und drehte nervös ihre Zigarette im Aschenbecher. »Ich weiß«, sagte sie plötzlich, »dass man in Japan noch Wert auf Formen legt. Du hast gewiss den Eindruck bekommen, dass ich Nina schlecht erziehe. Aber das stimmt nicht. Mein Mann und ich geben uns die größte Mühe. Und wenn sie sich wie eben benimmt, spielt sie nur eine Rolle ...«

Ihre Freimütigkeit machte mich betroffen. Ich spürte ihre Verlegenheit, empfand Mitleid mit ihr und suchte sie gleichzeitig zu verstehen.

»Ich bitte dich, hab Geduld mit Nina«, setzte sie stockend hinzu. »Du darfst wirklich nicht glauben, dass sie so ist, wie sie sich gibt.«

»Das weiß ich«, sagte ich beruhigend. »Und ich habe viel Geduld.«

Sabine zog nervös an ihrer Zigarette. Ich sah, wie ihre Hände leicht zitterten. »Schlimm wird es erst, wenn man die Dinge ruhig und klar sieht und zu überlegen beginnt. Siehst du ... mein Mann und ich, wir waren uns immer einig. Und so lange Nina klein war, gab es nie Probleme zwischen uns. Die Schwierigkeiten fingen erst an, als Nina merkte, dass ihr Vater anders war. Oh, keine Rassenfrage oder so, nein, es geht überhaupt nicht darum. Es geht um die Verschiedenheit der Empfindungen. Nina wuchs in Deutschland auf, wo der Umgangston nicht nur unter Jugendlichen oft nüchtern ist. Wo die Sprache meist nur benutzt wird, um Informationen und möglichst präzise Gedanken wiederzugeben. Wo man ›offen‹ sein will. Wo man mit Vorliebe debattiert, argumentiert, ausdiskutiert.«

Sabine machte eine Pause, um Atem zu schöpfen, und erzählte weiter. »Sobald Nina aber mit ihrem Vater sprach, erfuhr sie, dass dem Japaner Nichtgesagtes ebenso wichtig ist. Sie kam mit einer Alltagssprache in Berührung, die gleichsam Poesie ist. Solange sich nur mein Mann und seine japanischen Bekannten so ausdrückten, konnte Nina sie schlimmstenfalls als lästige Eigenart ertragen. Ich hörte mal, wie sie zu einer Freundin sagte: ›Wie soll ich denn wissen, was mein Vater denkt? Der redet die ganze Zeit und sagt nie etwas!‹«

Sabine zwang sich zu einem Lächeln. Ich lächelte ebenfalls. Sie fuhr sich mit den Fingern der rechten Hand nervös über die Stirn.

»Mein Mann wusste, dass ihn seine Firma früher oder später wieder nach Tokio zurückberufen würde. Deswegen schickten wir Nina auf eine japanische Schule. Aber dort fingen die Probleme erst richtig an. Mit ihren Mitschülern konnte Nina nichts anfangen. Japaner lernen früh sich in einer Gruppe nicht zu behaupten, sondern einzugliedern. Klar gibt es Außenseiter. Aber im Allgemeinen sind die jungen Japaner im Vergleich zu gleichaltrigen Deutschen entwaffnend arglos und treuherzig. ›Der reinste Kindergarten!‹, schimpfte Nina oft. Für ihre japanischen Mitschüler hingegen benahm sie sich grob und plump. Ihre allzu direkte Sprache schockierte. Sie merkte nicht, dass die Japaner weniger verstehen, sondern erspüren wollen, dass ihr Denken nicht von Kopf zu Kopf, sondern von Herz zu Herz geht ...«

Diesmal hatte die Unterlippe der jungen Frau leicht gezittert. Ich sagte nichts, ich wusste, dass sie keine Antwort erwartete.

»Zum Glück«, fuhr Sabine fort, »war Nina ehrgeizig, sie sah wenigstens ein, dass sie lernen musste. Jungen? Nun, das Übliche, nichts Weltbewegendes. Richtig glücklich war sie nur mit ihrem Pferd. Wenn sie mit Suleika ausritt, war ich nie unruhig. Tiere und kleine Kinder, ja, die mochte sie ...«

Sabine rauchte versonnen. Ich sah in ihren Zügen, wie stark die Erinnerung an die Jahre in Deutschland in ihr wach war.

»Aber das alles nützte nichts. Nina provozierte die Lehrer, zeigte sich den Mitschülern gegenüber ungezogen und selbstherrlich. Sie nahm zu, bekam Pickel und machte sich immer unbeliebter. Ich bereitete unseren Umzug vor und hatte wenig Zeit für sie. In den letzten Nächten vor dem Abflug hatte ich kaum geschlafen, nur herumgewühlt und gepackt. Die Wohnung war schon übergeben ...«

Sabine schwieg und drückte ihre Zigarette aus.

Ich sah, dass es ihr Mühe machte, fortzufahren.

»Um es kurz zu sagen, Nina verschwand. Wir ließen sie von der Polizei suchen ...« Sie holte tief Luft und sah mich traurig an. »Was ich damals durchmachte, will ich lieber vergessen. Vierundzwanzig Stunden vor der Abreise stand Nina plötzlich vor der Tür, sie war bleich und dreckig. Wir versuchten herauszubekommen, wo sie gewesen war, und sie deutete an, dass sie sich in der Fixer-Szene herumgetrieben hatte. Der Grund, warum sie von selbst wieder auftauchte, war erstaunlich, aber typisch für sie: Sie hatte an ihr Pferd gedacht. ›Ich musste doch mit Suleika ausreiten, das geht nicht, wenn man voll Drogen ist, da sieht man ja alles doppelt!‹«

Sabine schloss kurz die Augen und bebte.

»Ich begleitete Nina, als sie von ihrer Stute Abschied nahm, ich ließ das Mädchen ja keine Sekunde mehr aus den Augen. Finanziell war alles geregelt worden, der Bauer würde für das Pferd sorgen. Und ich gestehe dir, Jun, dass mir die Tränen kamen. Ich wurde das Gefühl nicht los, dass dieses Tier meine Tochter vor Schrecklichem bewahrt hatte. Doch was Nina auch empfand, sie zeigte es nicht. Sie klopfte Suleika auf den Hals, sagte: ›Mach's gut!‹, und das war alles. Du musst wissen, Nina weint nie, außer im Zorn.«

Sabine griff nach einer zweiten Zigarette und tastete nach dem Feuerzeug.

»Wir hofften, dass das aufregende Leben in Tokio sie allmählich mitreißen und begeistern würde. Und ich glaube, anfangs hat es ihr hier sogar gefallen. Doch ihre ehrlichen Versuche, mit der japanischen Lebensweise vertraut zu werden, scheiterten. Nina spürte, wie sich alles Japanische auf beinahe unheimliche Weise ihrer Logik, ihrer gewohnten Entweder-oder-Ordnung entzog. Und ihre japanischen Kolleginnen und Kollegen störte ihre direkte Art, sie empfanden sie als zudringlich und anmaßend. Zudem musste Nina erleben, wie Erika, unser Nesthäkchen, als kleiner Sonnenschein alle Herzen eroberte. Es kam, wie es kommen musste: Aus Trotz betonte Nina immer mehr das, was die Menschen an ihr nicht mochten. Sie verbarg ihre Empfindsamkeit und Erregbarkeit, stieß ihre Mitmenschen mit Genugtuung vor den Kopf und litt selbst darunter am meisten.«

Sabine hustete leise hinter vorgehaltener Hand. Ich dachte an meine eigenen Gefühle, als ich Nina zum ersten Mal begegnet war. Jetzt wurde mir einiges klar.

»Wenn doch endlich etwas geschehen würde«, seufzte Sabine. »Wenn sie nur lernen könnte das Liebenswerte, Feinfühlige, das sie empfindet, zu leben! Aber bei ihren Hemmungen wird ihr das nur schwer gelingen.«

Sie zündete sich die Zigarette an, die sie schon länger zwischen den Fingern hielt, und inhalierte den Rauch tief in die Lungen.

Ich fühlte ihre Sorgen, ihre Verletzlichkeit und senkte die Augen, um sie mit meinem Blick nicht noch mehr zu beschämen. »Nina und ich verstehen uns gut«, sagte ich leise.

Sie nickte lebhaft. »Ja, ich weiß«, sagte sie fast flüsternd. »Seitdem sie dich kennt, ist sie etwas lebensbejahender geworden. Vorher, da ging sie kaum nach draußen, kaufte nicht ein, sprach mit keinem, schlief die ganze Zeit. Jetzt geht sie wenigstens gerne zur Uni. Sie achtet auf saubere Fingernägel und zeigt sich nicht mehr mit ungewaschenen T-Shirts auf der Straße. Zum ersten Mal habe ich das Gefühl, dass wir aus dem Gröbsten heraus sind!«

Ein blasses Lächeln zuckte um ihre Lippen und ich lächelte sie an.

»Nina ist sehr wortkarg; du musst nicht denken, dass sie viel von dir erzählt. Vor einigen Tagen sagt sie, nur so nebenbei, dass sie jetzt eine Freundin habe. Eine Freundin! Mein Mann und ich trauten unseren Ohren nicht. Sie hatte noch nie eine japanische Freundin gehabt, ihre Schulkolleginnen machten alle einen großen Bogen um sie. Deswegen«, schloss Sabine und ihr Lächeln wurde plötzlich strahlend, »deswegen wollte ich dich kennen lernen. Ich wollte wissen, wer diese Jun ist, die es fertig gebracht hat, meine Tochter zu verwandeln. Und jetzt sehe ich dich vor mir und staune. Dieser Gegensatz! Du siehst aus wie aus dem Ei gepellt, so klar, so ruhig, so selbstsicher. Aber du magst sie, du magst sie wirklich, das spüre ich ...« Das Lächeln und die Augen der jungen Frau drückten in diesem Augenblick eine fast rührende Dankbarkeit aus.

Ich hätte ihr sagen wollen, dass sie mich falsch einschätze, dass ich ebenso durcheinander sei wie Nina und mich vermutlich deswegen so gut in sie hineindenken könne. Aber ich schwieg, um Sabine nicht noch mehr in Verwirrung zu bringen, und sagte nur: »Ich mochte Nina von Anfang an gerne.«

Einige Atemzüge lang stand Schweigen zwischen uns. Es dunkelte bereits. In den Hochhäusern auf der anderen Straßenseite waren alle Büros erleuchtet. Hinter jedem Fenster sah man die Mitarbeiter, fast alle in weißen Hemden, sitzen, stehen, gehen, telefonieren. Noch versunken in den Anblick der emsigen Männer, hörte ich Schritte im Flur, und ein Lichtstrahl fiel in den Raum. Nina kam mit dem kleinen Mädchen im Arm herein.

»Warum sitzt ihr im Dunkeln?«

»Ach, wir haben uns nur etwas unterhalten«, sagte Sabine.

»Über Nippon und seine vielen Vorzüge? Ich krieg ja Zustände!«, knurrte Nina. »Nun mach doch endlich Licht, verflixt noch mal, sonst knall ich wieder an irgendwas!«

Sabine drückte auf einen Knopf. Eine Tischlampe erstrahlte im milden Licht. Ich erhob mich, um Erika zu begrüßen. Ninas kleine Schwester hatte seidenweiches Haar, schwarzblaue Brauen und rosa Grübchen. Die Augen leuchteten dunkel. Erika lehnte ihr Köpfchen an die Schulter der Schwester und gähnte verschlafen. Ihre rechte Wange war gerötet und etwas angeschwollen.

»Armes Ding!«, sagte Nina. »Sie zahnt und hat Fieber. Ich habe ihr Fencheltee gegeben.«

Ich streckte die Arme aus. Kleinkinder sind oft scheu, aber Erika legte mir sofort die kleinen Arme um den Hals und drückte ihr heißes Gesicht an mein T-Shirt. Ihre Haare fühlten sich weich und feucht an. Im sanften Licht schienen goldene Funken in ihren Augen zu schwimmen. Ich wiegte sie eine Weile und gab sie dann Nina zurück, die das Kind schwungvoll auf ihre Hüfte setzte. Erika verzog weinerlich das Gesicht.

»Es ist besser, du bringst sie wieder ins Bett«, sagte Sabine.

»Ja, gleich«, sagte Nina. »Ich wollte sie nur Jun zeigen. Sie ist süß, nicht wahr? Ganz anders als ich.«

»In dem Alter waren wir alle süß«, meinte ich. In diesem Moment hob Nina die Kleine auf und stöhnte. »Das kann doch nicht wahr sein, jetzt ist sie schon wieder nass! Dabei habe ich ihr die Windeln eben erst gewechselt!«

»Das ist der Fencheltee«, sagte Sabine.

»Ihre Blase arbeitet wahrhaftig auf Hochtouren!«, brummte Nina. »Ich lege sie nochmals trocken, sonst wird sie wund.«

Ich stand auf und hängte mir meinen Rucksack um. »Ich muss jetzt gehen. Wir sehen uns morgen.«

»Wer hält die erste Vorlesung?«, fragte Nina. »Wieder dieser Miesling aus Osaka? Da stelle ich den Wecker lieber eine Stunde später.«

»Du kannst auch im Hörsaal schlafen«, sagte ich heiter.

Nina ging mit der Kleinen ins Kinderzimmer, während Sabine mich nach draußen begleitete und mit der Chipkarte den Aufzug herbeirief. Wandlämpchen zeichneten Kreise auf Wände und Boden. Unsere Augen begegneten sich im schummrigen Licht.

Sabine machte eine Geste, als wolle sie meine Hände ergreifen, vollendete sie jedoch nicht und sagte stattdessen: »Du brauchst die Tür unten nur aufzustoßen.«

Ich verneigte mich zum Abschied und bedankte mich. Der Aufzug hielt. Ich trat hinein, kehrte mich um und blickte in ihr blasses, lächelndes Gesicht, bis die Türen lautlos zuglitten und der Aufzug sich in Bewegung setzte. Ich hatte nicht das Gefühl, dass sie eine »Gaijin« war, eine Fremde. Wir verstanden uns ohne Worte, von Herz zu Herz.

11. KAPITEL

Am Samstagnachmittag ging ich mit meinem Vater in die Stadt. Wie an jedem Wochenende waren die Straßen im Zentrum für Autos gesperrt. Stattdessen standen Tische und Stühle unter bunten Sonnenschirmen, wo sich noch vor einigen Stunden der Verkehr gestaut hatte. Die meisten Büros hatten heute geschlossen. Die Männer, unter der Woche meist dunkel angezogen und immer in Eile, kleideten sich bunt und lässig. Viele schoben Kinderwagen oder trugen Babys auf dem Rücken; in den großen Hallen der Warenhäuser sah man sie in Scharen um Gartenanlagen und Springbrunnen herumsitzen und die Kleinkinder betreuen, während ihre Frauen einkauften. Die Menschen nahmen sich Zeit. Alles war mir lieb und vertraut: die Stadt, ihre Gerüche, das Gelb der Taxis, die beschwingten, graziösen Schritte der Frauen, ihre Art, die Tasche über die Schulter zu hängen. Der blaue Himmel spiegelte sich im Glas und Metall der Hochhäuser. Bäume warfen Schatten auf die Gehsteige, das Klingeln unzähliger Fahrräder mischte sich mit dem Stimmengewirr und der Musik, die aus den offenen Cafés und aus Lautsprechern strömte. Mädchen und Jungen auf Rollschuhen oder Skateboards fuhren geschickt durch die Menge und überall spielten Kinder.

Mein Vater und ich flanierten, eingekeilt im Gewimmel der Passanten. Morgen waren wir bei der Familie meiner

Mutter eingeladen. Das geschah ein- oder zweimal im Monat. Meist kamen wir zum Mittagessen und blieben bis zum Abend. Mein Vater schätzte diese Pflichtbesuche ebenso wenig wie ich. Trotzdem war er zu seinen Schwiegereltern stets gleich bleibend höflich, erzählte Geschichten aus dem Verlag und hörte ergeben zu, wenn mein Großvater endlos und pedantisch über seinen einzigen Zeitvertreib, das Angeln, fachsimpelte.

Meine Mutter hatte meinen Vater gebeten für die Großeltern eine bestimmte Teesorte zu besorgen. Ich ging gerne mit meinem Vater einkaufen. Er hatte Geduld und eine fast kindliche Freude an den tausend kleinen Dingen, die den Alltag verschönern. Auch sein Wesen schien sich zu verändern, sobald er mit mir alleine war. Ich meinte zu merken, wie er sich jünger gab, unbefangen und entspannt. Zu Hause wirkte er die meiste Zeit still und verschlossen. War meine Mutter in der Nähe, legte sich wie ein unsichtbarer Schleier eine gewisse Zurückhaltung über ihn. Ich hatte meine Mutter stets bewundert, aber mit dieser Bewunderung war Scheu vermischt. Mutter erfüllte das Haus mit menschlicher Wärme, doch etwas in ihr war zu weit weg, als dass ich dazu hätte Nähe fühlen können. Früher kam mir dieser Zustand normal vor; sie war eine Erwachsene und ich nur ein Kind. Jetzt wurde mir zunehmend bewusst, dass mein Vater die Kühle, die von ihr ausging, ebenso und vielleicht noch tiefer empfand. In der Umgebung der Ginza, der größten Einkaufsstraße Tokios, wimmelte es von Kunstwerkstätten und kleinen Geschäften, meist Familienbetriebe, in denen die Eltern seit Generationen ihr Können an die Kinder weitergaben. In einem Spezialgeschäft für Tee wurden uns mehrere Sorten in winzigen Schalen zum Probieren angeboten. Wir entschieden uns für einen köstlichen duftenden Pflaumentee, den uns die freundliche Besitzerin in eine schlichte Dose verpackte.

Anschließend besuchten wir eine Buchhandlung. Mein Vater sah einige Neuerscheinungen durch, während ich in Zeitschriften blätterte. Später bummelten wir durch eines der großen Warenhäuser. In der Sportabteilung kaufte sich mein Vater neue Tennissocken. Ich fand einen weißen Gürtel, mit silbernen Strohblumen bestickt, und zeigte ihn entzückt meinem Vater. Mein Taschengeld reichte für den Kauf nicht aus. Aber nachdem ich meinen Vater davon überzeugt hatte, dass ich ohne den Gürtel nicht mehr leben konnte, half er ein bisschen nach.

»Sieh zu, wie du mit Mama zurechtkommst«, meinte er dazu.

Im Warenhaus herrschte ein Riesengedränge. Wir fuhren mit der Rolltreppe nach oben. Im letzten Stockwerk befand sich eine Menge überfüllter Restaurants und Cafés. Doch wir hatten Glück: In einer ruhigen Ecke wurde gerade ein Tisch frei. Mein Vater bestellte Sandwiches mit Hühnerfleisch. Er trank ein Bier dazu, ich einen Schwarztee. Eine Weile saßen wir schweigend da, zufrieden und angenehm ermüdet. Als ich fertig gegessen hatte, erzählte ich ihm von Nina. Mein Vater hörte aufmerksam zu und lächelte. Als ich schwieg, meinte er:

»Fremdes befremdet! Wenn wir fremden Kulturen begegnen, benutzen wir zuerst immer die eigene, vertraute Umwelt als Maßstab. Nina identifiziert sich nur mit ihrer deutschen Seite und übersieht dabei, dass sich auch ihre japanische Seite bereichernd auf ihr Wesen auswirken könnte. Zum Glück ist sie noch jung. Tatsache ist jedoch, dass Japaner Fremden gegenüber zurückhaltend sind. Einem Unbekannten gegenüber – auch einem unbekannten Japaner – spontan persönlich zu sein wird schnell als Zunahe-Treten aufgefasst. Es gibt keine treueren Freunde als die Japaner, aber bis man sie zum Freund gewinnt, braucht es Zeit. Ausländer können jahrelang hier leben und überzeugt sein, gute Freunde zu haben, ohne je die Wärme und Geborgenheit echter Zuneigung erlebt zu haben. Ich glaube, das beurteilen zu können, weil ich ja selbst einmal als Fremder nach Japan gekommen bin.«

Etwas in der Art, wie er das sagte, ließ mich aufhorchen. Wieder spürte ich in mir ein Unbehagen, denn seine Ruhe schien etwas zu verbergen. Da wir alleine waren und ich ihn so entspannt sah, getraute ich mich, ihm eine sehr vertrauliche Frage zu stellen. »Du sagst: ›Die Japaner.‹ Fühlst du dich immer noch als Fremder?«

Sein Gesicht blieb unbeweglich. Er schien zu überlegen. Schließlich hob ein Seufzer seine Brust. »In gewisser Hinsicht, ja. Obwohl meine Erziehung nicht japanischer hätte sein können. Unsere Familie stammt aus Aizu-Wakamatsu und du weißt ja, das will etwas heißen.«

Ich wurde nachdenklich. Der Name dieser alten Burgenstadt am vulkanischen Bandai-San-Gebirge war jedem Schulkind vertraut. Im 19. Jahrhundert hatten sich dort für die Geschichte Japans wichtige Ereignisse abgespielt. Mich interessierte die Geschichte vor allem im Zusammenhang mit unserer Familie. Aber um zu verstehen, was für unsere Familie so Bedeutendes passiert war, musste man weit zurückdenken und wissen, dass der japanische Kaiser als direkter Nachkomme der Sonnengöttin Amaterasu jahrhundertelang eine rein religiöse Funktion ausgeübt hatte. Diese Sonnengöttin wird heute mit einer Herrscherin in Verbindung gebracht, die vor 2000 Jahren im Süden von Japan gelebt hatte. Denn ursprünglich war das japanische Inselreich von Schamanenköniginnen regiert worden, die mit den Erd- und Feuergeistern in Verbindung gestanden hatten. Im »Zeitalter der Kaiserinnen« hatte Japan zweihundert Jahre lang die Hochblüte seiner Zivilisation erlebt. Das Matriarchat ging erst unter, als im kulturellen Austausch mit China auch der Gedanke von der Männerherrschaft nach Japan gedrungen war. Nach und nach traten Herrscher an die Stelle der Herrscherinnen und die Macht der Frauen verschob sich auf die religiöse Ebene. Und so bestieg kein Kaiser den Thron, ohne von einer Priesterin – einer Schwester oder Tante königlichen Geblüts – die Weihe empfangen zu haben. Diese Zeremonie besteht noch heute und wird auch weiterbestehen, »solange das Moos auf den Steinen wächst«. Im 12. Jahrhundert nutzte dann das Militär Streitigkeiten im Kaiserhaus und unter den Adelsfamilien aus, um an die politische Macht zu kommen. Von nun an war es ein Oberfeldherr, der »Shogun«, der im Namen des Kaisers die Staatsgewalt führte, während die Frauen ihren – immer noch wesentlichen – Einfluss im Schatten ausübten. Die Provinzen wurden in der Folge dieses Umbruchs von Erbstatthaltern, den »Daimyos«, verwaltet, ein Zustand, der sich während fast 700 Jahren halten konnte.

Im 18. Jahrhundert war ein Urahne meines Vaters, »Karo«, erster Kanzler des Daimyos von Aizu. Doch hundert Jahre später verfiel die feudale Gesellschaft; als Kaiser Meiji bei seiner Thronbesteigung im Jahre 1868 zu seiner religiösen Macht noch die politische dazu forderte, hielten die alten Ritterfamilien und ein Großteil des Volkes diesen Anspruch für Frevel. In ihren Augen war der »lebende Gott« zu heilig, als dass er mit den Dingen der materiellen Welt in Berührung hätte kommen dürfen. Dieses von hohen Idealen geprägte, doch völlig unzeitgemäße Denken führte zu einem Bürgerkrieg. Die Adelsfamilien von Aizu-Wakamatsu schlugen sich auf die Seite des aufständischen Tokugawa-Clans, der Japan über fast 300 Jahre hinweg regiert hatte. Kaiserliche Truppen nahmen die Burg einen Monat lang unter Beschuss. Als die letzten Krieger gefallen oder verletzt waren, versuchten die »Byakkotai«, eine Truppe von sechzehn- und siebzehnjährigen Jungen und Mädchen, einen verzweifelten Ausbruch aus der Burg. Nur wenige entkamen dem Kugelregen. Sie zogen der Schande einer Gefangennahme den Tod aus eigener Hand vor. Auch die älteren Menschen und die Mütter mit ihren Kleinkindern, die in der brennenden Festung weiter belagert wurden, wählten den Freitod. Ihr Mut wurde immer noch bewundert; aber wie die meisten solcher Heldentaten war auch diese in Wahrheit nichts anderes als eine Vergeudung menschlicher Gaben und ein Beispiel sinnloser Opferwilligkeit.

Heutzutage war der Schauplatz dieser Tragödie ein bekanntes Ausflugsziel. Vor drei Jahren, als ich mit meinen Eltern zum ersten Mal hingefahren war, geschah etwas Merkwürdiges. Wir hatten Pech mit dem Wetter gehabt und ein kaltes, regnerisches Wochenende erwischt. Während wir über eine steile Treppe aus Natursteinen zur Festung emporstiegen, erfüllten dichte Nebelschwaden das Tal. Von der Burg selbst waren nur noch Mauerreste vorhanden, mit nassem Gestrüpp und glitschigem Moos überwuchert. Touristen schleppten Plastiktaschen, Regenschirme, Picknickkörbe und Fotoausrüstungen die Stufen hinauf. Die Grabsteine befanden sich in einer Lichtung unter hohen, tropfenden Bäumen. Die Touristen standen davor und fotografierten sich gegenseitig. Ich aber spürte ganz deutlich die Kraft, die von diesen Steinen ausging. Sie erfüllte die Lichtung mit starken Wellen und zog mich sanft, aber unwiderstehlich in ihren Bann. Ich fürchtete mich nicht, ich wusste, dass diese Macht mir wohlgesinnt war. Einer plötzlichen Eingebung folgend, neigte ich den Kopf und verbeugte mich wie vor einem Altarschrein. Aus den Augenwinkeln sah ich, wie meine Mutter überrascht aufschaute. Doch mein Vater stand ganz still, er schien irgendwie verändert zu sein. Er war wie verwandelt, obschon man ihm äußerlich nichts ansah. Seine Augen, dunkel und matt, blickten mich an und gleichsam über mich hinaus.

Sekundenlang verband uns das Schweigen wie ein Netz.

Er fühlt es auch, dachte ich, stumm vor Erstaunen. Er weiß genau, was ich empfinde ... Auf einmal hustete meine Mutter, klemmte ihren Schirm unter den Arm und suchte nach einem Taschentuch. Dabei fiel ihr Schirm zu Boden. Mein Vater hob ihn auf. Der Bann war gebrochen. Ich spürte den Regen wieder auf meinem Gesicht, spürte das nasse Haar wie Eis auf meinem Nacken kleben. Wir gingen weiter, als sei nichts gewesen, während schwere Tropfen von den Bäumen fielen.

Immer wieder fragte ich mich später, ob ich einfach zu viel Phantasie hatte oder ob nicht doch etwas dahinterstecken würde. Auf jeden Fall konnte ich den Vorfall bis heute nicht vergessen. Aber, was auch immer passiert war in Aizu-Wakamatsu, mein Vater und ich hatten nie ein Wort darüber verloren.

Jetzt hätte ich ihn eigentlich gerne gefragt, ob er sich noch daran erinnern würde. Aber er war mittendrin in der Geschichte unserer Familie und ich kam nicht dazu.

»Nach der Niederlage des Tokugawa-Clans verarmte unsere Familie schnell. Menschen vom Samurai-Ring hatten es schwer, denn sie kamen nur langsam und unter großen Kosten von den alten Gewohnheiten los. Und nach vielen vergeblichen Versuchen, sich den neuen Verhältnissen anzupassen, sah mein Urgroßvater für sich keine Zukunft mehr in Japan und beschloss nach Kanada auszuwandern. Wie die meisten Männer seines Standes war er sich nicht bewusst, wie unwissend er in geschäftlichen Dingen war. Gleichwohl bot ihm ein Japaner, der bereits längere Zeit in Kanada lebte, eine Teilhaberschaft in seinem Blumen- und Spielwarengeschäft in Vancouver an. Natürlich war dies keine ›standesgemäße‹ Beschäftigung, aber mein Urgroßvater, der fast kein Englisch verstand, wusste nicht, womit er sich seinen Lebensunterhalt sonst hätte verdienen sollen. Und er hatte Glück; er verstand sich ausgezeichnet mit seinem Partner, lernte rasch und das Geschäft ging gut. Nach einiger Zeit ließ er seine Braut nachkommen, die seine Mutter für ihn ausgesucht hatte. Sie war ein pflichtbewusstes Mädchen aus einer standesmäßig ebenbürtigen Familie. Sie fand sich, ohne viel zu fragen, mit den unabänderlichen Dingen ab und sah dem Leben in einem fremden Land gelassen entgegen. In ziemlich rascher Folge brachte sie drei Kinder auf die Welt. Chiyo war die

Älteste, dann kam mein Vater und darauf Noburo. Mayumi wurde als Letzte geboren.«

Er holte Atem und trank einen Schluck Bier. Ich hatte aufmerksam zugehört. Im Großen und Ganzen erzählte er mir zwar nichts Neues, aber manche Einzelheit hörte ich zum ersten Mal.

»Als die Eltern meines Großvaters starben«, fuhr mein Vater fort, »kehrte dieser für kurze Zeit nach Japan zurück, um das mütterliche Haus zu verkaufen. Mit dem Geld erwarb er in Vancouver ein eigenes Geschäft. Einige Jahre später erhielt er die kanadische Staatsangehörigkeit. Meine Großmutter indessen trug Sorge, dass in ihrem Heim alles nach alter Sitte lief. Das Wort ›Integration‹ war längst noch nicht im Sprachgebrauch. Obwohl die Kinder fließend Englisch sprachen, verkehrten sie fast ausschließlich mit japanischen Kolleginnen und Kollegen, denn private Spenden hatten die Gründung einer japanischen Schule ermöglicht. Und zu Hause unterrichtete sie ihre Mutter, die eine sehr belesene Frau war. Von ihren Lippen lernten die Kinder die alten klassischen Legenden, Dramen und Gedichte. Sie lehrte sie die hohe Kunst des Blumensteckens und die der Teezeremonie. Besonders wichtig war ihr das Schönschreiben, das damals als höchste Erziehung zur geistigen Selbstbeherrschung galt.«

Ich verzog leicht das Gesicht. Das Üben mit dem Pinsel für die Kalligrafie lag mir nicht. Jeder Strich erforderte unbedingte Genauigkeit. Unruhe oder Gedankenabwesenheit übertrugen sich sofort auf die Handschrift.

»Die Ehrfurcht vor dem Lernen war damals so unbegrenzt«, sagte mein Vater, »dass sogar die Geräte, die dazu verwendet wurden, fast als heilig galten. Doch die wundervolle alte Kultur, die den Kindern auf diese Weise vermittelt wurde, passte nicht zur Umwelt, in die sie hineinwuchsen. Kanada war ein derbes Land, rau und grob und rücksichtslos. Der größte Fehler meiner Großmutter war, dass sie dies nicht einsehen wollte. Sie machte nicht einmal den Versuch, das Alte und das Neue miteinander zu verknüpfen. Sie erzog so drei hoch gebildete, feinfühlige Kinder für eine Welt, die ihnen geistig nirgends ebenbürtig war. Und mein Großvater, der es für selbstverständlich hielt, die Erziehung der Kinder der Hausherrin zu überlassen, kritisierte sie nie.«

Das war mir neu. »Wer hat dir das erzählt?«

Sein bisher unruhiges Gesicht verfinsterte sich. »Ach, Mayumi sprach sehr verbittert über ihre Kindheit. Sie wurde zwar als Jüngste mit Nachsicht behandelt, litt aber stark unter ihrer Andersartigkeit. ›Was hatte ich damals davon‹, klagte sie mir einmal, ›wenn ich die Ahnentafel unserer Kaiser seit fünfundzwanzig Jahrhunderten herunterleiern konnte oder im Mondschein Verse verfasste, die ich hinterher an Blütenzweigen aufhängte? Ich wollte lieber mit den anderen Kindern auf Bäume klettern, die Hühner füttern, Kaugummi kauen oder mir auf der Straße klebrige Süßigkeiten in den Mund stopfen. Aber all das durfte ich als Samurai-Mädchen nicht. Und die anderen Kinder wollten mich gar nicht dabeihaben.‹« Mein Vater setzte sein Glas auf den Tisch. »Sie erzählte mir, dass sie oft hinter dem Gartenzaun gestanden und den anderen Kindern beim Spielen zugesehen habe, bis die ersten Steine geflogen seien und ihre Mutter sie ins Haus gerufen habe.«

Ich schaute verblüfft hoch. »Wieso Steine? Was hatten die anderen Kinder gegen sie?«

Mein Vater wandte die Augen ab und blickte kurz auf die Menschen, die uns im Café gegenübersaßen. Junge oder jung gebliebene Frauen mit Seidenblusen unter weichen Lederjacken, teuren Sonnenbrillen und modernen Frisuren. Ihre Handtaschen waren aus Nappaleder, ihr Schmuck aus Gold. Alles sehr modisch und alles sehr selbstverständlich. Bunt gekleidete Kinder saßen zufrieden vor großen Eisbechern. Die Männer trugen helle Hemden oder T-Shirts, tranken Kaffee aus Porzellantassen, aßen Kuchen und Eis. Stimmengewirr und Lachen erfüllte den Raum, Zigarettenrauch wehte zu uns herüber.

Als mein Vater mich wieder ansah, lächelte er. Ein eigentümliches Lächeln, eine Mischung aus Genugtuung und Ironie. Ich wartete auf eine Antwort, doch er schien meine Frage vergessen zu haben.

»Kanada«, sagte er stattdessen, »war ein Land des nüchternen Verstandes und des raschen Profits. Ein riesengroßes Gebiet, dünn besiedelt. Jeder, der es geschickt anzustellen wusste, konnte ein Unternehmen gründen und schnell zu Geld kommen. Doch die meisten Einwanderer waren derbe Menschen. Bildung und Kultur waren ihnen fremd. Viele konnten nicht einmal lesen.«

Was er sagte, war wie ein Puzzlespiel; hier nahm er ein Teilchen, dort ein anderes. Und ich musste herausfinden, wie sich das Bild zusammenfügte.

»Ein Großteil der Probleme auf unserer Welt entsteht«, sagte mein Vater, »wenn Menschen, ihrer Bildungsstufe und ihrem Scharfsinn entsprechend, unterschiedliche Erfolge erleben. Man redet sofort von Heimtücke oder Betrug. Intelligenz wurde immer schon beneidet und angefeindet. Daran hat sich bis heute nichts geändert.«

»Meinst du das wirklich?«, fragte ich verwirrt. »Deswegen kann man sich doch nicht dumm stellen!«

Mein Vater schüttelte den Kopf. »Ich rede jetzt nicht von Fachwissen oder Leistungskult. Besserwisserei ist den Menschen vertraut. Aber daneben gibt es eine Intelligenz, die vom Herzen und nicht aus dem Kopf kommt. Sie zeigt sich etwa in der japanischen Malerei, wenn die geschulte Hand im selben Augenblick, in dem der Geist zu gestalten beginnt, mit Tusche ausführt und sichtbar macht, was ihm vorschwebt. Dies ist die wahrhafte Bildung, die das Herz stolz und den Geist bescheiden macht. Diese wahrhafte Bildung empfinden einfache Gemüter als Bedrohung. Sie wissen ja nicht, dass diese Gabe auch in ihnen schlummert. Die Bedrohung wiederum erzeugt Missgunst, Unverständnis, Hass. Und Hass führt zur Gewalttätigkeit.«

Er hielt inne. Ich rührte in meinem Tee. Meine Frage hatte er nicht beantwortet. Oder doch? Wieder einmal war mir, als wäre noch ein ganz anderer Teil in ihm, den er mir nicht zeigte. Wer war dieser Mensch? Ich vermochte nicht tief genug in ihn zu schauen.

Doch auf einmal kam mir etwas anderes in den Sinn, eine Sache von früher, die ich schon halb vergessen hatte. Ich schaute rasch auf. »Was ist eigentlich damals mit unserem Schwert passiert?«

Er sah mich an. »Aber Jun-Chan! Du kennst doch die Geschichte!«

»Nein, nur in groben Zügen. Bitte erzähl sie mir noch einmal und diesmal ganz genau«, bat ich schmeichelnd. Jetzt lächelte er, wenn auch nur flüchtig, und warf sein weiches Haar aus der Stirn. »Nun denn, wenn du sie unbedingt hören willst ... Als mein Großvater endgültig nach Kanada zog, nahm er unseren Familienschatz mit: ein Kurzschwert, das der Lehensfürst Tokugawa Ieyasu unserem Vorfahren nach der Schlacht von Sekigahara zum Geschenk gemacht hatte. Dieses Schwert war vom berühmten Waffenschmied Masamune angefertigt worden.«

Mir fiel plötzlich ein, dass mein Vater sein Wappen nie trug. Dabei schmückten sich die meisten Männer gerne mit den Symbolen ihres Clans, sei es auf Manschettenknöpfen oder Krawattennadeln. Und auf den dunkelblauen Festtagskimonos trugen es die Japaner an fünf Stellen: je einmal auf den Schultern, zweimal auf der Brust und einmal auf dem Rücken. Aber die Männer erschienen nur noch selten in solchen Zeremoniekimonos. Bei meiner Mutter hingegen waren die »Schwingen des Falken« in die Seide ihres Kimonos eingewoben, den sie bei offiziellen Anlässen anzog. Offenbar schrieb sie der Familie, der sie seit ihrer Heirat angehörte, mehr Bedeutung zu als mein Vater. Ich lächelte und dachte: Das sieht ihr ähnlich!

»Das Schwert«, sagte mein Vater, »wurde seit zweihundert Jahren vor dem Hausaltar aufbewahrt. Es war ja nicht mehr ein Werkzeug zum Töten, sondern ein Talisman, die Seele unserer Familie. Es war bei Todesfällen ebenso anwesend wie bei Geburten.«

Er schwieg, ließ einen Atemzug verstreichen und setzte hinzu: »Und eines Tages war es nicht mehr da.«

Ich zog verwundert die Stirn kraus. »Nicht mehr da – was willst du damit sagen?«

Er rief die Kellnerin, um ein zweites Bier zu bestellen. Zu mir sagte er, anscheinend gleichmütig: »Es geschah während des Krieges. Wie das Schwert verschwand, wurde niemals geklärt. Aber Chiyo hat den Verlust bis heute nicht überwunden.«

Wieder hatte ich das Gefühl, dass er nicht ganz aufrichtig zu mir war. Ich konnte aber nicht entscheiden, ob er es darauf angelegt hatte, mich im Unklaren zu lassen, oder ob er wahrhaftig nichts Genaues wusste.

»Ich finde das schlimm«, sagte ich. »Das Schwert gehörte doch zu uns.« Ich suchte nach Worten, um auszudrücken, was ich empfand. »Es ... es stellte eine Art Bündnis mit unseren Vorfahren dar, ein Zeichen, dass wir alle zusammengehören. Ist es nicht so?«

Einige Sekunden verstrichen; ich hörte mein Herz klopfen. Dann sagte er:

»Ja.« Das war alles; sein Gesicht blieb steinern.

»Könnte es sein, dass das Schwert gestohlen wurde?«

Er trank einen Schluck Bier. Ich wartete.

Schließlich sagte er: »Mein Großvater hatte sich jahrzehntelang nur für sein Geschäft interessiert. Und plötzlich musste er einsehen, dass er Bürger eines Landes geworden war, in dem seine Kinder, auch wenn sie das Zeug dazu hatten, niemals die höchste Stelle erreichen konnten, die ein Land seinen Bürgern anzubieten hat. Als ihm das bewusst geworden war, war es bereits zu spät.«

Ich überlegte, was das bedeutete. Seine Antwort schien mit meiner Frage kaum etwas zu tun zu haben. »Und das Schwert?«, wiederholte ich.

Er nickte geistesabwesend. »Ob es gestohlen wurde? Ja, das kann sein. Vielleicht fiel es einem Sammler von exotischen Raritäten in die Hände oder es kam in ein Museum.«

Er sprach leichthin und ich glaubte ihm nicht. Er stellte meine Geduld auf eine harte Probe.

Schön, dachte ich, lassen wir das, und kam wieder auf die Geschichte unserer Familie zurück. »Was geschah eigentlich im Zweiten Weltkrieg?«

Ich wusste, dass seine Großeltern nach dem Überfall der Japaner auf den amerikanischen Marinestützpunkt Pearl Harbor im Jahre 1941 ihren gesamten Besitz verloren hatten. Alle amerikanischen und kanadischen Staatsbürger japanischen Ursprungs waren damals aus »Sicherheitsgründen« in Internierungslager gesperrt worden. Nur der zweitälteste Sohn, Noburo, hatte entkommen können. Einzelheiten waren mir nicht bekannt. Mir war lediglich gesagt worden, dass er sich auf abenteuerliche Weise bis Kriegsende durchgeschlagen habe, während sein Vater in der Gefangenschaft gestorben war und seine Mutter bis zu ihrem Tod unter einer schweren Gemütskrankheit gelitten hatte.

Doch mein Vater sagte: »Das weiß ich nicht genau. Mayumi könnte dir mehr darüber erzählen. Aber ich glaube nicht, dass sie es tut. Die meisten Menschen denken nur sehr ungern an Zeiten des Leidens zurück. Sie wollen die Narben des Kummers nicht wieder zum Bluten bringen. Es ist eine Gnade, vergessen zu können. Das Leben muss weitergehen.« Nach kurzem Schweigen setzte er zögernd hinzu: »Seltsam! Sie kam schon vor vierzehn Tagen ins Krankenhaus und wir haben immer noch keine Nachricht! Hoffentlich hat sie die Operation gut überstanden.«

Er hatte Angst genau wie ich, doch keiner von uns wollte darüber reden, keiner getraute sich offenzulegen, was er vor dem andern verbarg. Denn in jedem von uns lebte die uralte, verborgene Furcht, dass aus Worten die Wirklichkeit entsteht.

»Sie lässt sicher bald von sich hören«, erwiderte ich und bemühte mich heiter zu wirken. »Oder ruf doch Onkel Robin an! Der sagt dir, wie es ihr geht.«

Er nickte. »Ja, das werde ich tun.« Seine Stimme klang ebenso gleichmütig wie meine, aber ich wusste Bescheid: Er sah endlich ein, dass er nicht davonlaufen konnte.

Ich wollte ihn lieber auf andere Gedanken bringen und stellte die erste Frage, die mir in den Sinn kam: »Wie hast du Mutter eigentlich kennen gelernt?«

Er sah mich überrascht an, dann lächelte er. »Habe ich dir das nie erzählt? Das war, als ich nach dem Studium nach Japan kam und eine Stelle suchte. In Kanada wollte ich nicht bleiben.«

Ich stützte das Kinn in die Hand. Ich war froh, dass ich ihn abgelenkt hatte. Zum Trauern würde er noch genügend Zeit haben. »Warum nicht?«, fragte ich.

Er schüttelte leicht den Kopf. »Ach, das hing mit vielem zusammen ... Kurz, ich fand eine schlecht bezahlte Stelle als Übersetzer und wohnte bei einer Witwe, die ihr Einkommen aufbesserte, indem sie Zimmer an Studenten und kleine Angestellte vermietete. Bald fiel mir ein Mädchen auf, das meine Schlummermutter regelmäßig besuchte. Ich konnte in Erfahrung bringen, dass sie eine Nichte war. Und so kam es, dass wir uns immer wieder ›zufällig‹ trafen. Ich verliebte mich in das Mädchen, und ich darf sagen, dass sie meine Gefühle erwiderte.«

Ich ließ ein verlegenes Kichern hören. Zwischen einem Vater und seiner Tochter war dies ein sehr kühnes Gespräch. Und gleichzeitig war ich stolz, dass er mich auf diese Weise ins Vertrauen zog.

Mein Vater drehte sein Glas behutsam hin und her. »Meine Freude währte allerdings nur kurz: Hanae gestand mir, dass sie bereits verlobt war. Sie entstammte einer sehr traditionsbewussten Familie; die Lage sah für mich ziemlich hoffnungslos aus. Damals war es noch üblich, dass künftige Ehepartner einander durch einen Vermittler vorgestellt wurden. Man legte Wert auf gesellschaftliches Gleichgewicht. Dazu kam der Glaube, dass eine Hochzeit nicht nur das Brautpaar, sondern auch die Ahnengottheiten der betreffenden Familien verband. Heute denkt man natürlich anders. Gleichwohl war es kein übles System, weil es die Voraussetzungen für eine harmonische Ehe in mancher Weise begünstigte.« Ein spöttischer Funke blitzte in seinen Augen auf. »Nun, ich war ein ungeschliffener Fremder, der wenig Wert auf Etikette legte und sich mit einem kümmerlichen Gehalt durchs Leben schlug. Damals kannte ich Hanae nur wenig; ich wusste nicht, welch starker Wille in ihr wohnte. Auf das Risiko hin, sich mit ihrer Familie zu entzweien, löste sie ihre Verlobung.«

Ich zuckte vor Überraschung zusammen. Über so was regt sich heute kein Mensch mehr auf. Aber vor zwanzig Jahren war das sicher ein mutiger Entschluss.

»Wie hat ihre Familie das aufgenommen?«

Mein Vater grinste. »Schlecht natürlich. Dazu kam, dass der Verlobte sehr wohlhabend war. Mein einziger Trumpf war mein Stammbaum. Hanae kam aus einer Familie von Bauern und Handelsleuten. Wir aber – die Hatta – waren Samurai.«

Ich nickte, diesmal mit einem gewissen Stolz, obgleich mir die Ehrfurcht vor der Vergangenheit fehlte.

»Dieser Umstand«, fuhr mein Vater fort, »trug dazu bei, dass sich Hanaes Eltern nachsichtig zeigten. Die Familie geruhte mich zu empfangen und nach einer gewissen Zeit ihr Einverständnis zu geben. Hanaes Eltern streckten mir Geld vor und ich gründete meinen eigenen Verlag. Zwei Monate später fand die Hochzeit statt. Mayumi und Robin kamen für die Trauung aus Kanada nach Tokio.«

»Und Tante Chiyo?«

Sein Gesicht erstarrte. »Die ließ sich natürlich nicht blicken.«

Ich merkte, dass er etwas hinzufügen wollte. Dass sein Herz voll war von dem, was er gern gesagt hätte; aber er presste die Lippen zusammen und blieb stumm. Das war zu viel. Die Ungeduld ging mit mir durch. »Hattet ihr euch verkracht?«, platzte ich heraus. »Bist du deswegen von Kanada weggezogen?«

Er sah mich mit Augen an, in denen ich nichts lesen konnte.

»Reden wir lieber nicht darüber«, sagte er dumpf. Er machte eine Handbewegung, als wolle er sagen: »Dies ist alles vorbei!«

Ich schwieg, bedrückt und befangen. Das also war mein Vater, von dem jeder dachte, er sei ausgeglichen und heiter, glücklich mit seiner Familie und zufrieden in seinem Beruf. Tag für Tag zeigte er ein freundliches Gesicht, ein entspanntes Benehmen. Er sprach die passenden Worte und bewegte sich entsprechend dem Stück, das er uns vorspielte. Ich aber fühlte die Bitterkeit, die in ihm war. Etwas war vor langer Zeit geschehen und er litt heute noch darunter. Doch seine Schwermut hielt er tief in sich vergraben. Niemand sollte sein Leben durcheinanderbringen, ihm ins Gedächtnis rufen, was er zu vergessen suchte. Wieder wurde mir bang ums Herz. Was verheimlichte mir mein Vater? Jener Tag in Aizu-Wakamatsu kam mir in den Sinn, als unsere Blicke sich über die Grabsteine hinweg gefunden hatten. Einige Atemzüge lang hatte ich ihn nicht nur als meinen Vater empfunden, sondern auch als meinen Bruder, als meinen Freund, als Gefährten meiner Seele. Ich biss mir zornig auf die Lippen. Wenn er das Gleiche gespürt hatte wie ich – warum merkte er dann nicht, wie sein Schweigen mich belastete?

»Es tut mir leid, dass ich gefragt habe«, stieß ich wütend hervor.

»Wie?«, meinte mein Vater.

Er hatte nicht richtig zugehört. Jetzt kehrte sein Blick zu mir zurück. Er lächelte mit einer Zärtlichkeit, die mich augenblicklich besänftigte.

»Mach dir nichts daraus«, sagte er, »das sind alte Geschichten. Dir sollen alle Türen offen stehen. Deshalb werde ich dich immer bestärken, dich bestätigen in dem, was du denkst, wohin du dich entwickelst. Ich möchte dich blühen sehen wie eine Blume. Du sollst alles im Leben erreichen, was du willst. Vorausgesetzt, dass du dir selbst Genüge tust. Und dass die Wahl deiner Wünsche nicht utopisch ist.«

Mich überkam eine solche Rührung, dass ich am liebsten geweint hätte. Denn auf einmal ahnte ich, warum er mir manches nicht sagte. Mein Leben lang hatte er mich beschützt, damit ich mich nicht verletzte, und hatte alles Traurige, Hässliche, Böse von mir ferngehalten. Mir wurde schmerzlich bewusst, dass er mir eine glückliche Kindheit geschenkt, mich geschont und beschützt hatte. Doch nun war ich erwachsen und musste hinaus ins Leben. Und eines Tages würde er es sein, der meiner Hilfe bedurfte.

Ich holte gepresst Luft. Ich glaubte ihn endlich zu durchschauen. Nur die Stimme meines Blutes verriet mir: »Da ist noch mehr!« Was es aber war, das wusste ich nicht, und ich wollte in diesem Moment nicht einmal mehr denken.

Wir sahen uns an und lächelten beide. Die Schatten waren aus seinen Augen gewichen. Seine Haut glänzte, sein Antlitz war spürbar verjüngt. Es war genau wie damals in Aizu-Wakamatsu, als unsere Herzen in enger Gemeinschaft zueinander sprachen. Eine Eingebung, eine plötzliche Hellsicht, ließ mich angesichts seines Lächelns etwas Seltsames sagen:

»Es wird nicht mehr lange dauern. Bald kommt das Schwert zu uns zurück.«

Ich war selbst überrascht, als ich es mich aussprechen hörte, überraschter noch, als mein Vater es war.

Sein Gesichtsausdruck veränderte sich kaum. Seine Augen blieben ruhig und wunderten sich höchstens über den Ausdruck in meinen Augen. »Wie kommst du auf diesen Gedanken?«, fragte er.

Ich musste ihn verunsichert angestarrt haben. Ich fühlte, wie ich errötete. Manchmal bildete ich mir sonderbare Dinge ein und war zu kindisch, um sie für mich zu behalten. So schüttelte ich den Kopf und lachte verlegen auf.

»Wie? Ich weiß es nicht. Ich fühle es nur. Und kann ich jetzt noch ein Himbeereis haben?«

12. KAPITEL

Am nächsten Morgen fuhren wir nach Komae, wo meine Großeltern wohnten. Komae war ein ehemaliger Außenbezirk von Tokio. Doch die Stadt griff immer weiter um sich; heute befand sich das Viertel bereits mitten im dicht bevölkerten Wohngebiet. Wie an jedem Wochenende staute sich eine endlose Autoschlange auf der Autobahn, die auf Betonpfeilern mitten durch die Stadt führte. Wir brauchten eine gute Stunde, bis wir unser Ziel erreicht hatten. Meine Großeltern bewohnten ein ziemlich altmodisches Haus in einer engen Straße ohne Gehsteige. Über der Straße hing ein dichtes Netz von Elektrizitäts- und Telefonleitungen. Das Haus mit dem blauen Ziegeldach lag verborgen hinter einer dichten Hecke aus Buchsbäumchen, die kugelförmig geschnitten waren. Gleich nebenan befand sich ein buddhistisches Kloster.

Als meine Mutter den Wagen mit einiger Mühe geparkt hatte und wir ausstiegen, bimmelte das helle Glöckchen hinter der alten Mauer aus Bruchstein. Auf der anderen Straßenseite befand sich eine kleine volkstümliche Imbissstube. Es roch nach Sojasoße und gebratenem Fisch. Der blau-weiße Vorhang, worauf der Name des Restaurants in schwungvollen Schriftzeichen gedruckt war, blähte sich im Durchzug. Meine Mutter trug ein rosa Kostüm im Chanel-Stil und dazu passende Handschuhe, während sich mein Vater in seinen Kordsamthosen und seinem lässig über die Schulter geworfenen Pulli betont zwanglos gab. Ich trug meine weißen Jeans, dazu meinen neuen Gürtel. Meine Mutter hatte darauf bestanden, dass ich statt der üblichen T-Shirts eine Bluse anzog.

Jetzt stolzierte sie auf ihren hohen Absätzen voraus. Sie trug die gestern gekaufte Teedose und ich hielt ein Kuchenpaket in der Hand. Durch den kleinen, frisch gesprengten Garten gingen wir dem Haus entgegen. Auf das Klingeln ertönte lautes Gebell, Kratzen und Schnaufen. Owen, der Cockerspaniel, raste an die Tür, um meinen Vater zu begrüßen. Mein Vater liebte Hunde und hätte gerne einen gehabt, aber meine Mutter wollte keine Hundehaare in der Wohnung. Meine Großmutter öffnete und Owen sprang zuerst an Vater hoch, dann an mir, er begrüßte uns mit Hecheln, sein Schwanzstummel bewegte sich aufgeregt hin und her. Mutter gegenüber verhielt er sich jedoch zurückhaltend.

Wie viele Japanerinnen der älteren Generation war meine Großmutter klein gewachsen und zierlich. Ihr feines, aber außergewöhnlich fülliges Haar umhüllte ihr sanftes Gesicht wie Nebel. Sie trug eine pflegeleichte Bluse, einen Faltenrock und eine Schürze. Wir begrüßten sie ehrerbietig, zogen unsere Schuhe aus und schlüpften in die bereitstehenden Pantoffeln, die meine Großmutter vor uns hinstellte. Die Geschenke nahm sie unter Dankesverbeugungen entgegen.

Ein enger Flur, mit Andenken vollgestopft, führte ins Wohnzimmer. Das Erste, was einem ins Auge fiel, war ein schwarzes Klavier, auf dem eine gehäkelte Decke lag. Darauf standen verschiedene Topfpflanzen, Nippsachen und Fotos in vergoldeten Rahmen. Ob auf dem Klavier je gespielt worden war, hatte ich bis heute nicht herausgefunden. Dem Sofa gegenüber prangte, ebenfalls mit einem Spitzendeckchen dekoriert, ein gewaltiger Fernseher. Blauer Qualm erfüllte die Luft.

Ich sah, wie mein Vater unmerklich das Gesicht verzog. Mein Großvater saß, wo er immer saß, dem Fernseher gegenüber in der linken Sofaecke, und rauchte eine seiner scharfen Zigaretten. Als wir eintraten, legte er sie auf den Rand des Aschenbechers und erhob sich schwerfällig, um uns zu begrüßen. Dann ließ er sich ächzend in die Polster zurückfallen und schob sich die Zigarette wieder zwischen die bleichen Lippen. Er trug eine abgewetzte Hose und eine alte Strickjacke. Die nackten Füße steckten in ausgetretenen Filzpantoffeln. Er hatte ein eingefallenes Gesicht, eine ausgeprägte Nase und sah griesgrämig in die Welt. Seine wässrigen Augen blinzelten mich an, als ich mich vor ihm verbeugte.

»Du hast deine Haare geschnitten«, stellte er fest.

Ich lächelte ihn an. »Ja. Gefällt es dir?«

Er wackelte mit dem Kopf und murmelte irgendetwas Unverständliches. Es war nicht Großvaters Art, seine Meinung zu äußern, und ich fragte mich manchmal, ob er überhaupt eine habe. Meine Großmutter schlurfte in die Küche, kam einige Minuten später mit einem schönen Lacktablett zurück und stellte die Teebecher auf das Tischchen. Die Becher waren aus grünem Porzellan und von erlesenem Geschmack. Meine Großmutter kniete sich geschmeidig vor das niedrige Tischchen, goss Tee ein und plauderte angeregt von der Eltern- und Lehrervereinigung, in deren Vorstand sie mitarbeitete. Sie erzählte von der Chagall-Ausstellung, die sie vor kurzem mit einer

Freundin besucht hatte, und von den Thermalbädern, die sie regelmäßig aufsuchte, um – wie sie lachend gestand – fit und schlank zu bleiben. Großvater hob ächzend und schwerfällig sein rechtes Bein über das linke. Großmutter sprang behände auf und schob ihm, schelmisch plaudernd, ein Kissen hinter die Schultern. »Großvater hat gestern Nacht wieder schlecht geschlafen. Diese ewigen Rückenschmerzen! Wir werden ja alle nicht jünger, aber Großvater hatte schon immer ein empfindliches Kreuz. Nanana, sitzen wir jetzt bequemer?«

Großvater ließ nur ein Grunzen hören. Seine nikotingelben Finger drückten die Kippe in den randvollen Aschenbecher. Er wollte wissen, wie es meinem Vater im Geschäft gehe und wie ich mit dem Studium zurechtkomme. Das Gespräch schleppte sich dahin. Ich hatte nie herausgefunden, ob Großvater an unseren Antworten wirklich gelegen war oder ob er nur auf den Augenblick wartete, selbst loslegen zu können. Meine Mutter kniete graziös auf ihrem Kissen und nippte an ihrem Tee. Alles an ihr war verändert: der sanfte Ausdruck, die zurückhaltende Stimme, der niedergeschlagene Blick. Sie wurde zur Tochter, aber so, als würde sie eine Rolle in einem Film spielen. Dann fing mein Großvater an von Forellen zu reden und Großmutter gab meiner Mutter verstohlen ein Zeichen. Beide erhoben sich und verschwanden in der Küche. Ich tat etwa drei Minuten lang, als würde ich zuhören. Dann sammelte ich behutsam die Teebecher ein und verließ mit einer höflichen Ich-entschuldige-mich-Verbeugung das Wohnzimmer. Ich wollte nicht vor Langeweile umkommen. Zurück blieb mein Vater, der jetzt alles über Fischlaiche, Kaulquappen, Angelruten und Angelhaken erklärt bekam. Aber er besaß ja eine große Geduld und konnte Owen hinter den Ohren kraulen.

In der Küche trippelte meine Großmutter hin und her, zog Schubladen auf, schnitt Fleisch in kleine Stückchen, putzte Gemüse und entzündete die Flamme am Gasherd. Meine Mutter hatte sich eine geblümte Schürze umgebunden und wusch Salat.

Großmutter redete mit leiser Stimme auf sie ein, während ihre Hände ständig in Bewegung waren. Sie beklagte sich über Großvater. Über seine Trägheit, seine Interesselosigkeit, seine völlige Unfähigkeit in allen praktischen Dingen. »Seit er sich aus dem Geschäft zurückgezogen hat, weiß er nicht, was er mit sich selbst anfangen soll. Im Haushalt rührt er keinen Finger; er sitzt entweder da wie ein Ölgötze oder er schaut fern. Beim Saubermachen würde ich ihn am liebsten gleich mit abstauben! Dazu raucht er wie ein Schlot. Kaum ist er zum Angeln gegangen, lüfte ich jeweils als Erstes das ganze Haus. Und das Angeln ist eine Sache für sich. Wenn er wenigstens etwas fangen würde. Aber nein, jedes Mal muss ich noch zum Fischhändler, damit es fürs Abendessen reicht. Er ist völlig von mir abhängig, klebt mir wie ein matschiges Herbstblatt unter den Schuhsohlen und ich bin zu alt, um mir einen anderen zu suchen. Zum Glück habe ich meinen Hund«, schloss sie ihren Redefluss.

Meine Mutter und ich sahen uns an. Immer das alte Lied! Großmutters miese Ode auf ihren langweiligen Angetrauten kannten wir auswendig. Ich ordnete die fertigen Speisen auf den Tellern an und ging ins Wohnzimmer, um den Tisch zu decken. Großvater redete von Angelschnüren, Vater hustete.

Ich trat ans Fenster und riss es weit auf. Ein frischer Wind wehte ins Zimmer.

Mein Großvater zog seine Strickjacke fester über die magere Brust und rief: »Seit wann ist das Fenster offen?«

»Ich habe es soeben geöffnet«, antwortete ich und schloss es rasch wieder.

Großmutter kam herein und stellte ein Tablett mit Tellern und Schüsseln auf den Tisch. »Oje, oje! Macht uns wieder unsere Erkältung zu schaffen? Haben wir heute Morgen unsere Nasentropfen vergessen?«

Das Essen wurde aufgetragen. Meine Großeltern saßen nach alter japanischer Sitte an einem niedrigen Tisch. Meine Großmutter kniete sich neben den Reiskocher und sorgte dafür, dass jeder zu essen bekam. Ständig schlurfte sie zwischen Tisch und Küche hin und her und kam selber kaum dazu, sich einen Bissen in den Mund zu stecken. Owen saß derweil winselnd und bettelnd neben meinem Vater, der ihm immer wieder kleine Fleisch- oder Fischhäppchen zusteckte. Großmutter wollte eben die Kaffeemaschine anstellen, als es klingelte. Owen sprang kläffend auf und raste mit fliegenden Ohren zur Tür, Großmutter eilte hinterher und öffnete. Am Eingang standen Hitoshi, der ältere Bruder meiner Mutter, und seine Frau Kimiko. Sie besuchten meine Großeltern jeden Sonntag. Onkel Hitoshi hatte ein Mondgesicht. Seine Hemden sahen immer aus, als würden sie gleich aus den Nähten platzen, und manchmal fehlte ein Knopf. Kimiko trug eine teure Perlenkette und zwei Brillantringe. Sie führte jedes Mal eine andere Frisur spazieren. Sie fand, dass mir mein neuer Haarschnitt gut stehe. Hitoshis erste Bewegung war eine Zigarette anzuzünden; die zweite, den Fernseher anzudrehen, wo gerade eine Baseball-Meisterschaft übertragen wurde. Ich ging mit Mutter in die Küche, um aufzuräumen, und Großmutter servierte den mitgebrachten Kuchen.

Beim Kaffee redeten die Frauen zuerst über den Ausverkauf, darauf über die allgemeine Teuerung und schließlich über Aktien und die Börsenspekulation. Die Schwiegertochter erzählte, dass sie einen Fortbildungskurs für Kapitalanlagen besuchen würde, und meine Mutter äußerte sich ziemlich besorgt über die Kursschwankungen des »Yen«. Während des ganzen Gesprächs rauchten Vater und Sohn um die Wette, tranken Bier aus der Dose und krochen fast in den Fernseher hinein. Mein Vater schmunzelte distanziert, während Owen sich selig an ihn kuschelte. Ich warf Vater einen flehenden Blick zu.

Er verstand und erhob sich. »Owen muss auf die Straße. Kommst du mit?«

Die Hast, mit der ich aufsprang, war kaum noch höflich, aber außer meiner Mutter hatte niemand meine Eile bemerkt. Owen lief mit freudigem Gebell hinter mir her und mein Vater nahm ihn an die Leine.

Draußen schlug uns die kühle Luft entgegen. Wir atmeten ein paarmal tief durch und mein Vater seufzte: »Entsetzlich.«

»Das Essen war gut«, stöhnte ich.

»Offen gestanden«, meinte mein Vater, »ich gehe nur wegen Owen mit.« Er zwinkerte mir zu. »Großvater ist ein richtiger ›Sodai Gomi‹! Und Hitoshi ist auf dem besten Weg, einer zu werden.«

Ich kicherte, denn »Sodai Gomi« heißt so viel wie »großer Müllhaufen«; normalerweise bezeichnen Frauen damit ihre Männer im Rentneralter.

»Was hat mein Schwiegervater davon«, fuhr mein Vater fort, »wenn ihn seine Frau wie ein Kleinkind bemuttert? Die allermeisten Entscheidungen trifft sie. Nimm ihren neuen Wagen. Er wollte einen weißen, sie jedoch meinte, Blau gefalle ihr besser.«

»Und jetzt ist er blau«, sagte ich. »Aber unseren hat doch auch Mama ausgesucht!«

»Das ist etwas anderes, schließlich fährt sie ja damit«, sagte mein Vater. »Ich fahre lieber mit der Bahn. Im Straßenverkehr verliere ich sofort den Kopf.«

»Das hat mir Mutter bestätigt«, erwiderte ich. »Und sie will vermeiden, dass du den Wagen zu Schrott fährst!«

»Der japanische Mann ist ein Hampelmann«, sagte mein Vater halb betrübt, halb belustigt. »Die Frau pfeift und er tanzt. Aber die Ausländer glauben immer noch an das Märchen von der unterwürfigen Japanerin!«

Das konnte ich nur bestätigen. »Nina erzählte mir, dass ihre deutsche Mutter Probleme habe, weil ihr Mann ständig sage: ›Tu, was du willst‹, und sich aus allem heraushalte.«

»In Japan war das schon immer so«, sagte mein Vater. »In früheren Zeiten bewohnte die verheiratete Frau mit ihren Kindern sogar ihr eigenes Haus. Ihr Mann kam nur zu Besuch, und wenn es der Frau nicht passte, ließ sie ihn nicht herein. Als später die Kriegerkaste aufkam, änderte sich nur wenig: Während der Mann weit weg in Schlachten kämpfte, verwaltete die Frau Land und Gut.«

Ich musste plötzlich lachen. »Nina sagt, dass ihre Mutter früher beleidigt gewesen sei, weil ihr Mann sie japanischen Bekannten als ›Kanai‹, als ›die Person im Hausinnern‹, vorgestellt habe.«

Vater nickte. »Nur wenige Ausländer wissen, dass für die Japaner das Hausinnere – ebenso wie der Mutterschoß – heilig ist. Die Gattin gilt als das Herz des Familienlebens, als die wichtigste Person im Haus.«

Ich warf Vater einen Blick zu. »Glaubst du, dass Mama auch die wichtigste Person in unserem Haus ist?«

»Wie denkst du selbst darüber?«, erwiderte er schmunzelnd.

Ich verzog das Gesicht. »Ich möchte nicht, dass du ein ›Sodai Gomi‹ wirst!«

Jetzt lachte er herzlich. »Ich werde mir Mühe geben! Außerdem bin ich nur zur Hälfte Japaner.«

Ich starrte ihn an. »Wie meinst du das?«

Er stutzte und biss sich auf die Lippen, bevor er leichthin antwortete: »Ich bin ja in Kanada geboren.«

Auf der Straße kamen uns nur wenige Menschen entgegen. Vater hielt den hechelnden Owen an der Leine. Er hatte Klopapier und eine kleine Plastikfolie mitgenommen, denn in Japan legt man Wert auf saubere Straßen.

Gemächlich schlenderten wir weiter. Am Ende der Straße wurden dunkelgrüne Wipfel sichtbar. Zwischen Bäumen und Büschen befand sich eine Tempelanlage. Die roten Pfosten eines »Torii« leuchteten durch das Laub; das mächtige Portal mit den zwei großen Querbalken schien aus den Zweigen zu wachsen. Dahinter führte ein mit Kieselsteinen belegter Weg zu einem verwitterten Shinto-Schrein. Wir traten durch das Portal, wobei wir darauf achteten, die alte Steinstufe nicht mit den Füßen zu streifen. Jeder hing seinen Gedanken nach, aber wir fühlten uns einander sehr nahe. Und so kam es fast von selbst, dass wir unser gestriges Gespräch ganz unbefangen wieder aufnahmen.

»Dein Vater ...«, fragte ich, »was war der eigentlich für ein Mensch?«

Meine Frage schien ihn nicht zu überraschen, fast war's mir, als habe er darauf gewartet. »Er war ein Außenseiter, ein Rebell. Eigenwillig und hoch begabt. Doch er hatte in einer für ihn ungünstigen Zeit gelebt. Es waren schlimme Jahre für Menschen, die anders dachten und fühlten.«

»Ich glaube, heute sind wir freier«, sagte ich.

Er nickte. »Hätte dein Großvater heute gelebt, hätte er alle Fähigkeiten entfalten können, die in ihm steckten, die aber damals – das weiß ich genau – auf ebenso viel Misstrauen wie Ablehnung stießen. Nein, Jun-Chan, ich gehöre nicht zu jenen, die der Vergangenheit nachtrauern, ich verabscheue sie geradezu, sie verletzt meinen Stolz. Doch ich predige auch nicht das Paradies von heute. Denn die Unterschiede zwischen Arm und Reich, das Zusammenprallen fortschrittlicher und rückständiger Kulturen schließen Rückfälle in die Barbarei nie aus. Schon möglich«, setzte er bitter hinzu, »dass wir dem Licht entgegenwandern. Aber vorerst brauchen wir noch eine Taschenlampe.«

Wie kam es nur, dass mein Vater seine Gedanken so offen mit mir teilte? War ich einsichtiger geworden? Oder hatte er das Bedürfnis, sich auszusprechen? War Mayumi der Grund dafür? Ich wagte nicht die Frage zu stellen.

Wir blieben vor einem kleinen Brunnentrog stehen. Auf seinem Rand lagen einige Schöpflöffel aus Bambus. Ich füllte einen Löffel und goss das Wasser über die Hände meines Vaters. Er lächelte mich an, nahm mir behutsam den Löffel aus der Hand und vollführte für mich die gleiche rituelle Handlung. Scheu erwiderte ich sein Lächeln und wandte darauf die Augen. Ich spürte, wie ich innerlich zitterte.

Langsam wanderten wir auf den Schrein zu. Gewaltige Bäume ragten hoch in den Himmel. Die Hochhäuser verschwanden hinter dem Laub wie hinter grünen Wolken, die Bäume hielten auch den Lärm der Stadt von diesem heiligen Ort fern. Das Heiligtum schien mitten in einen Wald gebaut. Owen zog an der Leine und schnüffelte unter den Sträuchern an den Blättern des vergangenen Jahres. Außer dem Knirschen unserer Schritte auf dem Kies war kaum ein Geräusch zu hören. Nur Tauben gurrten in den Baumwipfeln oder schwangen sich flügelschlagend empor.

Neben den Stufen, die zum Heiligen führten, stand eine kleine Steinfigur auf einer Säule. Sie stellte das heilige Fuchsweibchen Inari dar. Als Schutzgeist des Schreins trug es einen Schlüssel zwischen den Zähnen. Der Schrein selbst war ziemlich klein und sehr alt. Sein Gebälk war im Laufe der Zeit verwittert und hatte sich dunkel verfärbt. Das Strohdach war stellenweise mit Moos bedeckt; da die Sonne hoch stand, fiel sein Schatten scharf und gerade auf den Boden. Zwischen den hölzernen Türflügeln hing eine »Shimenawa«, die »Schnur der Läuterung«, ein armdickes Tau aus Reisstroh, an dem weiße Votivbänder befestigt waren. Der Altar, durch sein Alter und vom Weihrauch dunkel geworden, war im Hintergrund kaum noch zu erkennen. Auf einem flügelähnlichen Holzgestell ruhte der Rundspiegel der Sonnengöttin. Davor lagen in polierten Kupferschalen Orangen und Reiskugeln. Einige Reisweinfässer, zu großen Paketen geschnürt, standen daneben.

Der Reiswein – »Sake« – gilt als heiliges Getränk, denn der Gott der Reisfelder versinnbildlicht die immer während Lebenskraft.

Mein Vater und ich standen vor den Stufen, als eine junge Frau aus einer Seitentür trat. Ihr Antlitz war hell gepudert und das lackschwarze Haar im Nacken zu einem Zopf gebunden. Sie trug einen karminroten Hosenrock, dazu ein weißes Übergewand mit Flügelärmeln. Ihre Füße steckten in weißen Socken. Es war eine »Miko-San«, eine Priesterin. Ihre Augen betrachteten uns prüfend. Wir deuteten einen Gruß an. Sie lächelte und neigte den Kopf, bevor sie graziös im Innern des Gebäudes verschwand.

Nachdenklich ließ mein Vater seinen Blick schweifen. In der Stille hörte ich, wie er atmete.

Schließlich seufzte er. »Ich liebe solche Orte. Die Luft ist sanft; man riecht das reifende Gras. Die Steine schlummern wie uralte Felsen. Überall ist Frieden. Wenn ich Trost bräuchte, hier könnte ich ihn finden.« Ich schwieg; wir waren gemeinsam gefangen im Augenblick, in der Klarheit des Lichtes. Das Strohdach, von hohen Firstbalken gekrönt, schien auf uns herabzusehen wie ein Antlitz. Der Schatten des Laubes zeichnete bewegliche Flecken auf das Stroh des Daches. Mir war, als würde das Antlitz der Sonnenkönigin lächeln.

Mein Vater band Owens Leine an einen Ast. Der Cocker streckte sich auf dem kühlen Boden aus und sah zu, wie wir langsam die Stufen emporstiegen. Mein Vater zog einige Münzen aus der Tasche und warf sie in den kleinen Opferstock. Dann bewegten wir das Seil, an dem die Glocke befestigt war. Ein helles Läuten brach die Stille. Wir klatschten zweimal in die Hände, um die Gottheit auf uns aufmerksam zu machen. Der Mund meines Vaters war fest zusammengepresst, aber ich wusste, dass er mit dem Herzen zur Göttin betete. Ich senkte den Kopf und meine Lippen formten lautlos Worte; zusammen mit meinem Vater flehte ich um Mayumis Genesung. Doch ich spürte ein Unbehagen in mir, eine Art von Kälte; war es das Vorgefühl, dass alles schon beschlossen sei? Ich wusste, dass es zwecklos war, sich dem höheren Willen entgegenzustellen. Jedes Geschehnis, das unser Schicksal formt, reiht sich wie ein Kettenglied an das andere. Und wer sieht klar, wenn nicht die Göttin, die diese Kette schmiedet?

Nach einer Weile wandten wir uns ab und stiegen die Stufen hinunter.

Mein Vater bückte sich und löste Owens Leine vom Baum. »Eine meiner ersten Erinnerungen«, sagte er, »ist die an einen Spaziergang mit meinem Vater, einige Monate bevor er starb. Ich war damals knapp fünf. Mein Vater war bereits sehr schwach, hustete und spuckte Blut. Doch an jenem Morgen fühlte er sich besser. Wir fuhren mit dem Wagen aus der Stadt hinaus und hielten an einem Waldrand. An der Hand meines Vaters stapfte ich über einen unkrautüberwucherten Weg auf eine Lichtung zu. Ein lauer Wind wehte durch die hohen Espen, Eichhörnchen spielten unter den Büschen und die Vögel zwitscherten lärmend. Der Himmel über den Bäumen blendete wie eine blau schillernde Kugel. Auf der Lichtung angekommen, sagte mein Vater: ›Setzen wir uns ins Gras!‹ Meinem Alter entsprechend war ich damals ziemlich lebhaft, aber irgendwie legte sich der Friede des Ortes über meine Seele und ich saß ganz still. Mein Vater hatte sich neben mir ausgestreckt. Er schien zu schlafen oder zu träumen.

Doch plötzlich sagte er: ›Hörst du es?‹ Ich sah erstaunt zu ihm und fragte, was er meine. ›Du weißt‹, sagte er, ›dass die Erde eine große Kugel ist, die sich dreht. Wenn du gut aufpasst, kannst du hören, wie sie sich dreht.‹« Noch jetzt, vierzig Jahre danach, zitterte die Stimme meines Vaters.

Ich jedoch hatte das Gefühl, dass mich ein kalter Windhauch streifen würde. Eine Gänsehaut stieg mir über Hals und Arme. Leise, kaum hörbar, brachte ich über die Lippen. »Und dann?«

»Dann«, sagte mein Vater und lächelte plötzlich, »dann legte ich mich ins Gras und hörte, wie sich die Erde drehte.«

Ich fühlte ein Kratzen in der Kehle. Ich schluckte. Endlich konnte ich sprechen und fragen: »Woher wusste mein Großvater, dass man das hören konnte?«

»Ach«, erwiderte Vater immer noch lächelnd, »er sagte, sie habe es ihm beigebracht.«

Eine Biene summte dicht an meinem Haar, doch ich rührte mich nicht. Mein Vater scheuchte sie behutsam weg. Kurz darauf sank seine Hand, die wie ein Schatten über meinem Kopf geschwebt war, wieder herab.

Ich holte tief Luft. Mein Herz pochte bis in meine Schläfen. »Sie? Wen meinte er damit?«

Sein Blick begegnete meinem Blick; sein Lächeln erlosch. Er stand und schaute mich an, als sähe er ein Traumbild. Endlich antwortete er. Seine Stimme klang anders als sonst, dunkel und rau. Eine Stimme, die mir unbekannt war. »Ich denke, dass er von meiner Mutter sprach.«

Ich senkte den Kopf und fragte, den Blick abwärts gekehrt: »Hast du das auch später wieder gehört?«

Er schwieg so lange, dass ich mich schon fragte, ob er mir böse sei. Schließlich sagte er:

»Bisweilen.«

Seine Stimme, erstickt und irgendwie unheimlich, erschien mir wie ein Echo des Haines; sie beschleunigte meine Gedanken, das Rätsel, das um ihn war, zu durchdringen. Wir standen im Schatten der Bäume, doch ich sah sein Gesicht, als wäre es von der Sonne beschienen. Der Stolz in seinen Augen, die Ruhe auf seinem Antlitz waren mir ebenso fremd wie seine Stimme. Er schien eine Gewissheit zu besitzen und um eine Wahrheit zu wissen, die nichts mit seinem Alter oder mit der Vernunft zu tun hatte. Ich war verwirrt und fragte mich erneut: Wer ist mein Vater? Wer ist er wirklich? Ich wusste es nicht. Ich wusste nur, dass etwas in seinem tiefsten Wesen mit der Wahrheit, der Freiheit und der Unschuld dieses Ortes verbunden war.

»Als ich Kind war«, fuhr mein Vater fort, »kam mir das durchaus nicht seltsam vor. Und auch nicht schwierig.«

Er runzelte die Stirn und setzte hinzu: »Ich wusste nicht einmal, wozu es geschah.«

Es war, als würde ihn der Ton seiner eigenen Stimme in die Gegenwart zurückrufen. Ein Seufzer hob seine Brust. »Heute würde ich es gerne wissen. Aber nun ist es zu spät.« Er schüttelte leicht den Kopf, wie um seine Gedanken zu verscheuchen. Der Anflug eines Lächelns glitt über sein Gesicht.

Ich starrte ihn benommen an. Ich wusste nicht, ob ich ihn verstanden hatte. Ich wusste nur, dass er seine Träume und Sehnsüchte mit der Last der Einsamkeit bezahlte.

Eine Frage brannte mir auf den Lippen. Doch ich kam

nicht mehr dazu, sie zu stellen. Zwischen den Bäumen bewegten sich Farbflecken. Stimmengewirr und Gelächter brachen die Stille; Spaziergänger näherten sich dem Schrein. Das Knirschen von Kies erfüllte die Luft. Zwei kleine Jungen, in kurzen Hosen und mit weißen Kniestrümpfen, liefen ausgelassen hinter den Tauben her. Owen jaulte aufgeregt, wedelte mit dem Schwanz und zog an der Leine. Der Zauber war verflogen, unsere Wachträume zerronnen, doch sie hinterließen uns nicht den Kummer eines Verlustes. Stumm traten wir den Rückweg an, wir gingen nebeneinander her, ohne uns anzusehen. Wir wollten und konnten nicht sprechen, nicht einmal denken. Doch unser gemeinsames Schweigen wurde zum Siegel, das unser Geheimnis prägte; selbst der Raum zwischen uns schien von diesem neuen Wissen erfüllt.

13. KAPITEL

Gegen Abend, auf der Heimfahrt von meinen Großeltern, wurde unsere Geduld auf der völlig verstopften Autobahn auf eine harte Probe gestellt. Der Himmel hatte sich bedeckt. In Japan wechselte das Wetter so schnell wie der Zustand des Meeres; das Radio kündigte starke Winde an und sagte wolkenbruchartige Regenfälle voraus. Wir kamen gerade an, als auch schon die ersten Tropfen auf den Asphalt klatschten. Während meine Mutter den Wagen geschickt durch die schmale Einfahrt steuerte und ich das Gartentor schloss, wirbelten abgerissene Blätter über die Straße. Die Büsche zitterten im Wind und die Zweige bogen sich. Seltsam platt gedrückte Wolken hingen am schwarzen Himmel. Wir waren noch nicht im Haus, da ging es schon los, der Himmel öffnete seine Schleusen. Schwerer Regen prasselte auf die Ziegel und hämmerte an die Scheiben.

Ich ging sofort nach oben, um meine Kleider zu wechseln, und hatte mich gerade ausgezogen, als das Telefon läutete.

Mein Vater nahm den Hörer im Wohnzimmer ab und rief dann nach oben: »Für dich, Jun!«

So wie ich war, in Slip und BH, lief ich in sein Büro und drückte auf den Knopf, um die Verbindung herzustellen.

»Hallo, Panda!«, sagte Seiji. »Ich habe dauernd versucht dich anzurufen.«

»Wir waren bei den Großeltern«, sagte ich. »Was ist los?«

»Ich habe ein Problem«, sagte Seiji.

Er stockte.

Ich sagte: »Ja?«

»Ich ziehe von zu Hause aus«, sagte er.

»Wann?«, rief ich erschrocken.

»Morgen«, erwiderte er. »Ich habe schon heute einige Sachen hingebracht.«

»Wohin?« Ich traute meinen Ohren nicht.

»In meine Wohnung.«

»Wie bist du so schnell zu einer Wohnung gekommen?«

Er kicherte. »Es ist nur ein Studio, weißt du, zehn Quadratmeter groß.«

»Wo?«

»In Kanda.«

»Oh«, sagte ich, »das ist aber ziemlich weit weg.«

»Leider«, seufzte er. »Aber es ging nicht anders.«

Kanda, so genannt nach dem gleichnamigen Fluss, war das alte Universitätsviertel. Hier befanden sich unzählige kleine Buchhandlungen, traditionelle Schreibwarengeschäfte und winzige Imbissstuben. In den konjunkturfreudigen siebziger Jahren waren hier schnell und lieblos mehrstöckige Wohn- und Geschäftshäuser gebaut worden. Kanda war ein sehr volkstümliches Viertel, keine bevorzugte Wohngegend, und die Mieten waren entsprechend billig.

Seiji erklärte, dass ein Freund von ihm, der in einem Reisebüro arbeitete, für ein Jahr nach Singapur versetzt worden sei. Er wolle sein Studio behalten und habe deshalb für diese Zeit einen Untermieter gesucht.

»Und deine Eltern?«, fragte ich.

»Eben, das ist mein Problem«, sagte Seiji. »Meine Mutter dreht fast durch. Wäre es dir möglich, dabei zu sein, wenn ich morgen mit meinen Sachen verschwinde? Dann muss sie sich etwas zusammennehmen und kann ihre große Szene nicht vom Stapel lassen. Hättest du Zeit?«

»Doch, selbstverständlich«, sagte ich. »Wann?«

»Spielt keine Rolle. Ich kann mich nach dir richten.«

Ich dachte kurz nach. »Gegen zwölf, nach der Vorlesung. Geht das?«

»Abgemacht.« Seiji seufzte abermals, diesmal mit einer gewissen Erleichterung. »Ich war etwas verwirrt«, setzte er hinzu. »Jetzt geht's mir besser.«

»Mach dir keine Sorgen«, sagte ich.

»Das tu ich auch nicht«, sagte er. »Aber das Ganze ist mir sehr unangenehm. Auch dir gegenüber. Nur, ich weiß mir einfach keinen anderen Ausweg.«

Ich spürte einen Kloß im Hals. »Ach, Seiji! Ich verstehe dich ja nur zu gut.«

Ich legte den Hörer auf, ging zurück in mein Zimmer, schlüpfte in Jeans und T-Shirt und eilte in die Küche. Meine Mutter trug ihre marineblauen Hosen und darüber eine Schürze. Sie wärmte ein Schnellgericht im Mikrowellenherd auf. Ihr fragender Blick forderte eine Antwort.

Ich sagte: »Seiji zieht morgen aus. Er möchte, dass ich dabei bin.«

Meine Mutter nickte, anscheinend mit ihrem Gefrierfleisch beschäftigt. »Wo zieht er hin?«

»Nach Kanda«, sagte ich.

»Oh«, sagte sie lebhaft, »das ist aber weit weg!« Ihr Ausdruck war gleichmütig, aber ich spürte, dass sie sich freute. Das machte mich wütend. »Gar nicht so schlimm! Mit der U-Bahn ist es knapp eine Stunde von hier.«

Sie ging auf meine Bemerkung nicht ein. »Und wie nehmen es seine Eltern auf?«

Ich holte ein paar Teller aus dem Schrank, wobei ich ziemlich viel Lärm machte, um ihr meinen Unmut zu zeigen. »Ach, seine Mutter scheint nicht gerade begeistert zu sein.«

»Er hätte auf der Uni bleiben sollen«, fuhr sie fort. »Aber die Jungen haben ihren eigenen Kopf. Schnell zu Geld kommen und es schnell wieder unter die Leute bringen, das ist heute ihr Sinnen und Trachten. Wohin soll das nur führen?«

Ich hätte ihr sagen können, dass Seiji sein Studium fallen lasse, weil es seiner Mutter zu viel sei, für ihn aufzukommen. Und weil sein behinderter Vater eine Umschulung begonnen habe, die viel Geld koste. »Alles nur faule Ausreden!«, würde meine Mutter kommentieren. Statt ihr zu antworten, knallte ich die Schranktür zu und hielt den Mund.

Später, beim Einschlafen, dachte ich an das seltsame Gespräch mit meinem Vater. Draußen dröhnte der Sturm. Der Schatten der Zweige zuckte auf dem weißen Grund der zugezogenen Fensterwand gespenstisch hin und her, das Rauschen des Regens schien die ganze Welt zu erfüllen. Meine Gedanken aber wanderten zurück zu einer Frau, die seit vierzig Jahren nicht mehr lebte. Wer war meine Großmutter? Woher war sie gekommen?

Mit Bestürzung wurde mir klar, dass ich nicht einmal ihren Namen wusste. Wie sonderbar, dachte ich. Wie ungewöhnlich! Konnte es sein, dass mein Vater ihn niemals erwähnt hatte? Undenkbar! Der Name war mir sicher nur entfallen. Aber ich konnte mein Gehirn zermartern, wie ich wollte, der Name kam mir nicht in den Sinn. Schließlich gab ich es auf, vielleicht fiel er mir später wieder ein. Sonst musste ich meinen Vater danach fragen. Sicherlich würde er ein wenig verstimmt sein, und das mit gutem Recht. Ich war betroffen und gab mir selber die Schuld. Wie hatte ich nur den Namen meiner Großmutter vergessen können!

Was hatte mein Vater noch über sie gesagt? Dass sie gehört habe, wie sich die Erde drehe? Und dass er es früher auch gehört habe?

Nüchtern überlegt, kam mir die Sache doch allzu unwahrscheinlich vor. Vermutlich bildete er sich solche Dinge ein, weil er sie mit Kindheitserinnerungen verband, die ihm lieb und teuer waren. Und wieder tauchte die Frage auf: Was für ein Mensch war mein Vater? Ich fühlte mich zu unerfahren, um tiefer in ihn blicken zu können. Was ich vor meinem inneren Auge sah, war wie das dunkle Meer am Rande des Abendhimmels: ein Geheimnis, vielleicht sogar eine Illusion.

In dieser Nacht nahm mich ein seltsamer Traum gefangen: Ich war ein Wanderfalke, der langsam über Gipfeln und Schluchten kreiste. Mächtig und ruhig hing ich am Himmel, spürte den Luftstrom am Körper und das Sausen des Windes in meinem Gefieder. Ich bewegte mich in der Luft wie ein Schwimmer im Wasser, glitt hinauf, tauchte hinab. Mit einem großartigen Gefühl von Freiheit schwebte ich über einen Bergkamm, drehte ab, sah, wie die Erdoberfläche plötzlich abfiel und sich vor meinen Augen ein weites grünes Tal ausbreitete. Mit unglaublicher Geschwindigkeit glitt ich dem Tal entgegen. Dünne Rauchfäden stiegen in die Luft. Einige sonderbare, kegelförmige Gebilde wurden in den Bodenfalten sichtbar. Ich erkannte, dass es Zelte waren, aber so große hatte ich noch nie gesehen. Ich entdeckte Menschen unter mir; sie liefen umher und winkten mir zu. Etwas abseits stand eine Frau, die zu mir emporblickte. Ich sah sie ganz deutlich. Sie trug ein korallenrotes Gewand, das mit einer eigentümlichen Stickerei verziert war. Ihr Haar, das in üppigen Wellen über ihre Schultern fiel, schien silbergrau. Sie hatte große Augen, dunkel wie Rauch. Ich war ganz sicher, diese Frau niemals gesehen zu haben, und doch kam sie mir nicht wie eine Fremde vor. Ihr Antlitz war mir seltsam vertraut, als hätte ich es schon immer gekannt. Und plötzlich wusste ich, dass es mein eigenes Gesicht war, mein Gesicht, wie es später einmal aussehen würde. Und gleichzeitig sah ich, wie der Vogel, der ich war, mit ausgebreiteten Schwingen über der Frau mit meinem Gesicht verharrte und sie mit seinem Schatten bedeckte. Da hob sie die Hand und rief mir einige Worte zu und genau wie ihr Anblick war mir ihre Sprache gleichsam fremd und trotzdem vertraut. Doch bevor ich ihre Worte in mir aufnehmen konnte, trug mich die Luftströmung weiter; pfeilschnell glitt ich über sie hinweg. Ich sah, wie ihre Gestalt immer kleiner wurde und schließlich als dunkler Fleck zurückblieb, während ich mich in einer Spiralbewegung der Sonne entgegenschwang.

In diesem Augenblick erwachte ich; das Zimmer war in Dämmerung getaucht. Der Regen rauschte. Verwirrt richtete ich mich auf und sah auf den Wecker. Halb sieben, bald Zeit zum Aufstehen! Ich hätte am liebsten weitergeschlafen. Mein Kopf schmerzte und meine Stimmung war gedrückt. Mein Traum war mir noch seltsam gegenwärtig. Eigentlich war es ein schöner Traum, aber aus irgendeinem Grunde fühlte ich mich unbehaglich. Ich dachte an die Frau, die Frau mit meinem Gesicht. Ihre Geste war ebenso rätselhaft gewesen wie ihre Worte. Was bedeuteten sie? Einen Gruß oder eine Warnung? Ihr Klang war noch in mir, doch er verblasste langsam. Auch die Worte waren noch in mir, aber so sehr ich mich anstrengte, ich konnte sie nicht wieder finden. Ich wusste nur, sie hatten etwas mit »wecken« oder »erwachen« zu tun. Vielleicht sollte das heißen, überlegte ich, dass ich aufzustehen habe. Träge wälzte ich mich auf die andere Seite. Ich war noch so schrecklich müde ...

Ich war eben wieder eingeduselt, als mich ein Lärm hochfahren ließ – ob Sommer oder Winter, Regen oder Sonnenschein. Punkt sieben zog der Nachbar mit Getöse seine Schiebetür auf. Es half alles nichts: Ich musste raus. Schlapp und gähnend kam ich auf die Beine und schüttelte mein Bettzeug aus. Heute zieht Seiji aus, dachte ich. Bei diesem Regen!

Der Wetterbericht tönte deprimierend; die Störung würde nur langsam über das japanische Inselreich hinwegziehen. Auch mein Vater sah verstimmt aus und trank finster seinen Kaffee. Zu mir sagte er: »Komm bei dem Wetter nicht zu spät!«

Ich hob verwundert den Kopf. Es war sonst nicht seine Art, mir Vorschriften zu machen.

»Und lass dich von dem Jungen nicht ausnützen«, setzte meine Mutter hinzu. »Du als Seijis Hort und Stütze, das fehlte noch!«

Ich war so empört, dass mir die Luft wegblieb. Hatte

sie eine derart schlechte Meinung von ihm? Aber hier am Frühstückstisch war nicht der Augenblick, alle waren mieser Laune und mein Zug fuhr in zehn Minuten.

Es war stickig heiß. Ich zog Jeans und eine alte Bluse an, für einen Regenmantel war es viel zu schwül. Ich nahm einen Schirm und machte mich auf den Weg. Es regnete Stricke, ein schwerer, warmer Regen klatschte auf Häuser, Bäume und Straßen. Tokio verschwamm in undurchsichtigem Grau. In der U-Bahn roch es nach Feuchtigkeit und nassen Kleidern, den Leuten lief der Schweiß über die Stirn; da nutzte auch das sauber gefaltete Taschentuch nicht viel, mit dem sich Männer und Frauen das Gesicht abtupften.

»Schrecklich, diese Schwüle!«, stöhnte Nina. »Ich habe den Eindruck, dass mein Gehirn verschimmelt!«

Wir saßen im Hörsaal. Nina mahlte ihren Kaugummi und starrte mich trübselig an, während sich die Studenten, gähnend und durchnässt, an uns vorbeischoben. Der Lärm drang mir in den Kopf und ich sehnte mich danach, an einem ruhigen Ort zu sitzen.

»Du siehst nicht gerade aus, als könntest du Bäume ausreißen!«, meinte Nina.

Ich verzog das Gesicht. »Ich habe Kopfweh.«

»Hast du das öfter?«, fragte Nina mitfühlend.

»Manchmal. Aber nur selten so stark. Am liebsten würde ich mich ins Bett verkriechen«, fügte ich hinzu. »Aber Seiji zieht heute aus. Er möchte, dass ich ihm helfe.«

»Wo zieht er hin?«

»Nach Kanda. Er hat ein Studio gefunden.«

»Oh, das ist aber gut!«, rief Nina. »Da könnt ihr euch endlich sehen, wann es euch passt!«

Wir lächelten uns an. Meine Mutter hat sich zu früh gefreut, dachte ich mit stiller Genugtuung.

Während der Vorlesung döste ich vor mich hin. Der Schmerz pochte in meinen Schläfen. Ich fror und schwitzte gleichzeitig. Ich fragte mich, ob ich nicht Fieber habe. Die Klimaanlagen laufen im Winter und im Sommer auf vollen Touren und die Temperaturwechsel zwischen draußen und drinnen führen häufig zu Erkältungen. Doch meine Nase lief nicht und meine Stirn war kühl, weder Brust noch Hals taten mir weh. Trotzdem fühlte ich mich elend.

Als ich die Uni gegen elf verließ, goss es noch immer in Strömen. In der vollgestopften U-Bahn wurde mir beinahe schlecht. Ich klammerte mich am Halteriemen fest, leckte mir den Schweiß von den Lippen und dachte: Nimm dich zusammen!

Seijis Eltern lebten unweit vom Bahnhof in einer Sozialwohnung. Früher hatten sie ihr eigenes Haus bewohnt, aber nach dem Unfall hatten sie es verkaufen müssen. Im Regen kam mir die Straße noch trostloser vor als sonst. Wie Spinngewebe hingen die elektrischen Leitungen an den Masten und neben windschiefen Häusern mit Dächern aus verzinktem Blech ragten hässliche Betonklötze in den Himmel. In einer dieser Mietskasernen hatten Seijis Eltern eine Wohnung im Erdgeschoss, damit der Vater mit dem Rollstuhl ein- und ausfahren konnte. Auf einem matschigen Rasenstück vor dem Haus lag der Inhalt eines schlecht verschlossenen Müllsacks. Einige Fahrräder lehnten an der nassen Hauswand. Ich war schon lange nicht mehr hier gewesen und es war mir unangenehm, ausgerechnet heute bei Seijis Eltern zu erscheinen. Aber

Seijis Beweggründe leuchteten mir ein und ich wollte ihn nicht im Stich lassen.

Vor der Haustür schüttelte ich meinen nassen Schirm aus und strengte mich an, nicht mehr an meine Kopfschmerzen zu denken. Im Haus roch es nach nassen Gummistiefeln, Butangas und Miso-Suppe. Die Wohnungstür befand sich gleich neben der Treppe. Ich ging langsam auf sie zu und läutete.

Drinnen hörte ich Schritte und kurz darauf öffnete Seiji. Wir sahen uns an und ich merkte sofort, dass dicke Luft war.

»Ich hätte mir wirklich einen besseren Tag aussuchen können«, meinte Seiji zerknirscht. »Du bist ja ganz nass!«

»Das trocknet wieder«, entgegnete ich und bemühte mich heiter zu klingen.

Die Wohnung war klein und eng, das Wohnzimmer durch den breiten Esstisch und die Stühle so vollgestellt, dass man sich kaum drehen konnte. In der Anrichte befand sich das Geschirr, aber auch Bücher und ein Zeitungsstapel sowie der Staubsauger. Die Wände aus vorfabriziertem Beton waren so dünn, dass man den Fernseher der Nachbarn deutlich hörte.

Seijis Vater saß in seinem Rollstuhl vor dem Heimcomputer, der sich auf einem selbst gezimmerten Arbeitstisch in einer Wohnzimmerecke befand. Dem Möbelstück sah man an, dass Seijis Vater geschickt mit Holz umgehen konnte: Das schlichte Möbelstück, auf dem neben dem Computer ein Faxgerät und alle möglichen Unterlagen Platz gefunden hatten, war bis ins Detail durchdacht und perfekt verarbeitet.

Der Vater war ein außergewöhnlich breitschultriger Mann. Durch das Sitzen im Rollstuhl hatte sich sein Oberkörper stark entwickelt, sodass die mächtigen Arm- und Rückenmuskeln einen eindrucksvollen Kontrast zu seinen schmächtigen Beinen bildeten. Die Hautfarbe von Seijis Vater war dunkel, fast rötlich. Ich wusste, dass er zu viel trank. Sein Gesicht hatte mich früher immer eingeschüchtert, ein breitflächiges, kantiges Bauerngesicht, über dessen eigensinniger Stirn sich struppiges weißes Haar sträubte.

Seijis Vater schaute kurz vom Computerschirm weg und nickte mir zu. Hinter den Zügen des kranken, verbitterten Mannes entdeckte ich das fast kindliche Lächeln, das Seiji ebenfalls eigen war. Verlegen erwiderte ich seinen Gruß. Wie immer empfand ich vor Seijis Vater eine seltsame Befangenheit, ich fühlte mich ohne Grund irgendwie schuldig.

»So, so«, grinste er. »Muss mein Junge ausziehen, damit unser schickes Fräulein uns endlich wieder einmal mit einem Besuch beehrt? Wann warst du das letzte Mal hier? Vor einem Jahr oder vor sechzehn Monaten?«

»Es tut mir leid«, stammelte ich. »Ich hatte so viel zu tun.«

Seijis Vater hob das stolze Kinn. »Das sagen heute alle, sogar ich! Mein Rücken mag zerstückelt sein, aber mein Hirn funktioniert noch bestens.« Er brach in schallendes Gelächter aus und schlug sich dabei auf die Schenkel.

Unwillkürlich dachte ich an einen Felsen, der sich unter dem Druck der Wellen nur noch hochmütiger emporreckt. Ich lächelte verkrampft zurück, während er mit seiner rechten Hand auf den Arbeitsplatz deutete.

»Du darfst nicht glauben, dass ich zu nichts mehr tauge.

Dass ich mich nur von der staatlichen Fürsorge und meiner Angetrauten verhätscheln lasse. In zwei Jahren bin ich als Systemingenieur in einer gut bezahlten Stelle, dann kann mir die Fürsorge gestohlen bleiben! Dass ich schon ein halbes Jahrhundert alt bin, fällt nicht ins Gewicht, Kopf und Herz sind jung geblieben. Was zählt, ist die Willensstärke, findest du nicht, Jun-Chan?«

»Doch«, hauchte ich.

Aus dem Nebenzimmer hörte man ein Rumoren.

Seijis Vater wandte den Blick in die Richtung, runzelte die buschigen Brauen und senkte die Stimme. »Hör zu, Jun-Chan, hör gut zu. Der Junge geht. Er hat Recht. Er soll ruhig hinausschwimmen ins Leben. Aber sie ...«, er sah bedeutungsvoll zum Zimmer hinüber, » ... sie will das nicht einsehen. Sie möchte ihn am liebsten noch heute im Bauch tragen wie eine Kängurumutter ihr Junges. Ja, ja, so ist sie ... Aber so sind alle Frauen, nicht wahr, Jun-Chan?« Er brach erneut in heiseres Gelächter aus.

»Ich weiß nicht«, sagte ich matt. Meine Kopfschmerzen, die ich eine Weile nicht gespürt hatte, setzten von neuem und stärker ein.

Seiji blickte mit hängenden Armen zu Boden. Die Verlegenheit stand ihm ins Gesicht geschrieben. Schließlich sagte er: »Ich ... ich hole meine Sachen«, und ging rasch hinaus.

Es war drückend heiß in der Wohnung.

Seijis Vater stand der Schweiß auf Stirn und Nacken. »Wir sollten nicht spotten.« Seine Stimme klang plötzlich müde. »Wir alle entstammen dem Mutterschoß, dem Heiligsten auf Erden. Denke immer daran, Jun-Chan, du, die das Glück hat, eine Frau zu sein. Der Vater ist nichts! Was hat der Mensch zu wählen? Nichts! Seine Mutter trägt ihn im Dunkeln wie die warme Erde die Saatkörner. Er wird geboren und wächst auf wie das Getreide auf dem Feld. Und wenn seine Zeit gekommen ist, kehrt er zur Mutter zurück, die in der himmlischen Höhle die ewigen Feuer bewacht und alles Leben hervorbringt.« Er hustete, fuhr sich mit seinem Handrücken über seine Oberlippe. Seine Augen – von Tränen oder Alkohol gerötet – musterten mich scharf. »Ist es nicht so, Jun-Chan? Sag! Ist es nicht so?«

»Ich ... ich glaube schon ...«, flüsterte ich. Mein Gesicht brannte, der Schmerz in meinem Kopf machte mich fast rasend. Durch die offene Tür sah ich, wie Seiji am Boden hockte und seine zweite Reisetasche schloss. Daneben stand sein voller Rucksack. Eine andere Tür ging auf; Seijis Mutter schlurfte mit verheultem Gesicht herein. Sie war eine stämmige und gelenkige Frau. An den ausgebildeten Muskeln ihrer Arme und Beine konnte man erkennen, dass sie seit vielen Jahren einen Behinderten betreute. Doch ihr Gesicht, ganz ohne Puder oder Schminke, sah mich jung und hilflos an. Unter ihren Augen lagen blaue Ringe und das verschwitzte, nass geweinte Haar klebte auf ihrer Stirn. Ich grüßte beklommen. Sie tat mir leid. »Ich ... ich komme, um Seiji beim Umzug zu helfen«, stammelte ich unnötigerweise.

Sie nickte und zerknüllte ihr Taschentuch. »Ich weiß nicht, warum er wegwill. Wo hat er es besser als hier? Er vermiest sich sein ganzes Leben, schmeißt alles hin, nur einer Laune wegen. Ich habe immer gedacht, er komme wieder zu Verstand. Aber darauf ist, fürchte ich, nicht zu hoffen.«

Ich wollte ihr sagen, dass es keine Laune sei, sondern

dass er ihr helfen wolle, damit sie nicht mehr so zu schuften brauche und etwas mehr Platz in der Wohnung habe. Aber das konnte ich ihr nicht sagen. Außerdem schmerzte mich der Kopf zu sehr. Und so antwortete ich nur: »Seiji wird es schon schaffen.«

»Er verbaut sich seinen Weg!« Ihre Unterlippe zitterte. »Alles habe ich für ihn getan! Den letzten Bissen habe ich mir vom Munde abgespart, Strümpfe mit Laufmaschen getragen, nur um das Schulgeld zusammenzubringen. Er sollte später eine gute Arbeitsstelle finden. Er hat ja keine Ahnung, was das Leben von ihm verlangt. Er bildet sich ein, das Geld läge auf der Straße!«

Ich spreizte hilflos die Finger. Ja, es musste schlimm sein, dieses Gefühl, dass sie für nichts gedarbt hatte, dass in ihren Augen jede Hoffnung, aus ihrem Sohn werde einmal »etwas Besseres«, zunichte war.

Aber sie irrt sich, dachte ich. Seiji weiß genau, was er will. Er hat Talent und er hat Ehrgeiz. Doch es lag nicht an mir, sie mit diesen Gedanken zu belästigen, in ihrer Verfassung hätte sie ohnehin nicht darauf eingehen können.

»Nun hör auf zu jammern, Mutter«, brummte der Vater ungeduldig. »Der Junge muss ja glauben, er habe wer weiß was verbrochen! Wenn er gefunden hat, was ihm passt, ist es gut. Und was soll Jun-Chan von uns denken, wenn du dich so gehen lässt?«

Sie schluchzte in ihr Taschentuch, als Seiji, mit zwei Taschen beladen, ins Zimmer kam. Er vermied es, seine Mutter anzusehen, ja, machte sogar, soweit das in der engen Wohnung ging, einen Bogen um sie.

Zu mir sagte er: »Ich glaube, ich habe nichts Wichtiges vergessen.«

»Gib her.« Ich streckte die Hand nach der Tasche aus.

»Nimm diese«, sagte er, »die ist leichter.«

Ich warf die Tasche über meine Schulter. Sie war wirklich nicht schwer.

Der Vater nagte an seiner Unterlippe. »Wer weiß, wozu das gut ist? Mach keine Dummheiten, Junge. Und jetzt verschwinde und zeig, was du kannst.«

Seijis Mutter nahm das Taschentuch vom Gesicht, schluckte ein paarmal und sah ihn mit Tränen in den Augen an. »Kommst du morgen zum Abendessen?«

»Nein, Mutter.« Seijis Stimme klang sanft, aber bestimmt. »Ich werde in den nächsten Tagen viel zu tun haben.«

»Wann sehen wir uns?«, fragte seine Mutter mit tränenerstickter Stimme.

»Ach, ich komme gelegentlich vorbei und hole, was ich heute nicht einpacken konnte«, meine Seiji. Er machte die Tür auf, stellte die Reisetasche nach draußen, holte den Rucksack und nickte seinen Eltern zum Abschied zu.

Bestrebt, den Abschied so kurz wie möglich zu machen, schlüpfte ich in meine Schuhe und verneigte mich. »Auf Wiedersehen!«, sagte ich. Mehr fiel mir nicht ein. Seijis Mutter weinte wieder. Doch das Gesicht seines Vaters blieb ruhig und gelassen. »Pass gut auf dich auf, Jun-Chan«, sagte er mit rauer Stimme. »Und achte ein bisschen auf Seiji.«

Ich hatte solche Kopfschmerzen, dass mir beinahe übel war, aber ich lächelte ihn an. »Ich werde dafür sorgen, dass er keine Dummheiten macht.«

Seiji war schon draußen. Die Mutter heulte und rührte sich nicht vom Fleck. Die Wohnungstür stand offen. Ich murmelte eine Entschuldigung, legte die Hand auf die Klinke und zog die Tür hinter mir zu.

Draußen goss es noch immer in Strömen. Kein Windhauch bewegte die Luft. Voll beladen mit dem Gepäck und dem Regenschirm, stapften wir durch den Regen.

Seiji atmete hörbar auf. »Das hätten wir hinter uns! Ein Glück, dass du dabei warst! Ich weiß nicht, wie ich weggekommen wäre.«

»Deine Mutter macht sich Sorgen«, sagte ich.

Er verzog bitter den Mund. »Sie wird meinem Vater die Hölle heiß machen, weil er zu mir hält.«

»Dein Vater ist sehr stark«, erwiderte ich.

Ich sah, wie sich Seijis Gesicht verkrampfte. Dann sagte er: »Eine Zeit lang war es ganz furchtbar bei uns. Da habe ich gedacht, er würde sich zu Tode trinken. Doch seit er sich umschulen lässt, hat er wieder Selbstvertrauen gefasst. Ich an seiner Stelle … ich weiß nicht, ob ich den Mut gehabt hätte, weiterzuleben …«

Wir liefen die Treppe zur Station hinauf und zwängten uns durch das Gewühl im Bahnhof. Feuchtigkeit hing in der Luft, nasse Schirme schlugen mir an die Beine, erschöpfte Gesichter hasteten an uns vorbei. Auf dem Bahnsteig war mir plötzlich schwindelig und weich in den Knien, ich war müde, seltsam müde, und begann zu schwanken.

Seiji hielt mich fest. »Was ist mit dir?«

»Ich habe solche Kopfschmerzen!«, stöhnte ich.

»Seit wann denn?«

»Sie fingen schon in der Nacht an. Sogar die Geräusche verursachen mir Schmerzen.«

Er wirkte so besorgt, dass ich ihn anlächelte.

»Mir ist ein wenig schwindelig«, versuchte ich ihn zu beruhigen, »das geht sicher vorbei. Ich nehme an, es ist die Hitze.«

Das Dröhnen des einfahrenden Zuges fuhr mir durch sämtliche Nerven. Wir drängten uns in einen Wagen und gaben uns Mühe, unser Gepäck nicht auf die Füße der Mitreisenden zu stellen. In der feuchten Hitze schienen die Kleider zu dampfen, während der eiskalte Luftstrom der Klimaanlage über die dicht gedrängte Menschenmenge wirbelte.

»Du wirst sehen, die Wohnung ist nicht übel«, sagte Seiji. »Einrichtung und Bettzeug konnte ich gleich übernehmen.«

»Und du glaubst nicht, dass du deinen Entschluss bereuen wirst?«

Seiji schob sich das nasse Haar aus der Stirn. »Ich habe einmal irgendwo gelesen, man werde erwachsen, ohne dass man es merke. Ich habe das lange nicht geglaubt, aber jetzt muss ich sagen, dass es stimmt. Auch bei mir war es ganz plötzlich so weit. Auf der einen Seite finde ich das gut. Aber manchmal möchte ich wieder wie früher sein, als ich noch selbstverständlich glaubte, dass meine Mutter mich beschützt. Jetzt sehe ich ein, dass sie ihre Kraft aus unserer Schwäche schöpfte. Sie braucht Menschen, die von ihr abhängig sind. Und jetzt arbeitet mein Vater an seinem Computer, und ich – ich werde selbstständig. Klar, dass sie sich überflüssig und ausgenutzt vorkommt. Und ich glaube ...« Er stockte mitten im Satz. »Was hast du?«, rief er erschrocken. »Du bist ja ganz bleich!«

Um mich herum war sekundenlang alles schwarz geworden. Seiji legte den Arm um mich und ich lehnte den Kopf an seine Schulter. Der Schmerz pochte und hämmerte in beiden Stirnhälften, ich kämpfte gegen Brechreiz an. Diesmal war ich wirklich erschrocken; hoffentlich wurde ich nicht ernstlich krank!

Der Zug verlangsamte die Fahrt, bremste und hielt. Die Türen sprangen auf. Menschen stiegen aus, andere drängten sich herein. Der triefende Schirm eines Herrn klebte mir an der Wade, die Nässe drang durch die Jeans. Doch die zwei Minuten frischer Luft hatten mir gut getan; bis auf die Kopfschmerzen fühlte ich mich wieder normal.

»Sobald wir dort sind, mache ich dir einen Kaffee«, sagte Seiji.

Die Fahrt kam mir endlos vor; wir mussten zweimal umsteigen, überall herrschte das gleiche Gedränge und immer mussten wir stehen. Endlich erreichten wir das Kanda-Viertel. Der Regen klatschte an die Häuser, es stank nach Abfall und Kloake. Auf der Straße hatten sich große Pfützen gebildet. Die Regentropfen fielen wie wässrige Sterne in sie und die vorbeifahrenden Wagen schleuderten immer wieder Wasserfontänen an unsere Beine.

Seiji hielt mich an der Hand fest; ich folgte ihm, benommen wie eine Schlafwandlerin.

Der Schmerz durchbohrte meinen Kopf wie Nadelstiche, und der Regen mit Nebeldunst vermischt flimmerte vor meinen Augen wie ein dunkler Vorhang.

»Gleich sind wir da«, sagte Seiji. Er bog um eine Ecke und wies auf ein mehrstöckiges Haus auf der anderen Straßenseite.

Obwohl mir übel war, musste ich lachen, als ich die protzig erleuchtete Pachinko-Halle im Erdgeschoss sah. Ihre riesigen Plastikblumen und grellbunten Schriftzeichen versuchten schon von weitem zu locken. Pachinko-Hallen finden sich fast überall, manche Menschen verbringen täglich Stunden vor dem flipperähnlichen Spielautomaten, dessen kleine Metallkugeln durch Daumendruck betätigt werden. Hat jemand gewonnen, kann er die Kugel gegen Süßigkeiten, Seife, billige Spielzeuge oder sogar Damenunterwäsche eintauschen.

Seiji grinste mich an. »Praktisch, nicht wahr? Da weiß ich gleich, wo ich mein Geld loswerden kann.«

Ich grinste zurück. »Deine Mutter wird entzückt sein!« Immerhin, das Haus sah modern und nicht allzu ungepflegt aus und von der Musikberieselung der Spielhölle war im Treppenhaus nichts mehr zu hören. Ein winziger Aufzug mit trübem Licht brachte uns in den fünften Stock. Seiji stellte seine Tasche vor einer Tür ab und ließ seinen Rucksack zu Boden gleiten. Er zog einen Schlüssel aus der Tasche und drehte ihn im Schloss. Ich trat in ein kleines, aber sympathisch eingerichtetes Studio. Der Boden war mit japanischen Matten ausgelegt, ich sah einen Einbauschrank, eine Kochnische und ein winziges Badezimmer. Seijis Bettzeug lag noch am Boden. Der Arbeitstisch mit dem Computer, dem Filmmaterial und den Malutensilien war gegen die Wand geschoben, sodass der Raum noch kleiner wirkte. Überall standen Taschen und Plastiksäcke herum.

»Entschuldige die Unordnung«, seufzte Seiji. »Ich schlafe erst seit gestern hier und kam noch nicht dazu, meine Dinge zu verstauen.«

»Wie hast du all die Sachen hergebracht?«

»Ein Kollege holte mich mit seinem Wagen ab. Den Tisch haben wir auf dem Gepäckträger transportiert.«

Ich lächelte erschöpft. Der Schmerz pochte in meinem Kopf.

»Komm, setz dich«, sagte Seiji fürsorglich. »Ich mach dir gleich einen starken Kaffee!«

Er legte rasch die Daunendecke über die Matratze und ich ließ mich auf der Decke nieder. Seiji holte eine Dose aus dem Schrank, ließ Wasser in den Topf laufen und drehte das Gas an, wobei er mich zwischendurch besorgt beobachtete.

Mein Kopf schmerzte derart, dass ich mich wie in Trance hin und her wiegte. Ungestüm pochte das Blut in meinen Schläfen. Ich presste die Handflächen auf die Augen, bis sich rote und gelbe Flecken hinter meinen Lidern zu drehen begannen. Ein Bild löste sich aus dem flackernden Wirbel: das Antlitz einer Frau, goldbraun und schön, mit Augen, dunkel wie Rauch. Ich erkannte sie sofort. Ich war ihr im Traum begegnet. Und genau wie im Traum hob sie die Hand und rief mir jene Worte zu, die ich glaubte vergessen zu haben und die jetzt wie ein Echo zurückkehrten. Und obwohl ich nicht einmal hätte sagen können, in welcher Sprache sie redete, war ich mir sicher, dass sie eine Warnung enthielten. Im gleichen Moment, in dem ich die Worte verstand, löste sich das Bild auf. Ich hob die Lider und das Zimmer begann sich zu drehen, dann wurde mir schwarz vor den Augen …

Eine Tasse wurde an meine Lippen gesetzt und ich hörte Seijis Stimme sagen:

»Trink!«

Langsam öffnete ich die Augen, der Geschmack des heißen Kaffees brannte mir leicht auf den Lippen. Ich sah Seiji vor mir, wie er die Tasse hielt, während ich trank. Ich umklammerte seine Hände, verschluckte mich und hustete. Ich fuhr mit dem Handrücken über die Lippen und sank erschöpft auf die Decke zurück. Meine Gedanken jagten sich. Ich hörte mein eigenes Keuchen. Eine klare, wenn auch leise Stimme in meinem Inneren sagte mir, dass mein Zustand nichts mit einer Krankheit zu tun habe.

»Ich habe Angst …«, stieß ich hervor und spürte, wie meine Eingeweide sich zusammenzogen.

Seiji betrachtete mich nachdenklich. »Angst …? Wovor?«

Meine Kopfhaut kribbelte. Ich wühlte verzweifelt in meinen Haaren. »Ich weiß es nicht. Vor meinem Traum vielleicht …«

»Welcher Traum?«

»Er war so wirklich. Ich konnte so klar sehen. Die Farben leuchteten. Und kaum war der Traum vorbei, erwachte ich mit diesen Kopfschmerzen.«

Seiji kniete hinter mich und begann mit den Fingern geschickt meinen Nacken zu massieren.

»Tut das gut!«, seufzte ich.

»Meine Mutter hat das in der Klinik gelernt. Sie massierte meinen Vater, wenn er Schmerzen hatte. Das lockert die Nervenknoten.« Seijis Stimme klang so entspannt, so vernünftig.

Aus seinen Händen strömte eine wohltuende Kraft. Der Schmerz zuckte immer noch als Blitz in meinem Kopf, aber allmählich ließ der Druck nach.

Ich lehnte mich zurück und schmiegte Rücken und Schultern an seine Brust. »Jetzt ist mir wohler!«

Ich hatte das Gefühl, dass ich am Einschlafen war. Mein Kopf neigte sich leicht hin und her, undeutliche Lichter verschwammen vor meinen geschlossenen Augen. »Die Frau«, flüsterte ich. »Die Frau in meinem Traum. Wenn ich nur wüsste, was sie gesagt hat!«

»Vielleicht fällt es dir später wieder ein.«

Ich richtete mich ruckartig auf. »Nein!«, schrie ich. »Jetzt ...! Jetzt weiß ich, was sie gesagt hat ...« Mit einem Mal war ich wie besessen; vor mir wurde es dunkel, ich erschrak zutiefst und wieder pochte dieser Schmerz in meinem Kopf. Ich klammerte mich an Seiji, zitternd und schweißgebadet, während mein Herz wie ein Vogel unter den Rippen flatterte. Als ich sprach, hörte ich meine eigene Stimme. Sie kam mir wie die einer Fremden vor – rau und schwach und fern.

»Sie sagte ... der Katzenfisch ist erwacht.«

Da begann unter uns der Boden zu rollen, ich spürte ein Schwanken und ein Vibrieren. Ich hatte plötzlich das Gefühl, dass der Wohnblock schräg stünde. Ein seltsames Brausen erfüllte die Luft, ein Donnern, das von allen Seiten kam, und die Deckenlampe im Zimmer begann langsam hin und her zu schwingen.

»Ein Erdbeben!«, rief Seiji.

Wie man sich in solchen Fällen zu verhalten hat, lernt jedes japanische Kind in der Schule und übt es immer wieder ein. Seiji und ich waren im selben Atemzug auf den Beinen. Seiji drehte Gashahn und Lichtschalter ab, ich riss Fenster und Türen auf. Denn bei geschlossenen Fenstern bersten die Scheiben und geschlossene Türen können durch eine Verschiebung des Rahmens nicht mehr zu öffnen sein. Am schwersten widersetzte man sich dem natürlichen Drang, ins Freie zu stürzen; doch das war sehr gefährlich, herunterfallende Glas- oder Gebäudeteile hatten schon viele Menschen erschlagen oder schwer verletzt. Wären sie in ihren Zimmern geblieben, hätten sie das Beben unversehrt überstanden. Ich hörte, dass die anderen Hausbewohner ebenso handelten. Überall sprangen Türen auf, von draußen drangen Stimmgewirr und Rufe herein.

Wir kauerten uns unter den Arbeitstisch. Beide legten wir instinktiv unsere Hände über den Kopf.

Die Erde rollte, irgendwo klirrte Geschirr. Ich hörte von ferne ein Kind jammern und mir schien, als würde das Zimmer von den Wogen eines sturmgepeitschten Meeres durchgeschüttelt. Das Beben kam mir ewig vor.

Doch endlich ließ es nach. Der Boden bewegte sich nicht mehr. Als wir uns auf den Rücken drehten, hing die Lampe fast ruhig von der Decke.

»Zwei Minuten ...«, flüsterte Seiji rau. »Vielleicht ist es vorbei.« Er versuchte aufzustehen.

Ich bedeutete ihm zu warten. »Noch nicht, Seiji!«

Ich biss die Zähne zusammen und schnappte eben gierig nach Luft, als der zweite Stoß einsetzte. Ich wusste, der erste war nur ein Vorbeben gewesen und wirklich schlimm würde es erst jetzt werden. Das gespenstische Brummen wie ein Gebrüll schien gleichzeitig vom Himmel herab und von der Erde her zu dröhnen. Ein riesiger Presslufthammer, tief unten in den Höhlen des Erdbodens, schien eine Kette schneller, gewaltiger Stöße auszulösen. Die Wände ächzten und knirschten; wie in einem Alptraum schaukelte das ganze Haus langsam und mächtig hin und her. Klirrend fiel eine Vase zu Boden, Bücher fegten aus den Regalen, im Küchenschrank schepperten Tassen, Teller und Glas. Ich rang nach Luft, mein Trommelfell schien zu platzen ...

Langsam verlor das Beben an Kraft, das Donnern erstarb. Die Erde hatte sich beruhigt. Tief im Erdinnern rumpelte und polterte es noch einige Sekunden lang, dann war es einen Augenblick still, bevor der normale Lärm einer Stadt wieder an unsere Ohren drang. Alles war wie sonst, fest und scheinbar unversehrt. Nur die Vase war zerbrochen, die Bücher lagen wie von Geisterhand umgestoßen auf dem Boden verstreut und an der Decke klaffte ein Riss.

Seiji und ich hockten uns auf die Fersen und sahen uns an. Unser Herz klopfte zum Zerspringen und wir fühlten im Mund einen bitteren Geschmack.

»Mensch!«, keuchte Seiji. »Das war Stärke sechs!«

Ich nickte wortlos. Die modernen japanischen Hochhäuser waren so gebaut, dass sie – theoretisch – Erdstöße bis Stärke sieben oder acht auf der Richterskala aushalten sollten. Denn wir Japaner wissen, dass wir mit dieser Gefahr leben müssen. Manche Erdstöße sind so leicht, dass man sie kaum merkt. Oft ereignet sich wochenlang kein Beben oder man spürt nur einen einzigen, heftigen Stoß. Dann wieder dauert das Zittern, Rütteln und Stoßen der Erde einige entsetzliche Minuten lang. Wir Japaner lernen früh, dass die Festigkeit des Bodens eine Täuschung ist. Denn unser Inselreich, uralt und dennoch jung, ist noch längst nicht zur Ruhe gekommen. In den Tiefen des Meeres lauern Kräfte, die unser Land zerstören und neu gestalten.

Immer noch zitternd und mit weichen Knien gingen wir zum Fenster und spähten nach draußen. Der Verkehr hatte sich schon wieder in Bewegung gesetzt. Menschen standen vor den Hauseingängen und führten erregte Gespräche. Auf dem Gehsteig lagen Glasscherben und an einer Hauswand zog sich ein breiter Riss über mehrere Stockwerke hin. Auf der gegenüberliegenden Straßenseite blickten die Leute nach oben. »Der Block stammt aus den sechziger Jahren«, sagte Seiji. »Damals baute man noch nicht so solide wie heute.«

Ich schluckte und wollte etwas sagen, aber ich brachte keinen Ton über die Lippen. Draußen begannen Sirenen zu heulen. Ein Feuerwehrauto raste die Straße hinauf. In der Nähe musste ein Brand ausgebrochen sein. Mein Herz hämmerte. Ich war verstört und verängstigt, doch gleichzeitig fühlte ich mich unendlich erleichtert. In meinem Kopf war nicht mehr der geringste Schmerz, ich fühlte mich wie neu geboren. Das ist es, dachte ich, ich habe das Erdbeben vorausgespürt. Die ganze Zeit hatte ich nach der Bedeutung meines Traumes geforscht; jetzt bekam das Unbegreifliche endlich einen Sinn. »Der Katzenfisch ist erwacht«, hatte die Frau mir zugerufen. In japanischen Sagen hieß es doch, dass Erdbeben entstünden, wenn der Katzenfisch in den tiefen Gewässern seine Flossen bewegen würde. Das Bild musste so stark auf mich eingewirkt haben, dass ich es im Unterbewusstsein bewahrt hatte. Und ich entsann mich früherer Erdbeben, wie merkwürdig sie auf mich wirkten, als ich noch ein Kind war, und wie mir der Kopf vorher wehtat.

Doch dies erklärte nicht alles. Und ich war viel zu erregt, um mich in irgendeiner Weise über die Erklärung zu freuen. Das, was ich gerade erlebt hatte, kam mir ebenso unwirklich wie beängstigend vor. War ich nicht normal, krank oder sogar verrückt? Mein Verstand war so verwirrt, dass ich glaubte der Belastung nicht gewachsen zu sein. Vor Erschöpfung weinend, schlug ich die Hände vors Gesicht und wünschte zu sterben.

Aber Seiji war bei mir. Seine Arme schlangen sich um mich, sein Gesicht presste sich an meinen Hals, seine Brust drückte sich an meine.

»Weine nicht ...«, flüsterte er. »Weine nicht ... Es ist ja alles wieder gut ...« Er glaubte sicher, dass mir die ausgestandene Angst erst jetzt voll bewusst geworden wäre und nun meine Nerven versagen würden.

Ich war nicht fähig ihm zu sagen, dass ich wegen etwas ganz anderem weinte. Und so überließ ich mich seiner Umarmung, schluchzend und zitternd wie ein verstörtes Kind. Wir sanken auf die Decke, streichelten und küssten uns und nach der durchgestandenen Panik wirkte unsere Zärtlichkeit heilend. Und während die Sirenen der Feuerwehr gespenstisch in den Straßenschluchten hallten, schöpften wir Kraft und Ruhe aus dem Bewusstsein, dass wir unversehrt waren und uns liebten ...

Seijis Arme hielten mich noch umschlungen, noch hörte einer den Pulsschlag des anderen, doch langsam kehrte das normale Gefühl für meinen eigenen Körper zurück. Das Erste, was ich spürte, war die weiche Daunendecke im Rücken. Ich streckte mich und sank mit einem Seufzer des Wohlgefühls zurück. Seiji lag dicht neben mir, die Augen geschlossen, den Kopf an meine Schulter gelehnt. Als ich mich das erste Mal bewegte, öffnete er die Augen.

»Möchtest du etwas trinken?«

Ich lächelte ihn an und nickte. Er stand auf und schlüpfte in seine Jeans. Behutsam öffnete er die Tür des Geschirrschranks, er wollte die umgestürzten Gläser wenigstens vor einem Sturz auf den Fußboden bewahren.

»Ist viel kaputt?«, fragte ich.

»Es könnte schlimmer sein.« Seiji sammelte einige Scherben auf, fegte die Splitter zusammen und beförderte alles in den Mülleimer. Dann holte er eine Colabüchse aus dem Eisschrank, füllte zwei Gläser und trat zu mir ans Bett.

Ich stützte mich auf den linken Ellbogen und trank, während er sich neben mir niederließ.

»Wie geht es deinem Kopf?«, fragte er.

Ich nahm das Glas von den Lippen. »Seiji, kann man Erdbeben vorausahnen?«

»Tiere können es«, meinte er ruhig. »Warum nicht auch Menschen?«

Ich holte gepresst Luft. »Seiji, ich habe es gespürt. Diese Anfälle, die hatte ich schon als Kind, immer kurz bevor die Erde bebte. Meistens gingen sie schnell vorüber. Nur wusste ich nie, was eigentlich mit mir los war. Bis ich diesen seltsamen Traum hatte ...«

Ich erzählte Seiji davon. Er hörte zu, gelassen wie immer, und nippte an seiner Cola.

»Träume«, sagte er, nachdem ich fertig erzählt hatte, »zeigen in verschlüsselter Form, was wir fühlen und denken. All die Dinge, die du gesehen hast, sind in dir.«

»Du meinst, ich soll mir deswegen keine Gedanken machen?«

»Wenn das, was du mir erzählt hast, keine Einbildung ist«, sagte Seiji, »besitzt du eine wundervolle Gabe. Du weißt noch nicht, wie du damit umgehen sollst. Aber du wirst es lernen und dich nicht mehr schämen und auch keine Angst mehr davor haben.«

Seine Ruhe und seine Einsicht lösten meine Widersprüche und befreiten mich von meinen Zweifeln. Es gab eine vernünftige Erklärung: Offenbar besaß ich einen natürlichen Instinkt, einen warnenden sechsten Sinn, der mich jene Schwingungen spüren ließ, die einem Beben vorausgehen. Dies alles jedoch lastete schwer auf mir und ich dachte: Ich muss es Midori-Sensei wissen lassen!

Seiji stand auf und schaltete den Fernseher ein. Eben wurden Nachrichten gesendet. Die Moderatorin erklärte, das Erdbeben, eines der schwersten der letzten zehn Jahre, habe auf der Richterskala die Stärke 6,4 erreicht. Der Erdbebenherd befände sich im Meer, etwa vierzig Kilometer vom Festland entfernt in der Bucht von Matsushima. Die nachfolgende Flutwelle, sagte die Moderatorin mit dem ernsten Ausdruck der perfekten Sprecherin, habe fünf Meter hohe Wellen landeinwärts getrieben. Der überschwemmte Küstenstreifen sei glücklicherweise dünn besiedelt, trotzdem seien einige Dörfer zerstört worden. Schiffe seien gekentert und offiziell habe es elf Tote gegeben und einige Dutzend Verletzte. Eine ganze Anzahl Menschen würde noch vermisst. In Tokio, Nagoja und Kioto seien Menschen von einstürzenden Mauern verletzt worden, fuhr die Sprecherin fort, und in Osaka habe eine geborstene Gasleitung einen Brand verursacht, bei dem zwei Familien ums Leben gekommen seien. Eine ältere Frau sei vor Schreck an einem Herzschlag gestorben. Der durch das Beben verursachte Sachschaden sei erheblich.

Seiji stellte das Gerät ab. »In allen übrigen Teilen der

Welt gäbe es hunderte von Toten«, sagte er. »Und tausende würden obdachlos.«

Ich seufzte bedrückt. Ja, wir hatten gelernt mit dieser Bedrohung zu leben. In der Schule hatten wir immer wieder den Feuer- und Erdbebenernstfall geübt. Alle Firmen und auch die Warenhäuser führten regelmäßig Schutzübungen durch. Polizei, Feuerwehr und eine große Zahl gemeinnütziger Organisationen probten regelmäßig den Katastropheneinsatz. Alle diese Übungen und Maßnahmen bewirkten, dass bei Beben die Zahl der Opfer und das Ausmaß der angerichteten Schäden erstaunlich gering blieben. Das war nicht immer so gewesen. Noch vor fünfzig Jahren hatten Erdbeben und die nachfolgenden Flutkatastrophen hunderttausende von Toten gefordert. Damals war noch überwiegend mit Kohle und Gas geheizt und gekocht worden und die Hauptgefahr war das Feuer nach dem Beben. Die offenen Herdflammen, die Bauweise der leichten japanischen Holzhäuser, die Reisstrohmatten, die Trockenheit und der stetige Durchzug hatten verheerende Großbrände ausgelöst, die ganze Städte verwüstet hatten.

Plötzlich schlug ich mir mit der flachen Hand gegen die Stirn. Ich musste wahrhaftig verrückt sein: In all dieser Zeit war mir kein einziges Mal der Gedanke an meine Eltern gekommen! »Wo ist das Telefon?«

Seiji brachte mir den Apparat.

Ich wählte die Nummer.

Meine Mutter nahm schon nach dem zweiten Zeichen ab. »Jun! Endlich!« Ihre Stimme klang ebenso aufgeregt wie verärgert. »Kannst du mir sagen, wo du steckst?«

»Bei Seiji«, antwortete ich kleinlaut.

»Und warum hast du nicht früher angerufen?«

Was sollte ich sagen? »Es ging nicht«, antwortete ich ausweichend.

Mochte sie denken, was sie wollte. Und sie nahm wirklich an, dass die Leitung unterbrochen gewesen war.

Ihre Stimme wurde eine Spur freundlicher. »Ach so! Hier waren die Verbindungen nach fünf Minuten wieder hergestellt.«

»Ist Papa schon da?«

»Ja, seit einer halben Stunde. Wir waren ziemlich nervös.«

»Es tut mir leid«, murmelte ich. »Ist bei uns etwas passiert?«

»Einige Ziegel sind auf die Blumentöpfe gefallen. Mein Kaffeeservice hat nur noch drei Tassen und ein Dutzend Gläser ist auch kaputt. Wann kommst du nach Hause?«, setzte sie ziemlich gereizt hinzu.

Ich blickte Seiji an. »Ich sehe nach, wann der nächste Zug fährt.«

»Nimm lieber ein Taxi«, sagte sie. »Wer weiß, wie lange die U-Bahn-Strecken außer Betrieb sind.«

Ich verzog mich ins Bad, während Seiji meinem Beispiel folgend seine Eltern informierte. Als ich, in ein Handtuch gewickelt, wieder ins Zimmer kam, legte er gerade den Hörer auf.

»Alles in Ordnung?«

»Sie haben Probleme mit dem Wasser: Eine Abwasserleitung ist gebrochen, aber die Arbeiter der städtischen Werke sind schon da.«

Ich suchte meine Kleider zusammen, die verstreut am Boden lagen, und begann mich anzuziehen.

»Ich werde dort schlafen, wo du gelegen hast«, sagte Seiji gepresst. »Ich möchte deine Wärme spüren.«

Ich knöpfte die Bluse zu. »Glaubst du, dass wir uns lieben?«

Er trat an mich heran und nahm mich in die Arme. »Was ist Liebe? Ich weiß es nicht. Ich weiß nur, dass wir zusammengehören.«

»Du bist immer da, wenn ich dich brauche«, sagte ich leise. »Das macht mich stark.«

Er lächelte ein wenig traurig. »Du suchst etwas, Panda. Etwas, was ich dir nicht geben kann.«

Ich blickte ihn an, verwundert über seine Klarsicht. »Ich? Was suche ich denn?«

Er lächelte wieder und küsste mich. Seine Brauen streichelten die meinen. »Mir scheint, du suchst dich selbst«, sagte er. »Du kennst dich noch nicht ganz. Aber du wirst dich entdecken, du kannst es nicht aufhalten. Du musst nur weiterhin mutig bleiben. Vielleicht hängt es damit zusammen, was du gerade erlebt hast. Und vielleicht ist es wichtiger für dich als die Liebe zu mir.«

Ich war verwirrt von der Schwermut in seiner Stimme. »Wie kommst du darauf?«

Er umfasste mein Gesicht mit beiden Händen. »Weil ich genau weiß, dass du nicht nur an mich denkst. Aber du sollst ruhig wissen, dass ich ständig an dich denke. Immer, die ganze Zeit. Wenn ich alleine bin, spüre ich dich ebenso deutlich, als wärest du bei mir. Ich möchte immer für dich da sein, dich vor Schaden bewahren. Aber manchmal bist du mit deinen Gedanken weit weg in einer anderen Welt, zu der ich keinen Zugang habe. Dann sterbe ich fast vor Sehnsucht nach dir. Ich bin eifersüchtig auf diese

Welt, die dir allein gehört ... Und gleichzeitig habe ich ganz heftige Angst um dich.«

»Um mich?«, fragte ich erstaunt. »Ist das wahr?«

»Ja«, hauchte er. »Es ist wahr.«

»Das versteh ich nicht. Du meinst, es könnte sich etwas Schlimmes ereignen?«

Wir standen Stirn an Stirn; er streichelte mein Gesicht. »Ich weiß es nicht«, sagte er dumpf. »Ich wünsche mir von ganzem Herzen, dass du aus dieser Prüfung gestärkt hervorgehst. In meiner Vorstellung ist Liebe immer mit Schmerzen verbunden. Wenn ich eines Tages um deinetwillen leiden muss, werde ich es hinnehmen. Man muss sich selbst auslöschen, um geben zu können. Was immer auch passiert, ich werde zu dir halten und dir gehören. Und wenn es Zeit ist für uns beide, wirst du zu mir zurückkommen.«

Ich verstand nicht, was er damit sagen wollte. »Aber wir sehen uns doch, so oft es geht!«

Statt einer Antwort küsste er mich so lange, dass ich keine Lust mehr hatte, zu gehen, und wir uns erneut aneinanderpressten.

Schließlich aber machte ich mich von ihm los und warf meine Tasche über die Schulter.

Da lächelte er, obwohl seine Augen traurig glänzten.

»Du bist auf einer großen Reise, Panda. Hast du noch nicht gemerkt, dass du schon längst unterwegs bist?«

Er brachte mich bis zum Taxistand und wartete mit mir, bis ich endlich einen Wagen erwischte.

14. KAPITEL

Das Erdbeben hatte Nina verstört und erschreckt. Es war das erste wirklich starke Beben gewesen, das sie in Japan erlebt hatte.

»Das ganze Haus hat geschaukelt«, berichtete sie mir, noch nachträglich schaudernd. »Ich saß an meinem Schreibtisch, plötzlich glitt er zur Wand hin und das Bett rutschte auf die andere Seite. Und dann hörte ich dieses entsetzliche Dröhnen!« Der Schrecken saß ihr noch einen Tag später in den Knochen. »Jetzt stelle ich mir immer vor, dass so was mal passiert, wenn ich gerade in der Badewanne oder auf dem Klo bin. Oder ich muss an die denken, die gerade im Krankenhaus liegen und operiert werden oder auf dem Zahnarztstuhl sitzen!«

Ich lachte, aber Nina stand der Sinn nicht danach.

»Ich verstehe dich wirklich nicht!«, rief sie. »Gestern sind wir fast umgekommen und du lachst! Was soll ich eigentlich in dieser bescheuerten Stadt? Warum musste sich meine Mutter ausgerechnet in einen Japaner verknallen? Konnte sie sich keinen Deutschen nehmen wie andere auch?«

»Das musst du sie schon selber fragen«, sagte ich.

»Ich werde mich nie in einen Japaner verlieben«, grollte Nina. »Ich bin doch nicht bekloppt! Ich will nicht in einem Land leben, wo der Boden plötzlich wackelt und die Häuser zu tanzen beginnen.«

»Erdbeben hat es immer gegeben«, sagte ich. »Und jeden Augenblick kann es wieder losgehen.«

»Hör auf! Das ist ja grauenhaft!«

»Wir sind es gewohnt, mit diesem Gedanken zu leben«, erwiderte ich. »Eine Redensart sagt: Was uns nicht umbringt, macht uns stärker.«

»Deine Gemütsruhe möchte ich haben«, seufzte Nina. Ich zögerte und setzte hinzu: »Aber einstweilen brauchst du keine Angst zu haben. Es gibt Menschen, die spüren, wenn eines im Anzug ist.«

Sie zog irritiert die Schultern hoch. »Rede keinen Stuss!«

Ich schwieg. Es gab Dinge, über die man mit ihr nicht reden konnte. Doch sie sah elend aus mit ihrem fettigen Haar und den blauen Ringen unter den Augen. Sie tat mir leid und ich wollte sie ablenken.

Nach der Vorlesung sagte ich zu ihr: »Hast du Zeit? Komm, ich zeig' dir, wo ich wohne.«

Ich wusste, dass bei uns keiner zu Hause war. Mutter hatte sich mit einer Freundin in der Stadt verabredet und Vater war im Verlag.

Nina gefiel es bei uns. »Toll, ein Haus mit Garten. Und das mitten in Tokio. Ist dein Vater Millionär?«

Ich schüttelte den Kopf. »Vor fünfundzwanzig Jahren lagen hier noch Felder und Äcker. Aber die Bauern zogen lieber in die Stadt. Das Land war billig zu haben.«

Wir schlüpften aus unseren Schuhen. Ich führte Nina die Treppe hinauf in mein Zimmer.

Sie trampelte auf die Bodenmatte, bewegte ihre nackten, ungepflegten Zehen und ließ ihren Blick umherschweifen. »Nicht übel«, meinte sie. »Ich habe immer gedacht, so ein Zimmer kann kein Mensch gemütlich finden. Und wo platzierst du deinen Hintern, wenn du dich setzen willst? Auf den Boden?«

Ich zog zwei »Zabutun«, zwei große, flache Kissen aus blau-orange bedruckter Baumwolle hervor. Wir setzten uns und ich fragte:

»Mal abgesehen vom Erdbeben gestern, gefällt es dir eigentlich noch immer nicht in Japan?«

Sie brauste sofort auf. »Mir wird es nie gefallen! Niemals! Ich komme überhaupt nicht zurecht und blamiere mich am laufenden Band. Meine Mutter ist da ganz anders. Die sieht aufmerksam zu, wie es die Japaner machen, und darauf macht sie es perfekt nach und alle sind entzückt. Ich aber schieße dauernd Böcke.«

»Ich glaube kaum, dass dir die Menschen etwas nachtragen«, sagte ich beschwichtigend. »Die spüren doch deinen guten Willen.«

Sie saß im Schneidersitz und wippte mit ihrem Oberkörper ungeduldig hin und her.

»Darum geht es nicht. Mir ist scheißegal, was die anderen von mir denken. Mir geht es darum, was ich fühle. Und ich fühle mich miserabel in diesem Land.«

»Und dein Vater? Kann er dir nicht helfen?«

Sie lachte höhnisch auf. »Der hat anderes im Kopf! Er arbeitet bei Trans-Elektronik und schiebt sich nach oben, eine diskrete Ellbogenarbeit mit Barbesuchen, Überstunden und Golfspielen. Er hat ganz klar einen Chefsessel im Visier. Und meine Mutter unterstützt ihn dabei. Ich würde mich scheiden lassen.«

Ich hörte zu, teils belustigt, teils bekümmert. Ninas betont plumpes Auftreten, ihre abgehackte Sprechweise, die

Dreistigkeit, mit der sie ihre Unsicherheit zu vertuschen suchte, mussten viele Japaner befremden.

»Ich weiß genau, dass die Leute mich nicht mögen«, setzte sie bitter hinzu.

Ich lächelte. »Das stimmt nun wirklich nicht. Ich auf jeden Fall mag dich.«

»Warum, ist mir schleierhaft«, brummte Nina. »Vielleicht, weil du einen kanadischen Vater hast.«

»Er ist in Kanada geboren«, sagte ich. »Aber er ist Japaner.«

»Kennst du deine Großeltern von drüben?«

Ich schüttelte den Kopf. »Nein, die sind schon lange tot.«

»Ich habe noch alle vier Großeltern«, sagte Nina. »Die aus Tokio sitzen da wie Besenstiele und lächeln die ganze Zeit, auch wenn ihnen etwas quer durch den Hals geht. Die in Deutschland haben einen Tick.«

»Wieso?«

»Ach, die reden nur vom Zweiten Weltkrieg. Sie haben damals alles verloren und mussten nach 1945 neu anfangen. Das spukt ihnen noch heute im Kopf herum. Jedes Mal, wenn wir da sind, geht es los mit den alten Geschichten. Und wenn ich ihnen sage, dass das nicht meine Probleme sind, dann reden sie von Giftmüll, von Tschernobyl, vom Ozonloch und vom Golfkrieg. Und das alles in einem Haus im Grünen, vollgestopft mit wertvollen Möbeln, und im Garten steht eine Hollywoodschaukel. Wie mich das nervt! Aber meine Großmutter sagt, wer den Krieg einmal erlebt habe, lebe in ständiger Angst, dass wieder einer losgehe.«

»Mein Vater redet ganz ähnlich. Doch irgendwie kann

ich es verstehen; er wurde ja am sechsten August geboren, gerade an dem Tag, als die Atombombe auf Hiroshima fiel.«

Nina riss die Augen auf. »Ist das wahr?«

Ich nickte und fuhr fort: »Mein Vater sagt, der Krieg liege den Menschen im Blut. Aber er meint auch, einige seien inzwischen so weit, dass sie umschalten könnten, wenn Aggressionen sein müssten, dann sollten sie auf der wirtschaftlichen Ebene ausgetragen werden. Davon würden, wenigstens auf lange Sicht, alle profitieren. Aber die meisten würden ihre Probleme noch immer mit Panzern und Raketen lösen. Außerdem scheint Krieg die Wirtschaft anzuheizen. Gäbe es keine Kriege mehr, lägen ganze Industriezweige lahm.

Nina hörte auf, ihren Kaugummi zu mahlen. »Kurz gesagt, wir haben Glück, dass wir dort leben, wo zufällig kein Krieg stattfindet! Und die, die an einem Ort mit Krieg leben, haben einfach Pech gehabt.«

»Ich glaube immerhin, dass wir besser werden«, sagte ich. »Vernünftiger. Zivilisierter. Aber nur ganz allmählich. Und nicht alle zur gleichen Zeit, das ist ja das Schlimme. Aber damit müssen wir uns abfinden.«

»Du bist ganz schön abgeklärt«, sagte Nina. »Hast du keine Angst?«

»Klar habe ich Angst. Du etwa nicht?«

Nina kratzte an ihren Nagelhäutchen. »Ich ... ich habe ganz schreckliche Angst vor dem Tod.« Ihre Stimme klang plötzlich rau und dumpf. »Kurz bevor ich nach Japan kam, wurde ein Mädchen aus unserer Klasse überfahren. Von einem Tag auf den anderen war sie weg – ihr Stuhl blieb leer. Ich starrte dauernd hin und dachte, das darf nicht wahr sein, gleich geht die Tür auf und sie ist da. Aber sie kam nicht ...«, Nina schluckte; das Weiß ihrer Augen war mit einem Mal rötlich angelaufen. »Die ganze Klasse war bei der Beisetzung anwesend. Alle heulten, sogar der Lehrer. Und mir wurde klar, dass es ebenso mich hätte treffen können. Dann würden die Schüler im Klassenzimmer sitzen und Deutsch und Mathe lernen. Nur ich wäre nicht da. Und schon bald würde keiner mehr von mir reden.«

»Aber wir leben weiter«, sagte ich. »Nur anders und anderswo.«

»Meinst du damit Himmel und Hölle und ähnlichen Unsinn?«

Ich lächelte. »Ein japanischer Weiser aus dem 14. Jahrhundert, der zugleich ein Feldherr war, hat gesagt: ›Es lebt etwas im Menschen, das jenseits von Geburt und Tod besteht und weder im Wasser ertrinken noch im Feuer verbrennen kann.‹«

»Sprüche!«, sagte sie wegwerfend.

»Wer weiß das schon?«, rief ich lebhaft. »Vielleicht gibt es tatsächlich etwas in uns, das niemals stirbt. Wenn ich Physikerin bin, will ich mich mit diesen Fragen befassen. Das interessiert mich zutiefst.«

»Genau wie Einstein«, brummte Nina.

Ich lachte.

Nina drehte sich auf die Seite und schob das Kissen vor ihren Bauch. »Eigentlich komisch, dass wir über solche Sachen reden. Die meisten Menschen gehen diesem Thema aus dem Weg. Sie sagen, bei diesen Gesprächen käme ja doch nichts heraus.« Sie schwieg und schaute mich an. Plötzlich schüttelte sie den Kopf. »Warum bist du immer so ruhig, während ich mich über Blödsinn aufrege? Das muss einen Grund haben.«

Ruhig? Ich? Wie kam sie nur darauf? Ich selbst empfand mich als Nervenbündel. Doch zu meiner eigenen Verblüffung hörte ich mich sagen: »Das habe ich von meinem Vater. Er hat seltsame Dinge erlebt.«

»Was zum Beispiel?«

»Nun, erst vor einigen Tagen hat er mir erzählt, dass er sich, als er klein gewesen war, auf den Boden gelegt und gehört habe, wie sich die Erde drehe.« Kaum hatte ich das gesagt, da bereute ich es schon.

Doch sie hörte auf, an ihren Nägeln zu kauen und starrte mich an. »Hast du das auch schon versucht?«

Ich wich ihrem Blick aus. »Noch nicht.«

»Wir reden darüber, wenn du es ausprobiert hast!«

»Mein Vater sagt, seine Mutter habe es auch gehört«, rechtfertigte ich mich mit einem gewissen Trotz in der Stimme.

Nina hob die Schultern. »Wie soll sie es dir beweisen, wenn sie nicht mehr lebt? Woher stammte sie eigentlich? Auch aus Kanada?«

Ihre Frage klang seltsam in mir. Plötzlich überlief mich eine Gänsehaut. »Ich ... ich weiß es nicht.«

Nina zog die Brauen hoch. »Wieso? Du musst doch wissen, woher deine Großmutter stammte!«

Ich wandte verlegen das Gesicht ab. »Meine Eltern reden nie über sie.«

Nina ließ sich davon nicht beeindrucken. »Quatsch! Da steckt irgendein spießiger Familienkrach dahinter. Wenn du ihn endlich erfährst, wirst du dich schieflachen.«

Ich wollte gerade sagen, dass mir nicht zum Lachen sei, als die Haustür aufging. Nina sah mich fragend an.

Ich sprang auf. »Das ist sicher mein Vater!«

Ich lief aus dem Zimmer, beugte mich über das Treppengeländer und rief: »Wir haben Besuch!«

Nina stand schwerfällig auf und stapfte hinter mir die Treppe herunter.

»Das ist Nina«, stellte ich sie vor.

»Jun hat viel von Ihnen erzählt«, sagte mein Vater. »Sie kommen aus Deutschland, nicht wahr?«

»Ja, aus Schwäbisch Hall. Schon davon gehört?«, setzte sie unhöflich hinzu.

Mein Vater lächelte freundlich. »Ach, das Städtchen mit den schönen Giebelhäusern. War das früher nicht ein bekannter Ort der Salzsieder?«

Nina fiel die Kinnlade herunter. »Unglaublich«, stammelte sie fassungslos. »Die Japaner wissen fast alles über Deutschland, während es noch Deutsche gibt, die Japan mit China in einen Topf schmeißen! Waren Sie schon oft in Deutschland?«, fragte sie meinen Vater, der ihre Dreistigkeit belustigt zur Kenntnis nahm.

»Aber sicher. Ich war ein paarmal auf der Frankfurter Buchmesse und sah mir anschließend einige Städte an: Düsseldorf, München, Köln. Und Schwäbisch Hall.«

»Hat es Ihnen gefallen?«

»Ja, sehr. Vor allem das Kuchen- und Brunnenfest.«

»Mir gefällt es überhaupt nicht in Japan.« Vor Verlegenheit zeigte sich Nina von ihrer taktlosen Seite. »Ich fühle mich hier wie das Haar in der Suppe.«

»Hast du deinem Gast noch nichts angeboten?«, fragte mich mein Vater, halb lächelnd.

»Noch nicht, wir waren am Diskutieren.«
Zu Nina sagte er: »Trinken Sie lieber Schwarztee oder grünen Tee?«
»Schwarztee, natürlich! Grüner Tee schmeckt nach Spülwasser.«
Vater ging in die Küche und setzte Teewasser auf. »Haben wir noch etwas zu knabbern?«, rief er und öffnete eine Schranktür. »Ja, doch.« Er brachte eine kleine Schachtel und lächelte Nina an. »Diese kleinen Kuchen heißen ›Prinzessinnenkuchen‹. Ich glaube, die schmecken gut zu Schwarztee.«
Das Wasser brodelte. Mein Vater goss den Tee auf, während ich die Tassen holte, ein Milchkännchen füllte und die Zuckerdose brachte. Wir setzten uns zusammen an den Esstisch im Wohnzimmer. Ich schenkte den Tee ein und mein Vater sagte:
»Ich bin auch erst mit zwanzig nach Japan gekommen. Jun wird Ihnen sicher erzählt haben, dass ich aus Kanada stamme.«
Nina schüttete Zucker in ihren Tee und goss Milch dazu. »Hatten Sie auch Schwierigkeiten?«
»Eine ganze Menge.«
Nina sah ihn an. »Das höre ich gern.«
»Ich bin aber der Meinung«, fuhr mein Vater fort, »dass Menschen, die zwei Kulturkreise in sich tragen, Vorteile daraus ziehen können. Sie leben doppelt.«
»Ach, finden Sie?« Nina stellte ihre Tasse hin, dass es klirrte.
Mein Vater nickte gelassen. »Ich glaube, es war der englische Schriftsteller Rudyard Kipling, der den Gedanken verbreitete, Ost und West könnten niemals zusammen-

kommen. Diese Ansicht ist längst überholt. In Wirklichkeit besitzen solche Menschen den Schlüssel zu zwei sich ergänzenden Welten.« Er betrachtete Nina mit seinem ruhigen, offenen Blick. »Solange es aber diese Menschen zulassen, dass sich die beiden Kulturen in ihnen bekämpfen, bleiben sie gespalten. Das kann zu Feindseligkeit führen, ja zum offenen Hass gegen das, was sie am meisten lieben. Gelingt es ihnen hingegen, diesen Zwiespalt zu überwinden, werden sie reich beschenkt; sie tragen in sich die Ansätze zu einer neuen Denkform, den Grundstein zu einer weltumspannenden Zivilisation.«

Ich merkte, dass Vater aus eigener Erfahrung sprach. Umso mehr bestürzte mich Ninas rücksichtsloser Widerspruch.

»Das hört sich zwar großartig an. Aber ich liege im Clinch mit meiner japanischen Seite. Bei uns in Deutschland funktioniert alles ruck, zuck. Man kann sich darauf verlassen, wie die Dinge laufen. Hier geht es ständig um Einzelheiten, um Wahrnehmungen, um Details. Wie mich das nervt! Hier muss ich immer überlegen, was ich jetzt schon wieder falsch machen könnte. Stehe ich richtig, sitze ich richtig, esse ich richtig? Warum muss ich den einen so und den anderen so begrüßen? Warum regen sie sich auf, wenn ich dringend muss und vergesse, in die vor der Tür stehenden Klopantoffeln zu schlüpfen? Warum macht man ein Drama daraus, wenn ich ein einziges Haar im Waschbecken lasse? Warum schimpft meine Mutter, wenn ich zu laut rede? Ich habe nun mal eine laute Stimme. Warum kann ich nicht offen sagen, das ist schlecht oder das passt mir nicht oder das schmeckt mir nicht? Immer muss ich alles durch die Blume sagen, immer auf den Nachbarn Rücksicht nehmen. Die kleinsten Dinge sind voller Tücken.« Nina schnaufte. Ich wollte eben etwas erwidern, als sie auch schon mit dem Finger auf den Tisch deutete.

»Da, dieser Kuchen zum Beispiel«, fuhr sie fort, »der schmeckt wirklich gut. Aber zuerst muss man das Bändchen, das um das rote Papier gewickelt ist, aufknüpfen, dann darf man das weiße Papier, das darunter zum Vorschein kommt, nicht zusammenknüllen, sondern sollte es zusammenfalten. Und den Kuchen, den darf ich nicht einfach so in den Mund stecken, sondern muss ihn umständlich mit dieser verflixten Minigabel zerteilen. Und wenn ich ein zweites Stück will, muss ich Nein danke sagen, sonst meinen die Japaner, ich sei schlecht erzogen und gefräßig.«

Mein Vater lachte herzlich. »Nehmen Sie ein zweites Stück und auch ein drittes, wenn Ihnen der Kuchen schmeckt. Das Papier dürfen Sie ruhig zusammenknüllen. Und hören Sie auf, sich das Leben schwer zu machen. Bewahren Sie Ihre Unbefangenheit. Allmählich wird Ihnen alles logisch und klar vorkommen. Fremdes Denken annehmen bedeutet nicht nur sich seiner Umgebung anzupassen, sondern ebenso sich selbst treu zu bleiben. Und eines Tages werden Sie das befreiende Gefühl erleben, dass beide Kulturen gemeinsam in Ihrem Herzen keimen und wachsen ...«

Er schwieg und ich streifte Nina mit einem Blick. Sie sah plötzlich nicht mehr schnippisch, sondern befangen aus. Ihre Augen flackerten und ihre Wangen glühten, sie war beinahe hübsch.

Doch im gleichen Moment brach ihre Verlegenheit

durch, die sie – wie gewohnt – hinter einer Herausforderung zu verstecken suchte. »Alles schön und gut, aber ich habe wenig Sinn für Gedankenflüge. Sorry, ich stehe auf dem Erdboden!« Und der Aufforderung meines Vaters folgend, streckte sie die Hand nach einem »Prinzessinnenkuchen« aus, riss das Papier ungeniert auf und schob sich die Süßigkeit in den Mund.

Ihre dreiste Art schien meinen Vater nicht im Geringsten zu beeindrucken. Er zog beiläufig seine Brieftasche hervor und brachte zwei Karten zum Vorschein.

»Mir wurden Karten für die No-Aufführung von morgen Abend angeboten. Ich weiß, dass Jun gerne hingeht. Hätten Sie auch Lust?«

Nina sah uninteressiert hoch. »No? Ist das nicht eine Art Theater?«

Mein Vater nickte. »Ja, ein über siebenhundert Jahre altes Tanzspiel.«

»Langweilig oder nicht?«, fragte Nina.

Mein Vater schmunzelte. »Manchen Ausländern gefällt es ... Andere schlafen dabei ein!«

»Ach so.« Nina schenkte meinem Vater eines ihrer seltenen Lächeln. »Vielen Dank, ich sehe mir das gerne mal an. Jun kneift mich schon, wenn ich zu laut schnarche.«

Die Haustür ging auf. Mutter, im rosa Chanel-Kostüm und Rüschenbluse, ließ ihre schwarzen Lackschuhe von den Füßen gleiten und trat ins Zimmer. Nina erhob sich, um sie zu begrüßen.

Mutter erwiderte ihren Gruß distanziert. Sie konnte ihre Überraschung nicht verbergen, dass das stämmige, braun gelockte Mädchen sie in fließendem Japanisch angesprochen hatte. »Sie sprechen ja ausgezeichnet Japanisch.«

Nina grinste. »Danke für das Lob.« Sie stand dicht vor meiner Mutter, überragte sie um Haupteslänge und tanzte in ihrer ungeschickten Art von einem Fuß auf den anderen, als müsste sie dringend aufs Klo.

Das Auftauchen meiner Mutter hatte die entspannte Stimmung zwischen uns schlagartig wieder verkrampft. Die Fragen, die sie Nina stellte, zielten darauf ab, Nina einschätzen zu können. Und ich wusste genau, was Mutter dachte: Woher kommt dieses Mädchen? Ist sie aus guten Verhältnissen? Scheinbar doch, sonst würde sie nicht in Aoyama wohnen, bei den Mietpreisen dort! Ach so, ihr Vater arbeitet bei Trans-Elektronik. Wurde kürzlich nach Japan befördert. Muss also in gehobener Stellung sein. Aber warum lässt er seine Tochter mit schmutzigen Fingernägeln herumlaufen? Sie kleidet sich schäbig, hat keine Manieren und eine Haltung wie ein Straßenarbeiter. Und ihr unhöflich starrender Blick, einfach schrecklich! Wie kommt Jun nur dazu, mit ihr zu verkehren?

Meine Mutter stellte ihre Fragen; lächelnd, doch ich sah, dass nur ihre Lippen lächelten. Mein Vater schwieg. Der Blick, mit dem er Nina betrachtete, war verständnisvoll und warm. Er schien die Sympathie zu teilen, die ich für sie empfand. Ich spürte deutlich das Bedürfnis, dieses vorlaute, groß gewachsene Mädchen zu beschützen. Ohne es mir erklären zu können, hatte ich das Gefühl, dass ich die Ältere, die Führende war. Ja, sie brauchte mich. Eben schaute sie mich hilflos mit ihren grünen Augen an.

Ich verstand sofort. »Du, Nina! Wolltest du nicht um sechs auf den Expresszug?«

»Doch!«, rief Nina. »Wie spät ist es? Ach, du Schreck, schon zehn vor. Dann muss ich aber rasen.«

»Ich begleite dich«, sagte ich.

Nina verabschiedete sich hastig, schlüpfte unter Verrenkungen in ihre dreckigen Turnschuhe, die mit ihrem leichten Schweißgeruch ausgerechnet neben den hocheleganten Pumps meiner Mutter standen.

Nachdem es einige Stunden schön gewesen war, zogen draußen wieder dunkle Wolken auf. Nina hatte wie üblich keinen Schirm bei sich. Ich wollte ihr einen leihen, doch sie schüttelte den Kopf.

»Bloß keinen Regenschirm! Sieht doch spießig aus.«

»Na ja, wenn du lieber nass wirst.«

Wir liefen durch den Garten, dann die Straße entlang.

»Dein Vater ist ein toller Typ!«, rief Nina mir zu. »Mensch, sieht der gut aus!«

Ich fühlte meine Wangen heiß werden. »Das kann ich schlecht beurteilen.«

Nina plapperte weiter. »Mit dem kann man reden, das spürt man sofort. Aber deine Mutter! Stellt die immer solche Fragen?«

Ich lachte ein wenig verlegen. »Ach, das machen doch alle Mütter.«

»Sag mal, kommst du mit ihr aus?«

»Ich habe keine Probleme«, sagte ich ausweichend.

»Kunststück«, brummte Nina. »Du kommst mit jedem gut aus.«

Wir verabschiedeten uns vor der Bahnhofstreppe. Ich sagte Nina, dass wir morgen gleich nach der Vorlesung ins Theater gehen würden. Die Aufführung fand immer am späten Nachmittag statt.

Nina nickte. »Unter uns gesagt, ein Rock-Konzert wäre mir lieber gewesen! Ich gehe nur hin, weil dein Vater so unverschämt nett ist!« Sie grinste und winkte mir zu, bevor sie zwei Stufen auf einmal nehmend hinaufhastete und bald in der Menge verschwand.

Sie ist immer in Verteidigungsstellung, dachte ich. Warum verbirgt sie ihre Gefühle, geizt mit ihrem Lächeln und zeigt sich nicht so, wie sie eigentlich ist: empfindsam, liebenswert und anmutig?

15. KAPITEL

Auf dem Heimweg vom Bahnhof regnete es bereits. Meine Mutter hatte gerade Zeit gehabt, die Wäsche ins Haus zu bringen, als die ersten Regentropfen an die Fenstertüren schlugen und sich die Äste im Garten unter Knirschen und Krachen bogen. Außer Atem zog ich die Schuhe aus. Mein T-Shirt war vollkommen durchnässt. Ich lief nach oben in mein Zimmer. Während ich ein frisches T-Shirt anzog und mein Haar trockenrieb, hörte ich, wie mein Vater in seinem Arbeitszimmer eine Telefonnummer wählte. Ich lief auf bloßen Füßen nach unten und brachte das Teegeschirr in die Küche.

Nach einer Weile kam mein Vater. Er öffnete den Eisschrank und nahm sich ein Bier. »Noch immer keine Antwort«, sagte er niedergeschlagen.

»Ist Onkel Robin nicht da?«, fragte ich.

»Ich habe mindestens zehnmal versucht ihn zu erreichen, sogar in der Nacht. Er müsste doch zu Hause sein.«

Meine Mutter hängte ein frisches Küchenhandtuch auf. »Vielleicht ist Mayumi aus dem Krankenhaus entlassen worden und sie sind zur Kur gefahren.«

Mein Vater öffnete die Bierflasche. »Dann hätte sie mich sicher vorher angerufen. Sie kann sich ja vorstellen, dass ich mir Sorgen mache. Wenn ich nur wüsste, in welchem Krankenhaus sie liegt! Ich versteh nicht, warum Robin es nicht für nötig hielt, mir das mitzuteilen.«

»Könntest du nicht Tante Chiyo anrufen?«, schlug ich vor. »Die weiß doch sicher Bescheid.«

Keiner von beiden antwortete. Meine Mutter schaltete den Reiskocher an. Mein Vater goss Bier in ein Glas und ging ins Wohnzimmer. Ich sah ihn vor der halb offenen Terrassentür stehen und das Glas an die Lippen heben. Stumm trat ich neben ihn. Der Regen rauschte stark; wir hörten das Prasseln in der Traufe. Schließlich brach mein Vater mit einem Seufzer das Schweigen. »Der Regen tut den Pflanzen gut.«

Ich holte tief Luft. »Bist du auf Tante Chiyo böse?«

Er schien in die Betrachtung des Regens versunken. Es dauerte eine ganze Weile, bis er sagte: »Mit der Zeit lernt man vergessen. Nein, ich bin ihr nicht mehr böse. Aber wir stehen auch nicht in Verbindung.«

»Wieso nicht? Sie gehört doch zur Familie?« Kaum war mir die Frage entschlüpft, da biss ich mir auch schon auf die Lippen. Es fehlte nicht viel und ich hätte Nina nachgeäfft, ihren Tonfall inbegriffen.

Doch mein Vater überging meine Dreistigkeit mit einem kurzen, spöttischen Auflachen. »Offen gesagt, ich bin es, der in Ungnade gefallen ist!«

»Du?« Ich starrte ihn an. Ich konnte mir einfach nicht vorstellen, dass Vater je etwas Unredliches getan hätte. Er sah meine Betroffenheit; der ironische Ausdruck verschwand aus seinem Gesicht. »Es ist eine traurige Geschichte. Weder deine Mutter noch ich sprechen gerne darüber.«

Ein Luftzug streifte mein Gesicht. Regentropfen sprühten auf die Bodenmatte.

Ich musste all meine Willenskraft aufbieten, um ruhig

zu bleiben. »Ich weiß schon, dass ihr mir manches nicht sagt.«

Er versuchte nicht einmal dies zu leugnen. Daran merkte ich, wie verwirrt er war.

»Das sind alte Geschichten«, meinte er. »Vielleicht sollten wir mal darüber reden. Später. Augenblicklich bin ich nicht in der Verfassung dazu ... Robin muss doch irgendwo zu erreichen sein. Morgen setze ich ein Telegramm auf. Die Post wird ihm sicherlich nachgeschickt.« Er hatte schnell und leise gesprochen; seine Hand, die das Glas hielt, zitterte.

Ich jedoch hatte kaum zugehört. Ich dachte daran, wie wenig ich über ihn und meine Familie wusste. Was mochte damals geschehen sein? Warum hatte er solche Angst, mir die Wahrheit zu sagen? Und meine Mutter, wusste sie Bescheid? Ja natürlich, dachte ich bitter, sie ist es ja, die nicht will, dass er redet. Aber weshalb nur? Mein Herz pochte laut.

Wie aus einem inneren Zwang heraus hörte ich mich fragen: »Meine Großmutter ... Wie hieß sie eigentlich?«

Er wandte mir das Gesicht zu; sein Haar folgte geschmeidig der Wendung seines Kopfes. Unsere Blicke begegneten sich. Ich sah den Schatten des Schmerzes, der seine Augen verdunkelte. Meine Frage hatte ihn unvorbereitet getroffen, ihm keine Zeit gelassen, eine Ausrede zu suchen.

»Ihr Name war ziemlich ungewöhnlich«, sagte er kehlig, und mir war, als würde ein anderer sprechen. »Sie hieß ...«

» ... Norio!«

Die Stimme meiner Mutter ließ uns beide zusammenfahren. Der Regen schlug an die Scheiben und wir hatten sie nicht kommen hören. Kaum etwas in ihrem Ausdruck und ihrer Haltung hatte sich verändert und doch war eine ungeheure Erregung aus jedem Atemzug zu spüren.

»Warum schließt du nicht die Tür? Es wird kalt und es regnet ins Zimmer.« Ihre ruhige Stimme strafte den Zorn in ihren Augen Lüge.

Benommen starrte ich sie an: Sie hatte eine Schürze umgebunden und hielt eine Salatschüssel in der Hand.

»Was?«, murmelte mein Vater, unsanft aus seinen Gedanken gerissen. »Oh, es tut mir leid.« Er zog die Schiebetür zu. Sein Gesicht war steinern geworden. »Ich sollte noch in ein Manuskript hineinlesen.« Er stellte sein Glas auf den Tisch und ging die Treppe hoch.

Ich blickte ihm verstört nach, dann erst sah ich zu meiner Mutter hin. Ihr Atem ging wesentlich ruhiger. Ich hatte den Eindruck, dass ihr ein Stein vom Herzen gefallen war.

»Ich ...«, begann ich.

Sie fiel mir ins Wort. » ... du solltest deinen Vater nicht mit Fragen belästigen. Ein Mitarbeiter hat gekündigt und er hat sonst schon genügend am Hals.«

Ich hob trotzig das Kinn. Der Schweiß brach mir aus; ich hatte es satt, immer nur höflich zu sein. »Ich wollte endlich mal wissen, wie meine Großmutter hieß!«

Ein leichtes Beben durchlief ihre Wangen, doch sie hielt meinem Blick stand. »Warum benutzt du zur Abwechslung nicht einmal deinen eigenen Kopf? Dein Vater hat wegen Mayumi Sorgen genug.«

Ich spürte, wie ich innerlich vor Wut zitterte. Aber ich

beherrschte mich. »Es tut mir leid«, flüsterte ich, wie sie es von mir erwartete.

Sie nickte frostig, wandte sich ab und stellte die Salatschüssel auf den Tisch. Immer noch zitternd, ging ich in mein Zimmer, schloss leise die Tür und setzte mich vor meinen Laptop. Ich hörte Mutter in der Küche mit Töpfen klappern. Sie schlug die Schranktüren zu, riss die Schubladen auf – ein Zeichen, dass sie noch aufgewühlter war als ich. Ich habe sie zur Weißglut gebracht, dachte ich voller Genugtuung.

Der Platzregen hatte sich in eine feine graue Nebelwand verwandelt. Meine Haut klebte und mir war heiß. Ich schob das Fenster auf. Durch das Mückengitter strömte der Duft der nassen Erde in mein Zimmer. Der eingeschaltete Laptop surrte leise, doch mein Geist war weit weg bei meiner namenlosen Großmutter. Wer mochte sie gewesen sein? Woher kam sie? Ich wusste, mein Vater war nahe daran gewesen, mir etwas Wesentliches mitzuteilen. Er war immer vernünftig und gelassen gewesen; noch nie hatte ich ihn aus der Haut fahren sehen – ja, mir wäre nicht einmal der Gedanke gekommen, dass so etwas bei ihm möglich wäre. Aber heute ... Mein Puls klopfte vor Aufregung. Wie sollte ich nur in Ruhe lernen? Ich schaltete den Laptop aus und begann ziellos in einer Illustrierten zu blättern. Ich halte es nicht mehr aus, dachte ich dabei. Sobald ich mit meinem Vater alleine bin, werde ich mit ihm reden. Ich will jetzt endlich die Wahrheit wissen! Egal, was ich zu hören bekomme.

Das Essen verlief in gedrückter Stimmung. Mein Vater sagte kaum ein Wort und blickte in die Zeitung. Meine Mutter zeigte Unergründlichkeit, hob ihre Stäbchen mechanisch von der Schüssel zum Mund und sah sich die Nachrichten im Fernsehen an. Nach dem Essen half ich meiner Mutter den Tisch abzuräumen und verdrückte mich in mein Zimmer.

Ich arbeitete bis zehn, dann nahm ich ein Bad. Meine Mutter las im Wohnzimmer die Zeitung. Ich wünschte ihr im Vorbeigehen Gute Nacht. Im Zimmer breitete ich meine Futons auf dem Boden aus. Schlafen wollte ich noch nicht – nur nachdenken.

Ich fühlte, es war ein schlechtes Zeichen, dass Onkel Robin uns keine Nachricht schickte. Wo er nur stecken mochte? Kein Wunder, dass mein Vater nervös war. Unruhig wälzte ich mich hin und her. Bleiches Nachtlicht fiel durch die Fenstertür. Draußen war Wind aufgekommen, die nassen Zweige strichen über die Dachziegel. Ich fühlte, wie schnell mein Zwerchfell arbeitete. Es überraschte mich, dass ich so hastig atmete. Ich kam mir wie in einem luftleeren Raum vor. Mein Gespräch mit Nina kam mir in den Sinn. Nina hatte Angst vor dem Tod. Was ich ihr gesagt hatte, stimmte nicht ganz. Auch ich fürchtete mich vor Schatten, vor unbestimmten, grausamen Dingen. Es war etwas da, mit dem ich nicht fertig wurde. Aber ich wusste nicht, was es war. Ich wusste nur, es hing mit meinem Vater zusammen. Wird Tante Mayumi sterben?, überlegte ich. Ein Schmerz drängte sich in meine Brust. Ich drehte mich auf die andere Seite und legte mich bequemer hin. Schlaf jetzt!, sagte ich mir. Schicksal ist Schicksal. Denk daran, dass manche Dinge unabänderlich sind.

Ich musste eingeschlafen sein, aber nur für kurze Zeit. Plötzlich schlug ich die Augen auf. Das Schleifen eines Astes an der Hauswand hatte mich geweckt. Ich sah, wie sich das Blattwerk vor dem milchigen Fenster hin und her bewegte. Meine Eltern waren noch wach; im Wohnzimmer hörte ich den Fernseher und ein Lichtstrahl fiel durch die angelehnte Tür. Auf einmal wurde mir klar, dass ich die Stimmen meiner Eltern hörte. Ich warf einen Blick auf meinen Wecker. Halb eins! Warum waren sie noch nicht im Bett?

Ich zögerte nicht lange, mich plagten keine Gewissensbisse, als ich meine Daunendecke zurückschlug und mich leise aufrichtete. Ich trat so behutsam auf wie möglich, weil ich wusste, dass man unten jeden Schritt hören konnte. Vorsichtig schob ich die Tür auf und trat in den Gang. Auf Zehenspitzen schlich ich weiter, kauerte mich oben auf die Treppenstufen und lauschte. » ... außerdem ist es deine Schuld, wenn das Mädchen immer mehr Fragen stellt«, Mutter beendete gerade ihren Satz. »Du hast ihr eben Dinge erzählt, die sie neugierig machen.«

Mein Vater sprach besonnen wie immer. »Jun ist erwachsen, wir sollten ihr die Wahrheit sagen. Sie wird alles hören wollen, was geschehen ist, und zwar genauestens. Es ist besser, wenn sie es von uns und nicht von anderen erfährt.«

»Welchen anderen?« Die Stimme meiner Mutter hatte den schrillen Klang, der ihre Erregung verriet.

»Menschen, die sich erinnern«, sagte mein Vater.

»Glaubst du wirklich, dass Mayumi ...«

»Lass bitte Mayumi aus dem Spiel!« Die Stimme meines Vaters klang plötzlich hart. »Es ist unsere Aufgabe, dem Mädchen zu sagen, wie es war. Sie wird verstehen, dass meinem Vater keine Wahl blieb, dass es für ihn die einzige Möglichkeit war, seinen Stolz zu wahren ...«

»Seinen Stolz!« Meine Mutter zischte die Worte mehr, als dass sie sie sprach. »Es tut mir leid, Norio, aber ich teile deine Ansicht nicht. Sein Vorgehen ist nicht zu entschuldigen.«

»Ich gebe zu«, sagte mein Vater, »dass er den damaligen Sitten zuwiderhandelte. Ihm lag nichts an festgefahrenen Normen. Er war ein freier, mutiger Geist und seiner Zeit weit voraus.«

»Du bist sehr nachsichtig«, sagte meine Mutter mit bitterem Hohn. »Und was ist mit unserer Familienehre?«

Mein Vater schwieg einige Atemzüge lang. Ich hörte, wie das Blut in meinen Ohren sauste. Mein Herz raste; ich presste die Hand darauf, als müsste ich das heftige Pochen ersticken.

»Ich denke«, sagte mein Vater sehr langsam, »dass er sie zu wahren wusste.«

»Sein Pflichtbewusstsein hätte ihm den Weg weisen müssen!«, rief meine Mutter erregt.

Doch mein Vater ließ sich nicht aus der Ruhe bringen. »Und was hätte er deiner Meinung nach tun sollen? Sich der Schande der Internierung aussetzen? Oder hätte er sich sogar auf die Seite jener schlagen sollen, die seine Rasse verachteten und bekämpften? Hör zu, Hanae … hör gut zu. Es gibt ein Gedicht aus dieser Zeit. Ich habe es auswendig gelernt, damals in Kanada, und ich habe es nicht mehr vergessen. Übersetzt lautet der Schluss:

Ich betete zu Gott,
der alle Seine Kinder liebt,
dass ich als Weißer geboren ward.

Er ließ einen Atemzug verstreichen und setzte mit der gleichen Ruhe hinzu: »Sollte mein Vater das vielleicht unterschreiben? Er – der Sohn eines Rittergeschlechtes aus Aizu-Wakamatsu?«

Ein Schweigen folgte. Dann sagte meine Mutter, nicht sehr laut: »Du weißt genau, Norio, dass es nicht darum geht.«

»Sondern?« Die Stimme meines Vaters hörte sich erschöpft an.

»Jun soll sich ihrer Herkunft nicht schämen müssen«, erwiderte sie so leise, dass ich ihre Worte kaum verstand.

Wieder schwiegen beide. Plötzlich wurde ein Stuhl zurückgeschoben.

»Es ist spät«, sagte mein Vater. »Wir sollten schlafen gehen.«

Ich sprang auf, rannte auf Zehenspitzen die Stufen hinauf. Ich lief in mein Zimmer, warf mich aufs Bett und drückte das Gesicht in mein Kissen. Ich atmete stoßweise, mein Herz hämmerte, dass es wehtat. Aus dem Erdgeschoss kamen die vertrauten abendlichen Geräusche: Meine Mutter löschte die elektrische Anlage und das Gas, mein Vater ging zur Haustür und schob die Sicherheitskette vor das Schloss. Dann begaben sich beide in ihr Zimmer.

Ich lag wach, zitternd, mit eiskalten Füßen und glühenden Wangen. Nur ganz langsam beruhigte sich mein Herz und ich begann nachzudenken. Ich wusste nicht, was wirklich geschehen war. Vater hatte mir zwar einige unwesentliche Dinge erzählt, alles Weitere aber konnte ich nur vermuten. Wir – die Hatta – waren eine alte Samurai-Familie. Unsere Geschichte war beladen mit Mythen, Symbolen und Erinnerungen, die unseren Stolz – den Stolz der japanischen Ritterkaste – in uns lebendig hielten. Doch damals in Kanada waren wir Einwanderer, Angehörige einer fremden Rasse und arm dazu. Sicher hatten die Verwandten die Vorurteile jener Zeit erlebt, hatten Misstrauen, Verachtung und hochmütiges Mitleid erdulden müssen. Und ein Mann vom Rang, von der Bildung und Kultur meines Großvaters hatte gewiss nicht um die Anerkennung engstirniger Unwissender gebettelt. Meine Phantasie schweifte ab, ich stellte ihn mir eigenwillig und unerschrocken vor. Ein Mann, der Überheblichkeit mit Verachtung beantwortet. Einer, der sein Leben nicht führen wollte, wie andere es von ihm erwarteten, sondern den Mut aufbrachte, sein eigenes Schicksal zu bestimmen. Und genau damit, so vermutete ich, musste er auf irgendeine Weise gegen die Ehre unserer traditionsbewussten Familie verstoßen haben.

Das waren die alten Geschichten, die Nina als »spießigen Familienkrach« bezeichnete. Was hatte ich damit zu tun? Warum wollte meine Mutter nicht, dass ich Einzelheiten erfahre? Warum lief ich Gefahr, mich meiner Herkunft zu schämen? Und plötzlich glaubte ich, die Antwort zu wissen: weil mein Vater ein uneheliches Kind war ...!

Viele Anzeichen wiesen darauf hin, denn unehelich geboren zu sein galt noch heute in vielen Familien als Makel. Das erklärte, warum keiner in unserer Familie meine Großmutter erwähnte und warum ich – immerhin ihre Enkelin – nicht einmal ihren Namen wusste. Ja, dachte ich bitter, so wird es wohl gewesen sein. Mein Großvater hatte ein Mädchen geliebt, das von seiner Familie nicht anerkannt worden war. Und weil eine Ehe ohne die

Zustimmung der Eltern danach ungültig war, wurde mein Vater unehelich geboren. Nach dem Tod ihres Bruders jedoch hatte Chiyo das Kind zu sich genommen und großgezogen. Und wenn mein Vater später die Verbindung zu ihr abgebrochen hatte, dann sicher nur deshalb, folgerte ich, weil sie ihn seiner Abstammung wegen trotz allem verachtete.

Ja, das erklärte vieles – aber nicht alles. Ich ahnte, dass noch mehr Gründe mitspielten. Mir war, als stünde ich vor einer Tür, die ich nicht zu öffnen vermochte, und gleichzeitig wusste ich, dass ich keine Ruhe finden würde, bevor ich nicht erfahren hatte, welches Geheimnis sich dahinter verbarg.

16. KAPITEL

Am nächsten Tag verließen Nina und ich den Hörsaal ziemlich hastig, um mit der U-Bahn zum Theater zu fahren. Die Aufführung begann um halb sechs und die Zeit drängte.

»Können wir früher aus dem Theater, wenn es langweilig wird?«, fragte Nina.

Ich sagte, dass keiner Anstoß nähme, wenn wir nach einer halben Stunde gehen würden. Die Höflichkeit würde nur verlangen eine Pause im Bühnenspiel abzuwarten, um die Zuschauer nicht zu stören.

Nina trug Jeans, ein ungebügeltes T-Shirt und ihre zerschlissene Parka, während meine Mutter darauf bestanden hatte, dass ich meinen Blazer anzog.

Bis zum Theater waren es von der U-Bahn-Station nur einige Minuten zu Fuß. Schon von weitem sahen wir die Menge der Zuschauer, die sich langsam durch ein großes Holzportal schob.

»Mensch!«, schimpfte Nina. »Überall dieses Gedränge! Hätten die Menschen nicht wenigstens heute zu Hause bleiben können?«

Ich erklärte ihr, dass die No-Aufführungen nur an genau festgelegten Tagen im Jahr stattfinden würden und der Andrang dementsprechend groß sei.

»Wir haben gute Plätze«, sagte ich. »Ganz vorne.«

Eingekeilt in die Menge, schoben wir uns durch eine

Gartenanlage. Im Schatten der hohen Kiefern blühten Azaleen. Ein Sandweg führte in Windungen auf einen großen, modernen Bau zu, dessen Architektur einem japanischen Heiligtum nachempfunden war. Durch eine Halle traten wir in einen Saal mit weich gepolsterten Sitzen. Hinter der schmucklosen Bühne aus hellem Holz hing das Rollbild einer knorrigen Kiefer. Unsere Plätze befanden sich in der zweitvordersten Reihe. Nina ließ sich in ihren Sessel plumpsen und wippte ein paarmal zufrieden auf und ab.

»Wenigstens gut gepolstert«, stellte sie fest. »Ich kann beim Schlafen sogar den Kopf anlehnen. Was bedeutet das Bild mit der Kiefer?«

»Das ist Yogumatsu«, flüsterte ich. »Die Kiefer, die die Schatten willkommen heißt.«

»Alles klar«, murmelte Nina in einem Ton, der genau das Gegenteil besagte.

Ich schwieg; in mir stieg langsam ein seltsames Gefühl hoch. Ich kannte es, denn ich hatte es schon früher erlebt. In diesem Zustand spürte ich die Materie, aus der die Dinge gemacht sind, auf eine andere Art – den Mattenboden unter meinen Füßen, den Geruch nach Holz, das gedämpfte, goldschimmernde Licht. Ich betrachtete die hereinströmenden Zuschauer und wartete, seltsam gespannt. Nina lag neben mir halb ausgestreckt im Sessel, wippte dauernd mit den Beinen und kaute an ihren Nägeln. Ihre Art, sich herumzuflegeln, ging mir auf die Nerven, aber ich schwieg. Ob sie da war oder nicht, war mir gleichgültig. Dann verringerte sich das Licht – es ging nicht aus, sondern blieb wie eine goldene Dämmerung, nur einige Töne dunkler, im Saal. Ich bemerkte, dass einige Zuschauer, vornehmlich ältere Menschen, eine Partitur in der Hand hielten, um dem Geschehen auf der Bühne zu folgen. Ich spürte, dass mein Körper immer weiter von mir wegrückte.

Die Musiker, vier ältere Männer, nahmen auf der Bühne Platz. Sie trugen schlichte, schwarzgraue Gewänder mit Flügelärmeln. Die drei ersten hatten kleine Handtrommeln, der vierte stimmte eine Flöte. Und plötzlich, herbeigerufen vom Herzschlag der Trommeln, gelockt vom Zirpen der Flöte, trat langsam und feierlich der Hauptdarsteller auf die Bühne, ein Reisender, auf seinen Wanderstab gestützt. Mir war, als käme das Wesen, das sich sehr gemessen auf der Bühne bewegte, nicht aus den Kulissen, sondern aus meinem eigenen Inneren. Der Reisende trug einen grauen Umhang und Gamaschen. Ein breitrandiger Strohhut verbarg sein Gesicht, sodass keiner erkennen konnte, ob er Mann oder Frau war.

Das Spiel begann.

Auf seiner Wanderung traten dem Wanderer zuerst einige jüngere, nachlässig gekleidete Männer entgegen. Mimik und Bewegungen wiesen sie als einfache Menschen aus, die ihr Leben unbeschwert lebten. Übermütig tanzend, warfen sie dem Reisenden einen Krug Reiswein zu. Als Nächstes traf der Wanderer einen Einsiedlermönch, der ihm die drei Orangen der Weisheit überreichte. Schließlich begegnete dem Reisenden ein reizendes Mädchen, das ihm einen Spiegel schenkte. Mit diesen fünf Gegenständen versehen, setzte der Reisende seine Wanderung fort und kam bald durch einen Wald. Da begegnete ihm ein Dämon in der Gestalt eines alten, um Almosen bittenden Mannes. Der Reisende reichte ihm den Krug mit Reiswein. Der Bettler trank gierig. Als er betrunken war, hielt ihm der Reisende den Spiegel vor, in dem der Dämon sein Gesicht erkannte. Da fiel die Hülle des alten Mannes von ihm ab; der Dämon zeigte sein wahres, Furcht erregendes Antlitz und tobte in ohnmächtiger Wut, schwang die Arme, wirbelte herum, bald sich niederkauernd, bald sich erhebend. Doch der Reisende wanderte gelassen weiter durch den Wald, den Wald, der unsere Seele darstellte, und achtete nicht auf die Sprünge und Drohgebärden des Dämons, der ihn eine Wegstrecke begleitete. Bald kam er an einen Tempel, wo er als Opfergaben die drei Orangen niederlegte. In diesem Moment erschien die Göttin.

Mir war, als würde in meiner Brust eine Woge anschwellen und steigen. Eine Gänsehaut jagte mir über den Rücken, während die Göttin, weißgolden und lieblich, langsam aus dem Helldunkel trat. Ihr Antlitz, eine weiße Maske, gehörte nicht in unsere Welt, sondern stellte das Gesicht der himmlischen Heiterkeit dar. Ihr Kopfputz, dutzende kleiner Goldplättchen, funkelte bei jeder Bewegung im Licht. Die langen Ärmel bewegten sich wie Flügel, ihre Füße, die in weißen Socken steckten, stampften auf der Bühne. Ich wusste von meinem Vater, dass unter dem Holzbühnenboden kleine Tonzylinder befestigt waren, die die Erschütterung des Tanzes tief unter die Erde leiteten, während die Musik das Echo bildete. Die Bühne selbst, in warmes Licht getaucht, schien eine Riesenmuschel zu sein, in deren Herzen sich die Gottheit langsam bewegte. Ihre Augen blitzten in unschuldiger Freude, ihre kirschroten Lippen lächelten, sie bewegte ihren goldenen Fächer, zeigte spielerisch ihre Macht. Sie war der Sonnenaufgang über dem Meer, der laue Wind über den Baumwipfeln, das Auf- und Abschwellen der Meereswogen – sie war das

Leben selbst. Die Trommeln vibrierten, die Flöte tönte voll und lockend wie der Brautruf der Kraniche.

Ich hörte mich atmen, spürte, wie das Blut immer schneller in meinen Adern kreiste. Mir war, als würde ich selbst unter die weiße Maske schlüpfen und mich mit dem goldenen Federkleid bedecken. Ich wurde zur Göttin! In mir lebte das Bewusstsein der Einheit mit allem, was ist. Der Himmel und die Schöpfung drehten ihre Reigen, der Tanz entsprang menschlicher Kunst und göttlichem Tun zugleich. Ich fühlte, wie unter meinen Füßen die Welt geboren wurde und die Erde erwachte. Und als die Göttin, nach zwei kurzen, stampfenden Bewegungen, den Schöpfungsakt vollendete und mit gleitenden Schritten die Bühne verließ, war mir, als würde ein Vogel seine Flügel spreizen, sich über die Gipfel erheben und der Dunkelheit entgegenfliegen, von ihrem letzten Schimmer begleitet.

Der Reisende, der während des Tanzes auf dem Boden gekauert hatte, erhob sich und folgte, auf seinen Stab gestützt, der Spur der Göttin.

Die Musikanten verzogen sich wie Schatten, während ich aus meiner Trance erwachte und einen Blick zu Nina warf. Ich hatte sie während des Spiels völlig vergessen. Da sah ich ihr Gesicht im Licht. Und ich sah, dass ihr Tränen über die Wangen liefen. Sie blickte mich an wie aus weiter Ferne. Ihre Augen blickten mich an und durch mich hindurch. Einige Atemzüge lang rührte sich keine von uns.

Ganz plötzlich kam Nina wieder zur Besinnung. Sie schluckte, strich ihr verklebtes Haar aus der Stirn und wischte sich die Augen. »Hast du zufällig ... ein Taschentuch?«

Ich wühlte in meinem Rucksack. Zum Glück war mein Taschentuch noch sauber.

Nina putzte sich geräuschvoll die Nase. »Ich ... ich bringe es dir morgen zurück.«

Ich nickte geistesabwesend. Die Menschen um uns erhoben sich und gingen aus dem Saal. Wir aber saßen da und starrten auf die leere Bühne. Über dem Rollbild der Kiefer schwebte noch immer die Aura des Geheimnisvollen. Die Göttin hatte uns verlassen, war eingetaucht ins Jenseits, ins Nichts, mit dem wir für eine kurze Zeitspanne verbunden gewesen waren. Wir schwiegen beide. Etwas hatte sich ereignet. Ich wusste nicht, was es war, und Nina schien es ebenso wenig bewusst zu sein. Als sie sprach, klang ihre Stimme seltsam rau:

»Findest du mich blöde?«

Ich schüttelte den Kopf. »Nein, überhaupt nicht.«

Ninas grüne Augen flackerten. Ihr Gesicht war rot und etwas aufgedunsen. »Ich weiß nicht, was los ist mit mir«, stieß sie hervor. »Auf einmal begreife ich Dinge, die mir früher schleierhaft waren.«

»Ja«, sagte ich sanft. »Ich verstehe ...«

»So? Ich nicht!«

Hinter uns räusperte sich der Platzanweiser leise. Alle Zuschauer waren schon draußen, nur wir saßen noch da. Ich murmelte eine Entschuldigung, und Nina warf ihm einen ungnädigen Blick zu.

»Schmeißt der uns raus?«

»Es scheint so.«

Wir standen auf und zwängten uns zwischen den Sitzreihen zum Ausgang. Der Platzanweiser verneigte sich, eine Putzfrau schlurfte durch die Halle.

Draußen hatte sich Wind aufgemacht. Die Bäume flüsterten, das Laub knisterte und rauschte und hinter den Zweigen tanzte das Lichtermeer der Stadt.

Nina holte tief Luft. »Sorry, dass ich geheult habe. Ich konnte nicht anders.« Sie fuhr sich mit der Zunge über die Lippen. »Sag, hast du es auch gespürt?«

Ich nickte stumm.

Sie blieb plötzlich stehen. Im Dunkeln war ihr Gesicht nur ein heller Fleck. »Jun ... ich weiß nicht, was los ist. Als ich meiner Mutter sagte, dass ich in eine No-Vorstellung gehe, hat sie mich ausgelacht. ›Das hältst du keine fünf Minuten durch‹, hat sie gesagt. Und jetzt ist alles ganz anders. Ich habe das noch nie erlebt! Wie ein Schlag in die Magengrube. Plötzlich ... plötzlich habe ich gemerkt, dass ich das ganze komplizierte Zeug ja verstehe, dass ich dazugehöre. Ich ... ich habe es vorher nie wahrhaben wollen, habe mich mit Händen und Füßen dagegen gewehrt.«

»Ich weiß«, hauchte ich.

Sie lachte und weinte gleichzeitig und putzte sich laut die Nase. »Wahrscheinlich komme ich dir total bescheuert vor, aber ich kann nichts dafür, dass ich heule! Ich bin total aus den Fugen. Jahrelang habe ich einen Teil von mir zurückgestoßen, gehasst, unterdrückt. Wie kann man nur so unterbelichtet sein!«

Über das Lichtermeer spannte sich der Nachthimmel. Ein korallenroter Schimmer hob die Umrisse der Hochhäuser hervor. Tokio schmückte sich für die Nacht, funkelte und strahlte, dröhnte und vibrierte. Wir schlenderten durch enge, belebte Gassen, an Imbissstuben, Cafés, Bierkneipen und Restaurants vorbei. Ninas Gang war aufrecht und beschwingt. Ihre Augen schweiften umher, neugierig, fasziniert. Sie machte sich alles zu Eigen, die Riesenlaternen, das farbige Spiel der Lichter; die blauen Vorhänge über den Schiebetüren der Gaststuben; die Vielfalt der Gerüche, der Ausrufe, der Musik; das leise, unaufdringliche Klingeln unzähliger Radfahrer. Zwei junge Frauen im Kimono – Schauspielerinnen oder Bardamen – traten aus der Dunkelheit wie grüngoldene, lebensgroße Puppen. Schulmädchen in marineblauer Uniform, ausgelassen und kichernd, warteten vor einer Kinokasse auf den Beginn des Films. Einige junge Angestellte, bereits etwas angetrunken, kamen aus einer Bar. Sie hatten ihre Jacken ausgezogen und die Krawatte gelockert. Lachend und lärmend gingen sie an uns vorbei.

Nina packte plötzlich meinen Ellbogen. »Hör mal …« flüsterte sie, »hör gut zu und mach dich jetzt bitte nicht lustig über mich. Ich habe das noch keinem Menschen gesagt. In Deutschland, da hatte ich ständig Angst.«

»Angst? Wovor?«

»Vor allem Möglichen. Vor den Menschen. Vor dem Leben, vor der Zukunft. Angst, wenn jemand etwas besser wusste als ich. Ich hatte Angst, abends durch die Straßen zu gehen, Angst, alleine zu Hause zu bleiben. Angst, dass meinen Eltern etwas passieren könnte, wenn sie mit dem Auto unterwegs waren. Ich hatte auch Angst vor den Jungen, Angst, mich zu verlieben. Geht dir das auch so? Hast du das auch schon erlebt?«

»Doch«, sagte ich leise. »Sehr oft sogar. Aber ich glaube, Angst hat jeder.«

Wie viele Dinge gibt es, dachte ich, die wir nicht wahrhaben wollen. Sie lauern hinter den verschlossenen Türen unseres Kopfes. Aber einige dieser Türen besitzen Schlösser. Die muss jeder Mensch suchen. Und ich wusste, Nina hatte an diesem Abend eine dieser Türen geöffnet.

»Erinnerst du dich noch, als wir uns kennen lernten?«, fuhr Nina fort. »Da hast du mich gefragt, warum ich die Menschen so anstarren würde. Ich dachte, so ein Quatsch, die soll nicht so empfindlich tun, ich kann glotzen, wie und wann es mir passt. Geh mal nach Europa, hab ich gedacht, und du wirst sehen, wie man dich anstarrt.«

»Ich weiß nicht«, sagte ich. »Ich kann das nicht beurteilen.«

»Aber ich«, ereiferte sich Nina. »Stell dir vor, in Tokio nähme keiner Rücksicht. Denk nur schon an diese vielen Millionen, die täglich mit der U-Bahn fahren! Würden die sich alle anstarren wie in Europa, wäre die Stimmung ständig aggressiv.« Sie lachte, gleichsam über sich selbst erstaunt, während Tränen in ihren Augen glitzerten. »Das alles ist mir klar geworden heute Abend, als diese Frau tanzte.«

»Die Göttin wird von einem Mann gespielt.«

Sie brach in nervöses Kichern aus. »Im Ernst …? Wieso?«

Sie sah mich erstaunt an.

Ich versuchte ihr das Ganze mit einfachen Worten zu erklären. »Du weißt, wir verehren die Sonnengöttin. Früher feierte man ihren Kult mit Tänzen, die nur Priesterinnen vorführen durften. Doch mit dem Aufkommen des Buddhismus im sechsten Jahrhundert verloren diese Priesterinnen ihre Macht und auf der Bühne wurden ihre Rollen von verkleideten Männern übernommen. Aber jeder Mensch trägt männliche und weibliche Züge in sich. Wirken beide Geschlechter im Gleichklang, verwischen sich die Grenzen zwischen Spiel und Leben, zwischen Einbildung und Wirklichkeit; die Göttin erscheint in ihrer wahren Gestalt.«

Nina nickte versonnen und wischte sich die Augen trocken. »Weißt du noch, gestern? Als dein Vater mir weismachen wollte, wie großartig es sein könnte, wenn man gleichzeitig Östliches und Westliches in sich vereine? Ich dachte, mich trifft der Schlag! Ich hatte richtig Mühe, höflich zu bleiben. Der Mann hat ja keine Ahnung, was ich durchmache, dachte ich. Es gab Tage, an denen ich richtig fertig war. Ich wusste nicht, wer ich war oder woran ich mich halten sollte. In Deutschland dachte man das eine, in Japan genau das Gegenteil! Sogar mit den Worten kam ich manchmal nicht mehr zurecht, oft fand ich einen Begriff weder in der einen noch in der anderen Sprache. Ich dachte dann, ich drehe durch, wenn ich nicht einmal ausdrücken kann, was ich sagen will. Jetzt weiß ich, dass ich das als gegeben annehmen muss. Man kann überall Brücken schlagen. Zwischen Asien und Europa, zwischen dem Uralten und dem ganz Neuen, zwischen Geist und Computer. In Japan weiß man das, in Deutschland noch nicht, das ist der Unterschied. Dein Vater hat Recht. Wenn man das einsieht, entsteht eine völlig neue Art zu denken. Dein Vater hat mir das beizubringen versucht, aber meine Ohren waren verstopft und dazu hatte ich ihn noch beleidigt.«

»So schlimm war es nicht«, meinte ich.

Sie beruhigte sich allmählich und holte tief Atem. »Sag mal, warum hat dein Vater uns die Karten eigentlich gegeben?«

Ich wurde nachdenklich. Ja, was hatte sich mein Vater

davon versprochen, Nina die Karte für eine No-Aufführung zu schenken? Warum war er so sicher gewesen, dass es wichtig für sie sei? Ich fragte mich, ob sich mein Vater das überhaupt so klar überlegt hatte oder ob Nina es bereits in sich spürte.

Nina sah plötzlich erschrocken aus. »Warum sagst du nichts? Findest du schon wieder, dass ich Blödsinn von mir gebe?«

Ich schüttelte den Kopf und lächelte. »Nein. Im Gegenteil!«

»Ich habe nun mal ein lockeres Mundwerk.«

»Das passt zu dir«, sagte ich.

Nina erwiderte mein Lächeln, wenn auch noch etwas befangen.

»Man muss sich selbst auslöschen, um geben zu können«, hatte Seiji gesagt. Sie war auf dem Weg zu sich selbst, zögernd noch und tastend, aber sie war auf dem Weg. Eines Tages, vielleicht schneller, als sie selbst glaubte, würden sich ihre inneren Widersprüche in Unbefangenheit verwandeln, ihre Zweifel in Gewissheit, ihre Schwächen in Stärken.

Wir kamen an hell erleuchteten Snackbars vorbei, an Imbissstuben und Restaurants. Es duftete nach gegrilltem Fleisch und gebratenem Fisch, nach Seetang, Gewürzen, Rettich und Spiritusgas. Die Wachsmodelle der Gerichte vor den Lokalen leuchteten bunt und verlockend. Menschen standen vor den Glaskästen, verglichen die Preise und trafen ihre Wahl. Das Wasser lief mir im Mund zusammen, und mir fiel etwas ein. »Übrigens«, sagte ich heiter, »mein Vater hat mir Geld gegeben und gesagt, ich solle dich einladen. Ich habe Hunger. Du auch?«

17. KAPITEL

Kurz vor zehn kam ich im Bahnhof von Seijo an. Ich lief die Treppe hinunter und überquerte die Straße. Nach Hause hatte ich etwa fünf Minuten zu gehen. Nur vereinzelt fuhren Wagen an mir vorbei, ich begegnete einigen Radfahrern und Frauen im Jogginganzug, die ihre Hunde spazieren führten. Die Nacht war schwarz und sehr klar. Die Sterne leuchteten am Himmel; süßer Blütenduft kam von den frisch geschnittenen Hecken.

Alles schien wie sonst zu sein, nichts hatte sich verändert. Aber aus irgendeinem Grund fühlte ich eine Unruhe in mir. Eine feuchte Brise streifte mein Gesicht und mir war, als würde ich eine Angst über mich hinwegwehen spüren, eine Angst, die keiner begreifen kann, bevor sie da ist. Meine Knie wurden weich. Unwillkürlich ging ich langsamer. Erst beim Gartentor vor unserem Haus fasste ich neuen Mut. In letzter Zeit waren so viele seltsame Dinge geschehen, dass ich nicht mehr wusste, was Vorahnung war und was Einbildung. Ich hatte zu wenig geschlafen, meine Nerven waren überreizt.

Ich ging durch den Garten, stieß die Haustür auf und rief das übliche »Taidama«.

»O-Kaerinasai«, tönte es zurück.

Ich schnürte meine Turnschuhe auf.

Meine Mutter kam aus dem Wohnzimmer. Sie hielt einen Brief in der Hand. »Für dich! Von Tante Mayumi!«

Kaum hatte sie das gesagt, wurden meine Ohren taub, als wären sie mit Watte gefüllt. Meine Knie gaben nach, ich musste mich setzen.

»Ein Einschreibebrief«, sagte meine Mutter. »Er kam kurz vor sechs.«

Ich zerrte an den Knoten meiner Schnürsenkel, ohne hinzusehen. Mein Gaumen war so kalt und trocken, dass ich kaum reden konnte. »Weiß ... weiß Papa Bescheid?«

Mutter schüttelte missmutig den Kopf. »Ich rief sofort im Verlag an, aber die Sekretärin sagte mir, er sei bereits weg. Er stelle einen neuen Mitarbeiter ein und sei mit ihm auswärts essen gegangen. Es wird sicher spät werden.«

Endlich waren meine Schnürsenkel gelöst. Zitternd stand ich auf und nahm den Brief. Es schien ein langer Brief zu sein, denn der Luftpostumschlag war sehr dick. Die Schrift, mit der meine Adresse auf den Umschlag geschrieben war, glich der von Tante Mayumi nur entfernt. Ich hatte sie als eine etwas kindliche Handschrift in Erinnerung. Jetzt kam sie mir eigentümlich verändert, unregelmäßig und fast zittrig vor.

Meine Mutter deutete auf den Absender. »Sie hat den Brief im Krankenhaus geschrieben. Und diese Schrift! Sie scheint sich noch nicht erholt zu haben.«

Ich schluckte, brachte aber keinen Ton über die Lippen. Ich wusste, dass da noch etwas anderes sein musste.

»Mir ist nicht klar, warum sie dir schreibt«, fuhr Mutter fort. »Einerlei, Norio wird ein Stein vom Herzen fallen. Hoffentlich geht es ihr besser.«

Sie wartete gespannt, dass ich den Brief öffnete und vorlas. Ich jedoch drehte, befingerte und wendete den

Umschlag. Ich konnte mich nicht entschließen ihn aufzureißen.

Endlich merkte sie, dass ich alleine sein wollte.

»Möchtest du Tee?«, fragte sie gereizt.

»Ja, gerne«, hauchte ich. »Ich ... ich komme gleich!«

Sie verschwand in der Küche, um Wasser aufzusetzen. Ich ging die Treppe hinauf in mein Zimmer, machte Licht und setzte mich an meinen Schreibtisch. Alles war still. Mein Herz schlug dumpf und hart an die Rippen. Warum schrieb Tante Mayumi ausgerechnet mir, wo mein Vater voller Besorgnis auf Post von ihr wartete? Bisher hatte sie mir lediglich Postkarten geschickt: Grüße aus den Ferien, Glückwünsche zum Geburtstag oder zum bestandenen Examen.

Ich fuhr mit der Zunge über die trockenen Lippen. Angst ergriff von mir Besitz und in diese Angst mischte sich Befangenheit und Kummer. Ich bemühte mich möglichst tief und langsam zu atmen, wie beim Bogenschießen vor dem Spannen der Sehne. Diese im Unterricht erworbene Konzentrationsübung half mir jetzt.

Als mein Atem gleichmäßig ging, nahm ich den Brieföffner und schlitzte den Umschlag auf.

Ich entnahm ein Dutzend Bogen, die mit einer engen Schrift vollgeschrieben waren. In einem kleineren Umschlag steckten, sorgfältig in Seidenpapier eingewickelt, einige alte Fotos. Ich legte sie auf die Seite, zuerst wollte ich den Brief lesen:

Liebe Jun-Chan,

wenn du diesen Brief liest, werde ich nicht mehr am Leben sein. Ich habe die Operation zu lange hinausgezögert und die Metastasen haben sich bereits über den ganzen

Körper verteilt. Doch ich erhalte wirksame Mittel und die Schmerzen sind erträglich.

Robin war ein paar Tage fort, aber er ist jetzt wieder bei mir. Seine Anwesenheit gibt mir Mut und Trost, aber es wird nicht mehr lange dauern. Er hat mir versprochen, die Urne mit meiner Asche nach Japan zu bringen; ich wünsche, in unserem Familiengrab beigesetzt zu werden und mit unseren ehrwürdigen Ahnen den ewigen Frieden zu teilen. Ich bin sehr schwach, Jun-Chan. Es wird wohl einige Tage dauern, bis ich den Brief fertig habe. Diktieren wollte ich ihn nicht, meine Handschrift soll als letztes Zeichen meiner Zuneigung zu dir sprechen.

Ich habe das Leben geliebt, auch wenn es mir nicht immer eine Sonnenseite zeigte. Es ist hart und bitter, von dieser Welt zu scheiden, aber ich hoffe, dass der barmherzige Buddha mein Ende erleichtern wird, wenn es Schmerztabletten nicht mehr vermögen.

Nun wirst du dich fragen, warum meine letzten klaren Gedanken dir gelten und nicht deinem Vater. Obwohl wir uns wenig sahen und kaum Gelegenheit zu vertrauten Gesprächen hatten, fühle ich, dass du mich verstehen wirst. Darum wisse, dass er eine traurige Kindheit hatte und dass ein Versagen auf ihm lastet. Er kann dieses Versagen teilweise wiedergutmachen. Die Bedingung allerdings ist, dass du ihm dabei hilfst.

Bisher vermochte Norio sein Geheimnis zu bewahren. Noch immer widersetzt sich das furchtsame Kind in ihm der Vernunft des Erwachsenen. Angst ist ein seltsames Gefühl, sie sitzt tief in unserem Inneren und hängt mit der Einbildung zusammen.

Mir selbst kommt rückblickend das, was uns widerfuhr,

so lächerlich, so sinnlos vor. Aber damals habe ich an die Familie gedacht, den Mund gehalten und mir eingeredet, dass alles so sein müsse, wie es war. Jetzt quält mich mein Gewissen. Dein Vater war das Opfer, ich jedoch die Mitschuldige.

Ich schwor meinem Bruder Noburo – deinem Großvater – das Geheimnis bis an mein Ende zu hüten. Doch heute sehe ich keinen Sinn mehr darin. Und ich bin überzeugt, dass er meine Ansicht teilen würde. Was Chiyo denkt, ist ihre Sache.

Damit du, Jun-Chan, verstehen kannst, was ich dir mitzuteilen habe, muss ich etwas weiter ausholen: Der Überfall auf Pearl Harbor 1941, mit dem sich unser kleines Inselreich der halben Welt entgegenstellte, war auch der Verzweiflungsakt eines Landes, das schon damals für sein Überleben auf den Export seiner Wirtschaftsgüter angewiesen war. Nach dem Angriff auf Pearl Harbor wurde die Lage für die eingewanderten Japaner in Kanada bedrohlich. Ein »Immediate Action Commitee« forderte, dass ab sofort alle Japaner – Männer, Frauen und Kinder – zu internieren seien. Als Grund wurde die potenzielle Gefahr genannt, die diese Japaner für Kanada darstellen konnten. In Zeitungsartikeln, auf Flugblättern und Plakaten wurde eine lange Liste angeblich geplanter Sabotageakte abgedruckt: Anschläge gegen Elektrizitätswerke, Bahnlinien, Trinkwasseranlagen. Man verdächtigte uns, geheime Waffenlager angelegt zu haben, Funk- und Radiostationen kontrollieren zu wollen. Es hieß, dass sich die Männer als Frauen verkleiden würden, um ihre Anschläge ungehindert durchführen zu können. Die Internierung der Japaner wurde sofort begonnen; alle japanischen Besitztümer wurden beschlagnahmt. Diese Maßnahme schloss die Nachkommen jener Japaner nicht aus, die bereits im Ersten Weltkrieg unter kanadischer Flagge gedient hatten. Ihre Familien befanden sich zwar schon seit mehr als fünfzig Jahren im Land, ihre Kinder waren in Kanada geboren worden. Doch es half alles nichts. Am härtesten traf uns die Tatsache, dass die Angehörigen europäischer Länder, wie Deutsche oder Österreicher, die ebenfalls ins Kriegsgeschehen verwickelt waren, von dieser Maßnahme verschont blieben; sie waren ja Weiße.

Meine Schwester Chiyo hatte sich schon vor Kriegsausbruch zum altjapanischen Nationalismus bekannt. Sie forderte Noburo auf, nach Japan zurückzukehren und sich den kaiserlichen Streitkräften zur Verfügung zu stellen. Doch Noburo war überzeugt, dass Japan mit dem Angriff auf Pearl Harbor die wirtschaftliche und technische Potenz der USA verhängnisvoll unterschätzt habe. Er vertrat die Ansicht, dass der Überfall verheerende Folgen haben würde. Im Übrigen empfand Noburo Krieg an sich als menschenunwürdig und er sagte das auch laut in einer Zeit, wo man solche Gedanken besser für sich behielt. Chiyo, zutiefst gekränkt, nannte ihren Bruder einen Verräter.

Ein Jahr vor Kriegsbeginn hatte Noburo sein Abschlussexamen als Hochbauingenieur bestanden. Er war in Kanada geboren. Kanada war seine Welt und doch nicht seine Heimat. Sein Stolz litt Qualen, wenn er trotz seiner Ausbildung keine Stelle fand, gewisse Restaurants nicht betreten durfte und im Kino in die hinterste Reihe verwiesen wurde. Noburo war kein Fatalist, sondern ein Mann mit der Gesinnung und den Idealen der heutigen Zeit. Zu seinem Unglück aber war er in eine Zeit geboren worden, die den Begriff »Menschenrechte« noch nicht erfunden hatte. Diese Rechte forderte er mit zunehmender Schärfe. Er konnte seinen Mund nicht halten und kam oft verprügelt und blutend nach Hause. Wir lebten in ständiger Angst, dass ihm etwas Ernstliches passierte. Nach Kriegsausbruch hielten viele Japaner der zweiten und dritten Generation ihrer Heimat Kanada die Treue, indem sie den kanadischen Streitkräften beitraten. Noburo verweigerte sich auch hier; den kollektiven Wahnsinn des Krieges wies er mit Abscheu zurück und sein Stolz ließ es nicht zu, um grundlegende Rechte zu betteln.

Nach dem Überfall auf Pearl Harbor herrschte in unserer Familie die größte Verwirrung. Wir saßen vor dem Radio, warteten beklommen auf die nächsten Nachrichten. Meine Eltern waren unfähig, das Geschehen in seinem ganzen Umfang zu durchschauen, Chiyo faselte von Selbstaufgabe und Kaisertreue. Ich, damals achtzehnjährig, wollte englische Literatur studieren, Freunde haben, fröhlich sein, tanzen gehen. Ich sah mein Leben verpfuscht und heulte in hilflosem Zorn.

Ich bin sehr schwach, Jun-Chan, aber das Wesentliche muss ich dir noch mitteilen. Einige Tage nach dem Überfall von Pearl Harbor, an einem kalten, regnerischen Dezemberabend, kam Noburo atemlos nach Hause: Er hatte in Erfahrung gebracht, dass unsere Verhaftung bevorstand. An eine Flucht war nicht zu denken. Meine Eltern hätten die Strapazen nicht überstanden. Und wohin hätten wir gehen sollen? Da geschah etwas Seltsames, noch heute weiß ich nicht, welche Eingebung über mich junges, unbeschwertes Geschöpf gekommen war. Ich eilte ins Wohnzimmer und riss eine Schublade des Geschirrschranks auf. Drinnen lag ein großes, längliches Paket aus Purpurseide, darin eingestickt das Wappen der Hatta. Es war das Masamune-Schwert, das wertvollste Erbstück unserer Familie. Ehrfürchtig hob ich die Kostbarkeit an meine Stirn und überreichte sie Noburo mit der schluchzend vorgetragenen Bitte, das Schwert vor unseren Feinden in Sicherheit zu bringen. Mein Bruder zögerte nicht, denn jede Minute zählte. In aller Eile befreite er das Schwert aus seiner seidenen Hülle. Die Scheide war schlicht gearbeitet, denn die Waffe stammte aus einer Zeit, in der das Wort galt: »Eine prächtig verzierte Scheide verrät eine stumpfe Klinge.« Mein Bruder wickelte das Schwert in unauffälliges Packpackier und schnürte das Bündel mit Bindfaden zu. Eine letzte Umarmung: Schon stürzte er davon. Kaum war er fort, wurde das Haus von der kanadischen Militärpolizei umzingelt, geplündert und versiegelt. In der gleichen Nacht brachte uns ein Lastwagen in ein Lager, wo wir bis Kriegsende blieben.

Erst viel später erfuhren wir – und auch das nur bruchstückweise –, wie Noburo die Flucht gelungen war: Eine Zeit lang hatte er sich bei Freunden verborgen gehalten, doch kaum war der Winter vorbei, machte er sich auf den Weg ins Innere des Landes, hoffend, als Asiate weniger Argwohn zu begegnen. Er gab sich als Chinese aus, verrichtete Gelegenheitsarbeiten, um sich das Nötigste zu beschaffen. In monatelanger Wanderung erreichte er die Gegend von Südalberta. Die vielen Entbehrungen aber und das ungewohnt harte Leben hatten seine Gesundheit geschädigt. Er erkrankte an Tuberkulose. Einen Arzt aufzusuchen kam für ihn nicht in Frage. Eines Abends brach er mit hohem Fieber am Straßenrand zusammen. Kurz darauf hielt ein Wagen neben ihm. Indianische Holzfäller, die nach Arbeitsschluss in ihr Reservat zurückkehrten, hatten ihn für einen der ihren gehalten. Diese Indianer, vom Stamm der Blackfeet Peagan, nahmen Noburo bei sich auf. Mein Bruder verbrachte acht Jahre bei ihnen. Er lernte ihre Sprache, ihre Bräuche, feierte ihre Feste, teilte ihr Glück und ihr Unglück. Keiner behandelte ihn jemals als einen Fremden. Da er geschickt mit Holz umzugehen wusste, verdiente er sich als Zimmermann sein Geld.

Als der Krieg zu Ende war, wurden wir aus dem Lager entlassen und kehrten nach Vancouver zurück. Mein Vater hatte die Internierung nicht überlebt. In unser Haus konnten wir nicht zurück, ein Nachbar hatte es für einen Spottpreis erworben. Meine Mutter starb einige Monate später an den durchgestandenen Strapazen. Chiyo und ich lebten in einer billigen Wohnung in einem ärmlichen Viertel der Stadt. Chiyo arbeitete als Näherin. Ich lernte Maschinenschreiben und fand eine Stelle in einem Büro.

Eines Abends, im September 1948, saßen Chiyo und ich vor unserem dürftigen Nachtessen, als es an der Tür klingelte. Ich öffnete. Vor mir stand ein überschlanker, junger Mann mit schulterlangem Haar. Er sah krank und übermüdet aus. Er war kaum wieder zu erkennen, doch es war mein Bruder Noburo. Er war nicht alleine. Er kam in Begleitung eines kleinen Jungen mit zimtfarbener Haut und großen dunklen Augen:

Norio, dein Vater.

Nicht nur, dass Noburo den Blackfeet sein Leben verdankte; sein Herz hatte bei ihnen auch Friede und Glück in der Liebe gefunden. Das Mädchen, das er nach den Bräuchen des Stammes geheiratet hatte, hieß Blue Star.

Obschon noch sehr jung, nicht viel älter als ein Kind, soll sie in ihrem Volk als »sehende Frau« verehrt worden sein. Es hieß, dass sie in der Heilkunst erfahren war, dass die Indianer von weither kamen, um ihren Rat zu suchen und ihre Hilfe zu erbitten. Selbst der Ältestenrat, für alle Angelegenheiten des Stammes zuständig, glaubte an ihre Kräfte und beriet sich heimlich mit ihr. Aber ich weiß nicht viel von diesen Dingen und auch Noburo gab uns keine näheren Erklärungen.

Am 6. August 1945, an jenem Tag also, als die Atombombe Hiroshima zerstörte, brachte Blue Star einen kleinen Jungen zur Welt. Den indianischen Namen des Kindes wollte uns mein Bruder nicht preisgeben. Doch wir erfuhren von dem harten, entbehrungsreichen Leben im Reservat. Noburos Tuberkulose, die ihn während einiger Jahre verschont hatte, verschlimmerte sich ganz plötzlich. Dazu kam eine Herzschwäche, die er schon als Kind hatte und die niemals auskuriert worden war. Gegen diese Leiden war Blue Star machtlos. Sie überzeugte ihren Mann sich von Ärzten pflegen zu lassen. Und Noburo sah auch ein, dass sein Sohn im Reservat weder eine ausreichende Schulbildung noch eine gesicherte Zukunft erwartete. Noburo sorgte dafür, dass seine Ehe rechtmäßig anerkannt wurde, und beschloss mit seiner Familie nach Vancouver zurückzukehren. Blue Star aber weigerte sich ihren Stamm zu verlassen. Sie vertraute das Kind ihrem Mann an und verzichtete auf ihr persönliches Glück, um ihre Heilkräfte für das Wohl ihres verarmten, mutlosen Volkes einzusetzen. Noburo beugte sich schmerzerfüllt ihrem Willen.

Chiyo war jetzt Familienoberhaupt. Doch anstatt sich

über die Rückkehr des verloren geglaubten Bruders zu freuen, beschimpfte sie ihn. Er, ein Edelmann aus Aizu-Wakamatsu, hatte das Kind einer »Wilden« als rechtmäßigen Sohn anerkannt und damit die Ehre unseres Samurai-Geschlechtes besudelt! Und selbst ich, die vorgab nicht kleinlich zu denken, warf ihm Respektlosigkeit und Leichtsinn vor. Noburo war damals schon sehr geschwächt. Er ließ uns jedoch wissen, dass wir in seinen Augen nicht besser seien als jene Fanatiker, die unser Leid verschuldet und unsere Familie ins Unglück gestürzt hatten.

Unsere bangen Fragen, was denn aus dem Schwert geworden sei, beantwortete er einsilbig und ausweichend. Chiyo und ich verdächtigten ihn das kostbare Stück verhökert zu haben, unserer Meinung nach ein nicht wiedergutzumachender Frevel. Die bittersten Vorwürfe kamen von mir, war ich es doch gewesen, die ihm das Schwert anvertraut hatte. Noch heute kommen mir die Tränen, wenn ich an meine damaligen Beschuldigungen denke, sie mussten Noburo mitten ins Herz getroffen haben.

Nach einigen Wochen im Krankenhaus schickte man ihn wieder nach Hause. Der Arzt gab mir schonend zu verstehen, dass nichts mehr zu machen sei. Ich vermutete, dass Noburo Bescheid wusste, obwohl er niemals davon sprach. Er lag oder saß den ganzen Tag in einem Stuhl. Trat eine kurze Besserung ein, ging er mit seinem Jungen spazieren.

Als er das Ende nahen fühlte, bat er Chiyo bei ihrer Ehre als Samurai seinen Sohn großzuziehen und ihm die beste Bildung zu ermöglichen. Ferner bat er uns Norios Herkunft geheim zu halten. Hass und Vorurteile hatten sein Leben zerstört; dieses Schicksal wollte er seinem Sohn ersparen. Noburos letzte Worte waren ebenso rätselhaft wie alles, was mit seinem Leben bei den Indianern zusammenhing. Ich saß bei ihm und hielt seine Hand. Schon vom Tod umfangen richtete er sich plötzlich auf. Seine Augen glänzten und er sprach mit klarer Stimme: »Alles wird gut werden ... Das Kind des Falken ... bringt das Schwert zurück.« Das Licht in seinem Antlitz flackerte ein letztes Mal auf und verlosch. Tränenerstickt flüsterte ich die heiligen Worte: »Namu Amida Butsu«, bettete Noburo auf die Kissen zurück und hüllte ihn ein.

Chiyo hielt ihr Versprechen gewissenhaft. Sie behandelte Norio wie ihren eigenen Sohn, wobei sie ihn streng erzog, wie es sich in ihren Augen für ein Kind seines Standes geziemte. In ihrem Bestreben, aus Norio einen echten Japaner zu machen, setzte sie alles daran, sein indianisches Erbe herabzuwürdigen. Das feinfühlige Kind litt darunter und lernte sich seiner Herkunft zu schämen. Von seiner Mutter wollte er nicht mehr sprechen und auch wir erwähnten sie niemals. Eines Tages, als Norio sieben oder acht Jahre alt war, hörten wir ihn zu einem Spielgefährten sagen: »Ich wohne bei meinen Tanten, mein Vater und meine Mutter sind tot.« Dabei beließen wir es.

Als Student reiste er zum ersten Mal nach Japan. Es gefiel ihm dort und er beschloss in Tokio zu bleiben. Seine Beziehungen zu Chiyo waren gespannt; unbewusst machte er sie verantwortlich, dass er unter seiner Herkunft und Vergangenheit litt. Sie ihrerseits bildete sich ein, dass in Norios Gesichtszügen und in seinem Wesen seine indianische Mutter immer deutlicher zum Vorschein komme. Sie warf ihm vor, verdorbenes Blut in die Familie zu bringen. Im Alter wurde sie immer verbitterter und verstockter. Schließlich brach Norio jede Verbindung mit ihr ab. Doch er war nicht frei genug von den Vorurteilen seiner Kindheit, als dass er sich zu seinem Indianerblut unbefangen hätte bekennen können. Die Einzige, die Bescheid wusste, war deine Mutter. Für sie, die aus schlichten Verhältnissen kam, bedeutete die Ehe mit dem Nachkommen einer Samurai-Familie aus Aizu-Wakamatsu einen gesellschaftlichen Aufstieg. Außerdem liebte sie ihren Mann. Doch ihre Tochter sollte die Wahrheit nicht erfahren. Der Makel in der Familie sollte ausgelöscht werden. Und dein Vater, der seine Minderwertigkeitsgefühle niemals ganz überwunden hatte, unterstützte sie in diesem Bestreben.

Ich habe eine Spritze bekommen, Jun-Chan, und bin sehr müde. Doch ich möchte diesen Brief zu Ende schreiben. In letzter Zeit habe ich viel über mein Leben nachgedacht, über die guten und die bösen Tage. Dabei musste ich oft an Blue Star denken. Ich entsann mich ihres Großmuts, ihrer selbstlosen Liebe. Was mochte aus ihr geworden sein? War sie überhaupt noch am Leben? Im Herbst schrieb ich deinem Vater einen Brief und bat ihn, Erkundigungen über sie einzuziehen. Doch Norio schrieb mir zurück, er habe einen Strich unter die Vergangenheit gezogen. Ich ließ mich durch seine Antwort nicht täuschen; ich wusste, dass seine Gedanken oft bei seiner Mutter waren und dass sein Herz innerlich blutete. Jahrelang hatte er einen Teil von sich verleugnet, hatte sich eine sichere Zuflucht gebaut für das angsterfüllte Kind in ihm. Er wollte nicht, dass man sein Leben durcheinanderbrachte.

Mein Gewissen plagte mich; doch ich war eine Närrin und zögerte lange. Ich rang mich erst zu einem Entschluss durch, als es schon fast zu spät war, und bat Robin nach

Blue Star zu forschen. War sie gestorben, wollte ich ihren Tod als des Schicksals Fügung hinnehmen. Robin war eine Woche abwesend. In dieser Zeit setzte ich meine ganze Kraft ein, um mein Leben bis zu seiner Rückkehr zu verlängern. Ich kämpfte nicht vergeblich. Robin kehrte zurück mit der Nachricht, dass deine Großmutter noch lebe. Sie wohne in einer Blockhütte an einem Waldrand. Ihre Behausung sei dürftig eingerichtet; die alte Frau besitze offenbar nur das Nötigste, doch sie scheine bei guter Gesundheit zu sein. Sie empfing Robin mit großer Güte und Sanftheit. Zu seiner Verwunderung erfuhr er, dass Blue Star über Noburos Tod unterrichtet war. Mehr noch: Sie wusste, dass ihr Sohn im »Land seiner Vorfahren« lebte und eine Tochter hatte. Wer ihr diese Nachrichten überbracht hatte, ist uns ein Rätsel. Sie erzählte Robin auch, dass sie das Antlitz ihrer Enkelin in einem »klaren Gebirgsbach« gesehen habe. Als Robin ihr bestätigte, dein Name, »Jun«, bedeute »Klarheit«, schien sie nicht einmal überrascht. Sie muss eine ganz ungewöhnliche Frau sein.

Was jetzt kommt, ist noch geheimnisvoller. Beim Abschied sprach sie zu Robin: »Teile meiner Enkelin mit: Die Blätter weichen der Klinge aus.« Robin bat sie vergeblich um eine Erklärung; die alte Frau schüttelte nur den Kopf, worauf Robin – um es deutlich zusagen – an ihrem Verstand zu zweifeln begann. Auch ich konnte mir unter diesen Worten zunächst nichts vorstellen, bis mir plötzlich unser verloren gegangenes Schwert in den Sinn kam. Der Gedanke, dass Blue Star im Besitz unseres Familienschatzes sein könne, verwirrte mich. Mein Bruder handelte niemals unüberlegt. Was mochte ihn bewogen haben Blue Star das Schwert zu lassen? Diese Szenen damals, diese

Vorwürfe! Warum hatte er uns nicht die Wahrheit gesagt? Heute weiß ich, dass wir nicht dazu bereit waren, sie zu hören. Wir hatten unsere Herzen verschlossen, unser Mitgefühl verkümmern lassen. Und deshalb hatte Noburo sein Geheimnis für sich behalten. Wir waren des Schwerts nicht mehr würdig. Ich bin jetzt am Ende meines Weges angelangt. Robin ist bei mir und hilft mir die dunklen Wolken zu durchschreiten. Ich verlasse dich in dem Glauben, dass meine Offenheit keine Unruhe stiftet, sondern mithilft, die zerrissenen Fäden wieder zu verknüpfen. Ich bete zum barmherzigen Buddha, dass Norio einsieht, was er falsch gemacht hat, und dass ihm sein Ehrgefühl den richtigen Weg weist. Lass ihn dabei nicht im Stich: Er braucht dich so nötig! Folge stets deinem Gewissen, sei redlich, tapfer und treu. Möge der blaue Stern dir leuchten und die Schwingen des Falken dich tragen. Sei stolz auf deine indianische Großmutter ebenso wie auf deine Vorfahren, die Samurai waren.

Wie es in früheren Tagen bei uns Brauch war, hinterlasse ich dir mein Abschiedsgedicht. Möge es dir Zuversicht und Frieden schenken.

Wasser und Feuer
Läutern die Klinge,
Großmut und Liebe
Erlösen den Geist.

Mayumi Hatta-Levov

18. KAPITEL

Meine Hände zitterten, als ich den Brief auf meine Knie sinken ließ; wie viel Zeit vergangen war, wusste ich nicht. Vielleicht nur zehn Minuten, vielleicht eine ganze Stunde. Behutsam legte ich die Briefbogen zusammen. Dann faltete ich das Seidenpapier auseinander und sah mir die alten, vergilbten Fotos an. Es waren Bilder meines Großvaters; ich kannte sie noch nicht. Sie zeigten ihn als Achtzehnjährigen, ein Junge mit empfindsamen Zügen und weichem Lächeln. Seine Kleider lagen heute wieder im Trend: weite Bundfaltenhose, Polohemd. Auf dem nächsten Bild sah sein Gesicht härter, verwegener aus. Die Augen blitzten und er trug den Kopf hoch. Das letzte Foto musste Jahre später aufgenommen worden sein. Mein Großvater war kaum wieder zu erkennen: Das Gesicht wirkte hager, fast blutleer, die Lippen trotzig zusammengepresst. Sein glattes Haar fiel ihm bis auf die Schultern. Die eingesunkenen Augen starrten traumbefangen ins Leere. Eine Stille ging von ihm aus, eine Aura des Entrücktseins umhüllte die lange, hagere Gestalt. Mir blieb noch ein letztes Foto anzusehen, vergilbt, unscharf, beschädigt. Ich hielt es näher ans Licht der Lampe. Mein Atem stockte. Es war das Bild einer jungen Frau, sie hielt ein kleines Kind an der Hand. Die Frau trug ein weißes, mit Fransen geschmücktes Kleid. Ihr hüftlanges Haar war zu dicken Zöpfen geflochten. Das Gesicht war oval und so klar und einfach in seinen Umrissen wie von der Hand eines Meisters gezeichnet. Nase und Kinn waren gerade gemeißelt; sie lächelte mädchenhaft und offen, ihre ganze Haltung drückte Freimut und Stolz aus. Das Kind machte ein ernstes Gesicht; es blickte neugierig zum Fotografen.

Ich prüfte die Augen, die Stirn- und Wangenlinie; es war ohne Zweifel mein Vater. Ich erhob mich, holte mein eigenes Fotoalbum aus der Schublade und blätterte hastig die Seiten um. Schnell fand ich das Bild von mir, als ich etwa gleich alt war wie mein Vater auf dem Foto. Mit klopfendem Herzen verglich ich die beiden Bilder. Ja, es stimmte, ich war meinem Vater wie aus dem Gesicht geschnitten. Jetzt wurde mir klar, warum meine Mutter so zornig war, damals, als ich vom Friseur nach Hause gekommen war; mein kurzes Haar ließ die Ähnlichkeit mit meinem Vater – und damit auch mit meiner Großmutter – allzu deutlich werden. Das war es also gewesen! Es hätte jemand merken können, dass ich keine waschechte Japanerin war, sondern indianisches Blut in mir hatte. So ein Unsinn, dachte ich aufgebracht, so ein lächerlicher, rückständiger Unsinn!

Dass ich weinte, merkte ich erst, als ich einen Tropfen auf dem alten Bild sah. Ich wischte ihn behutsam weg. Das Schluchzen schüttelte mich und ich konnte die Tränen nicht aufhalten. Ich beweinte vieles: das Ende meiner Kindheit, die Grausamkeit der Menschen und den Tod meiner weisen, großmütigen Tante. Ich war ihr dankbar dafür, dass sie mir das alles geschrieben hatte. Und ich war traurig, dass ich sie nur so wenig gekannt hatte, dass wir niemals über Dinge gesprochen hatten, die wirklich wichtig waren. Aber das Wesentliche wusste ich jetzt, es hing mit meinen eigenen, sonderbaren Träumen zusammen. Was war nur in mir, dass ich mich der Zeiten meiner Vorfahren entsann? Und meine beunruhigende Fähigkeit, Erdbeben vorauszuahnen, woher kam sie? Und warum hatte meine Großmutter mir – ihrer unbekannten Enkelin – die Botschaft übermittelt: »Die Blätter weichen der Klinge aus?« Was wollte sie damit sagen?

Fragen über Fragen. Doch ich war viel zu aufgewühlt, um mich jetzt mit ihnen auseinanderzusetzen. Ich konnte nur heulen und an meinen Vater denken. Er war für mich immer ein Vorbild gewesen, ich dachte, er wäre großzügig, verständnisvoll, sanftmütig. Jetzt sah ich nichts mehr davon. Mein Vater? Ein Feigling, ein Lügner! Wäre es denn so schwierig gewesen, mir zu sagen: »Ich wurde als Kind von meiner Mutter getrennt, weil meine Familie sie nicht anerkannte. Sie lebt in Kanada. Komm, wir besuchen sie!« Oder, besser noch: »Wir holen sie zu uns. Sie hat ein hartes Leben hinter sich und soll es im Alter ein bisschen schöner haben.« Warum hatte er das nie gesagt? Schämte er sich ihrer? Ja, das wird es wohl sein, dachte ich bitter. Er wollte nicht ins Gerede kommen, verleugnete lieber seine eigene Mutter. Sein Leben lang hatte er sich selbst betrogen, einen Teil seines Wesens unterdrückt. Wie anders dagegen sein eigener Vater! Er war stolz und mutig gewesen wie seine Vorfahren, hatte sich gegen Ungerechtigkeiten zur Wehr gesetzt und die Kraft gefunden, seinen Weg allein zu gehen. Ich weinte auch um ihn, beklagte das Schicksal, das seine großen Gaben ungenutzt gelassen hatte.

Gleichzeitig entsann ich mich, wie oft mein Vater fast geredet hätte. Aber es war ihm immer gelungen, den Mund zu halten. Weil er sich schämte. Oder weil er die Auseinandersetzung mit meiner Mutter scheute. Oder weil er

Angst hatte, dass ich damit Schwierigkeiten bekommen könnte. Warum nur ließen die Menschen dieses kleinkarierte Denken zu? Und dabei waren sie sogar noch der Meinung, dass es so sein müsste, alles geordnet, die Gedanken und die Gefühle. Eigensinn störte sie nur und solche, die sich kein Etikett um den Hals hängen ließen, mussten dafür büßen.

Aber zum Glück, dachte ich, sind diese Zeiten vorbei. Wir Jungen sind selbstbewusst und aufgeklärt. Wir pfeifen auf die Meinung anderer und auf die großen Gemeinschaftsgefühle. Uns könnte das niemals passieren … Ich stutzte. Wirklich nicht?

Ich spürte, wie es in mir plötzlich finster und kalt wurde. Was mir eben durch den Kopf gegangen ist, stimmt nicht ganz, dachte ich. Hass und Vorurteile und Schwarz-Weiß-Malerei lauern auch heute überall. Und selbst der Fanatismus ist in vielen Menschen noch lebendig. Ich durfte mir keine Illusionen machen.

»Jun, wo steckst du?«, hörte ich meine Mutter rufen. »Komm endlich deinen Tee trinken.«

Ich antwortete nicht. Aber auf einmal hielt ich es in meinem Zimmer nicht mehr aus, ich konnte das ganze Haus nicht mehr ertragen, zu sehr hatte mich der Brief von Tante Mayumi erschüttert. Ich musste weg von hier, augenblicklich, bevor mein Vater nach Hause kam. Ich wollte ihn nicht sehen, ich hätte kein einziges Wort mit ihm reden können. Nicht jetzt, nicht heute Abend. Es wäre über meine Kraft gegangen.

Ich legte die Fotos in das Seidenpapier zurück, schob sie mit dem Brief in den Umschlag und steckte ihn in meinen Rucksack. Dann packte ich schnell einige Sachen zusammen und stopfte etwas Wäsche und zwei T-Shirts zum Wechseln in meinen Sportsack. Gerade suchte ich ein paar frische Socken, als meine Mutter an die Türe klopfte. Sie hatte gehört, wie ich hin und her gelaufen war.

»Kann ich hereinkommen?«

Ich wischte mir die Tränen aus den Augen und zog den Reißverschluss zu.

Sie öffnete behutsam die Tür. Fassungslos starrte sie mich, dann mein Gepäck an. »Was ist los mit dir?«

Ich richtete mich auf und holte tief Luft. »Tante Mayumi ist tot.«

In ihrem Gesicht zuckte es, ich bemerkte, wie sorgfältig es gepflegt war. Ihr Antlitz war schön, weil es den heiteren, mädchenhaften Ausdruck bewahrt hatte. Doch jetzt fiel ihr Gesicht zusammen, fand sichtbar in sein wirkliches Alter zurück. Ich empfand beinahe Mitleid mit ihr.

»Wie kann sie dir dann noch schreiben?«, rief sie bestürzt.

Mir war heiß, als hätte ich hohes Fieber. Ich staunte, dass ich so ruhig sprechen konnte. »Onkel Robin hat ihn abgeschickt. Er ruft sicher bald an. Tante Mayumi möchte in Japan beigesetzt werden.«

Sie stand vor mir, regungslos und wachsbleich. Der Schock war zu heftig gewesen. Endlich fand sie ihre Sprache wieder. »Warum zeigst du mir den Brief nicht?«

Ich wollte antworten, aber die Worte blieben mir im Halse stecken. Ich empfand den Schmerz bis ins Herz und mir kamen die Tränen. Wie durch einen Schleier sah ich das Gesicht meiner Mutter.

»Nun?«, fragte sie ungeduldig.

»Sie hat mir geschrieben«, hauchte ich endlich, »wie

es damals war. Im Krieg, meine ich. Was damals alles passiert ist. Und auch, dass meine Großmutter noch lebt. Onkel Robin hat sie gesehen, er hat sogar mit ihr gesprochen ...«

Ich zitterte, mir wurde beinahe übel. Nimm dich zusammen. Schrei nicht, mahnte ich mich selbst. »Ihr habt mich angelogen! Die ganze Zeit! Warum nur habt ihr das getan?«

»Wir haben Nachforschungen angestellt.« Der schrille Klang in Mutters Stimme verriet ihre Erregung. »Es war nichts über sie in Erfahrung zu bringen. Wir glaubten ...«

» ... das ist nicht wahr!« Jetzt schrie ich trotzdem und schnitt ihr dazu noch das Wort ab. »Nichts habt ihr unternommen! Überhaupt nichts! Ihr habt sie aus eurem Leben verbannt!«

»Das stimmt nicht! Wir haben immer versucht ...« Sie stockte, ihre Augen schauten mich unsicher an. Sie wusste nicht, was mir Tante Mayumi geschrieben hatte, und wollte sich nicht aufs Glatteis begeben. Ihre Stimme klang plötzlich müde. »Wir dachten, je weniger du über die Sache weißt, desto leichter wäre es für dich.«

Ich blinzelte, jetzt sah ich ihr Gesicht wieder klar. Es war jung, schmal und erschrocken; das Gesicht eines verstörten Mädchens, das bei einer Lüge ertappt worden war.

»Das ganze Leben meiner Großeltern ... alles auf den Müll, und das nur meinetwegen?«, heulte ich fassungslos.

Sie wandte die Augen ab. »Es war nicht immer leicht für uns«, sagte sie leise.

Meine Nase lief, ich suchte nach einem Taschentuch.

»Ich habe so oft an meine Großmutter gedacht! Sie war ... irgendwie wichtig für mich. Und dabei wusste ich nichts von ihr. Nicht einmal ihren Namen.«

Meine Mutter spreizte hilflos die Hände. »Wir leben schon so lange in diesem Viertel. Du kennst doch die Leute! Es ist eine unerfreuliche Geschichte. Wir wollten nicht, dass über uns geklatscht würde.«

Mir war jetzt egal, was sie dachte. »Weil mein Vater ein Mischling ist?«

Sie hob das Kinn und antwortete scharf: »Heute wissen die Kinder nicht mehr, wie sie sich den Eltern gegenüber zu benehmen haben. Ich habe gedacht, wir hätten dich besser erzogen. Es gibt Dinge, von denen du keine Ahnung hast, so weise du dir auch vorkommst. Ich kann mir schon denken, was Mayumi dir geschrieben hat, aber die Haltung deines Großvaters im Zweiten Weltkrieg war keineswegs nur vorbildlich. Weswegen diese Dinge an die große Glocke hängen? Es genügte doch, wenn wir darüber Bescheid wussten. Zudem hat Norios Mutter nie Kontakt zu uns gesucht.«

Ich spürte erneut, wie mir die Tränen aus den Augen stürzten. »Tante Mayumi hat mir ein Bild von ihr geschickt. Wie hübsch sie damals aussah! Warum stellte sich niemand auf ihre Seite? Das war ebenso gemein und unfair wie das Verhalten der Kanadier, die den Japanern damals alles wegnahmen und sie in Lager steckten!«

»Ich glaube kaum«, erwiderte sie eisig, »dass man diese beiden Vorfälle vergleichen kann.«

»Doch!«, fauchte ich. »Die Ergebnisse lassen sich auf jeden Fall vergleichen. Man brachte den Menschen bei, wie sie zu denken hatten, und sie gehorchten. Wie konnten so genannte Gebildete sich nur so anpassen? Und alle das Gleiche denken, beim Einschlafen, beim Aufwachen, immerzu. Nur weil ihre Regierungen es so wollten? Weil sie Angst hatten? Mein Großvater, der hatte keine Angst.«

»Ja«, sagte meine Mutter bedeutungsvoll. »Er war ein gefährlicher Mann.«

»Weil er sich nicht unterkriegen ließ? Weil er ein freier Mensch war? Mein Vater ist heute noch keiner! Er ist wie alle anderen. Er will vernünftig sein. Er will nicht einsehen, dass er einen großen Fehler gemacht hat. Er duckt sich und hält den Mund.«

Ich drückte das Taschentuch an mein Gesicht. Meine Nase war verstopft, meine Augen brannten.

»Hör auf!«, sagte meine Mutter zornig. »So darfst du nicht von deinem Vater reden. Und außerdem, wie willst du das überhaupt beurteilen? Du kannst ja nicht wissen, wie das ist, wenn man sich so angestrengt hat alles auszulöschen. Vernünftig sein? Er war vernünftig, ich war vernünftig ...«

Ich knüllte mein Taschentuch zusammen. »...und feige dazu!«

»Jun! Treib es nicht auf die Spitze!«

Ich nickte matt. »Ich habe oft gespürt, dass mein Vater mit mir reden wollte. Aber du hast es zu verhindern gewusst. Und jetzt ist es zu spät.« Ich griff nach meinem Rucksack.

Sie straffte sich und runzelte die Stirn. »Jun, was soll dieser Unsinn? Wo willst du hin?«

»Weg!«

Sie war so überrascht, dass sie schwieg. Doch nur einen Atemzug lang. »Aber es ist schon nach elf! Hast du den

Verstand verloren?« Ihre Stimme verriet Furcht. »Dein Vater kommt jeden Augenblick nach Hause!«

Ich schluckte würgend. »Ich will ihn nicht sehen.«

»Jun, bleib hier! Sei nicht kindisch!«

Statt ihr zu antworten, warf ich meinen Rucksack über die Schulter und lief an ihr vorbei und die Treppe hinunter.

Sie beugte sich über das Geländer und rief hinter mir her: »Das ist ja lächerlich! Nun warte doch, bis dein Vater da ist. Dann kannst du mit ihm über alles reden. Was passiert ist, wird ihm schrecklich leid tun …«

Wenn sie es bei diesen Worten belassen hätte, wäre ich vielleicht stehen geblieben. Doch sie musste sich wieder alles selbst verderben, indem sie ungeduldig hinzufügte:

»Schluss jetzt, Jun! Komm sofort zurück! Ich bin deine Mutter! Solange du unter meinem Dach wohnst, hast du zu gehorchen!«

Diese Worte bewirkten, dass ich die letzten Stufen mit einem Satz übersprang, meine Füße in die Turnschuhe quetschte und meinen Blazer vom Bügel riss. Stolpernd stürzte ich nach draußen in die Dunkelheit. Die Tür fiel hinter mir ins Schloss.

Atemlos rannte ich durch die finsteren Straßen und hoffte, dass ich meinem Vater nicht begegnete. Eine silberhelle Mondhälfte glitt durch die Wolkenschleier. Nur wenige Wagen fuhren vorbei und manchmal durchbrach der Lärm eines Motorrades die Stille.

Ich blieb vor dem Bahnübergang stehen, eben ertönte das Bimmeln und die Schranken senkten sich. Ein voll besetzter Vorstadtzug donnerte vorbei. Menschen, die im Kino waren oder in einem Nachtlokal, fuhren nach Hause.

Ich sah auf die Uhr. Die Züge fuhren bis eins. Als sich die Schranke hob, lief ich über den Platz. Vor dem Taxistand staute sich eine Menge Menschen. Ich lief die Bahnhoftreppe hinauf, stellte mich vor den Automaten und löste eine Fahrkarte nach Kanda.

Einige Minuten später hielt der Expresszug. Er war, weil er stadteinwärts fuhr, fast leer. Vereinzelte Fahrgäste dösten vor sich hin. Angetrunkene Geschäftsleute schüttelten sich vor Lachen. Ein Rocker, in schwarzes Leder gekleidet, schaute trübsinnig ein Comicheft durch. An der nächsten Station stieg eine puppenhaft geschminkte Frau zu, sicher eine Bardame. Sie trug einen weißrosa, silberbestickten Kimono. Die Frau setzte sich, nahm Lippenstift und Puderdose hervor und zog sich gewissenhaft die Lippen nach. Ihr Parfüm wehte zu mir herüber. Zusammengekauert saß ich da. Die Neonlichtreklamen tanzten vor meinen Augen. Das gleichmäßige Geräusch des fahrenden Zuges wirkte einschläfernd. Ich war völlig leer im Kopf.

In Shinjuku stieg ich aus, wechselte den Bahnsteig und erwischte gerade noch den Zug nach Kanda. Das Tosen der Räder, das Flackern der Lichter, das Auftauchen erleuchteter Stationen wiederholte sich. Ein Betrunkener torkelte von einem Wagen zum anderen und fiel in einer Kurve gegen die Wand. Seine Bierdose kollerte mir vor die Füße. Ein Alter schnarchte mit offenem Mund. Eine junge Frau schlief, beide Arme über ein Cello gelegt. Ein Angestellter, der seine Überstunden hinter sich hatte, las gähnend die Zeitung. Noch zweimal musste ich umsteigen, dann war ich endlich in Kanda. Auf dem Bahnsteig standen Schüler in Uniform vor einem Schnellimbiss-Wagen und schlürften heiße Nudeln. Ich lief eine Treppe hoch und kam an einigen betrunkenen Obdachlosen vorbei, die ihren Rausch ausschliefen. Tagsüber spielten sie Mundharmonika oder lasen Zeitungen, die sie aus Mülleimern fischten. Einmal im Jahr sammelte die Polizei sie ein, steckte sie in ein Bad und gab ihnen neue Kleider. Sie gehörten zum Stadtbild.

Draußen wehte ein kühler Wind. Er kam vom Meer und schmeckte nach Salz. Der Mond stand hoch am Himmel. Wenige Schaufenster waren noch erleuchtet. Das Geräusch meiner Schritte schien in meinen Schläfen zu pochen. Endlich war ich da. Aus der Pachinko-Halle dröhnte laute Rockmusik. Die bunten Plastikblumen leuchteten im Neonlicht. Das Sirren der Kugeln war auf der Straße zu hören. Hoffentlich ist Seiji zu Hause, dachte ich. Ich überquerte die Straße, lief die zwei Stufen zum Eingang hinauf und stieß atemlos mit der Schulter gegen die Tür – sie war verschlossen.

Ich stöhnte auf. Verstört, wie ich war, hatte ich diese Möglichkeit überhaupt nicht erwogen. Mit erhitztem Gesicht lehnte ich mich an die Hauswand. Was nun? Seiji musste herunterkommen und aufmachen.

Wo war das nächste Telefon? In der Pachinko-Halle. Als ich die Flügeltüren zur Halle aufstieß, schlug mir in voller Lautstärke Musik entgegen. Benommen wanderte ich durch die Reihen der bunten Flipperautomaten, das Rasseln der kleinen Metallkugeln in den Ohren. Abends waren in diesen Spielhallen fast ausschließlich Männer anzutreffen, aber ich bemerkte auch einige Frauen. Alle saßen auf runden Schemeln und starrten wie gebannt auf die Kugeln, die, über die Eisenstifte hinweghüpfend, den Weg zum Ausgang suchten. Das Getöse machte mich fast toll, aber im kleinen Flur, der zum Klo führte, war der Lärm nur noch gedämpft zu hören. In einer Nische hing ein kleiner roter Telefonapparat für Ortsgespräche.

Einmal, dreimal, fünfmal hörte ich das Zeichen...Wahrscheinlich schlief Seiji schon. Es tat mir leid, ihn zu wecken. Endlich wurde abgenommen. Starr vor Staunen hörte ich, wie sich eine Frauenstimme meldete. Vor lauter Schreck brachte ich keinen Ton über die Lippen.

»Wer ist da?«, fragte die Frau.

Die raue, etwas zittrige Stimme kam mir bekannt vor. Mein Herz raste.

»Haru-San ...«, stammelte ich fassungslos.

»Ja, wer ist da?«, fragte Midori-Senseis Haushälterin freundlich.

Ich war wie vor den Kopf geschlagen. In meiner Panik hatte ich die falsche Nummer gewählt. Ein Zufall? Eine Geistesabwesenheit? Ein Zeichen? Ich wusste es nicht.

»Hier spricht Jun Hatta«, sagte ich. »Entschuldigen Sie, dass ich Sie um diese Zeit noch störe!«

»Keine Ursache.« Haru-San kicherte fröhlich. »Wir sind beide Nachtmenschen. Du möchtest sicher mit Midori-Sensei sprechen. Warte bitte einen Augenblick, ich bringe ihr das Telefon.«

Ich fuhr mir nervös mit der Zunge über die trockenen Lippen. Wie kam ich nur dazu, mich in der Nummer zu irren? Bevor ich weiterdenken konnte, hörte ich Midori-Senseis dunkle, gelassene Stimme. Sie klang so nahe, als hätte sie neben mir gestanden.

»Guten Abend, Jun-Chan! Wie geht es dir? Bist du in Schwierigkeiten?«

Mein Herz wurde ruhig. Mir war, als würde eine freundliche Hand meine Schulter berühren; als hätte ich eine schwere, in Dunkelheit und Einsamkeit geschleppte Last endlich da absetzen können, wo sie hingehörte. »Es tut mir leid«, sagte ich. »Es ist schrecklich spät! Es ist sehr ungezogen von mir, aber dürfte ich Sie um Rat bitten?«

»In meinem Alter kommt man mit wenig Schlaf aus«, erwiderte Midori-Sensei heiter. »Wo bist du?«

»In Kanda.«

»Das ist ja ganz in der Nähe. Wenn du dich beeilst, erwischst du vielleicht noch den letzten Zug. Ich mache Licht vor der Tür.«

Das Piepsen zeigte an, dass die Gesprächszeit abgelaufen war. Ich legte den Hörer auf. Als ich mich umdrehte, stieß ich mit einem Mann zusammen, der dringend musste. Wie gehetzt lief ich nach draußen.

Ich hatte Glück: Gerade, als ich auf den Bahnsteig kam, fuhr der Zug ein. Im Wagen ließ ich mich auf einen Sitz fallen und lehnte den Kopf an die dröhnende Scheibe. Ich gähnte vor Erschöpfung, aber der Schmerz war gewichen. Ich fühlte, dass es so sein musste, wie es war, und dass alles gut werden würde. Tief in mir war etwas zerbrochen; Midori-Sensei würde mir helfen die Scherben zu ordnen und dem Geschehenen Form und Sinn zu geben, bis aus den Trümmern ein neues, vollständiges Bild entstanden war.

Nach Ueno waren es nur zwei Stationen. Der riesige Bahnhof war fast menschenleer. Die hohen Hallen warfen das Echo meiner Schritte wie aus weiter Ferne zurück.

Draußen umfing mich die Stille der Nacht, die Neonlichter waren erloschen. Der bleifarbene Mond hing genau über der Mitte der Straße, die jetzt breiter und länger schien als am Tag.

Schon von weitem sah ich das Licht über Midori-Senseis Haustür; dieses einsame, friedliche Licht kam mir leuchtender vor als ein Stern. In der Finsternis der schlafenden Großstadt verhieß es mir Wärme und Geborgenheit.

Ich stieß das kleine Tor auf. Haru-San hatte das Knirschen meiner Schritte auf dem Kiesweg gehört und öffnete die Haustür. Über den Pluderhosen der japanischen Bäuerinnen trug sie einen weißen Hauskittel. Ein blau gemustertes Baumwolltuch umhüllte ihr Haar und sie wackelte vergnügt mit dem Kopf.

»So spät, so spät«, kicherte sie. »Alte Frauen können drei Nächte durchwachen, aber Mädchen in deinem Alter sollten an ihre Schönheit denken. Keine Hautcreme ersetzt acht Stunden Schlaf.«

»Ich bin sehr unhöflich«, murmelte ich betreten.

Ich schlüpfte aus meinen Schuhen und folgte Haru-San durch den engen, spärlich erleuchteten Gang. Sie kniete nieder, zog eine Schiebetür auf und bedeutete mir mit einer Kopfneigung, einzutreten. Ich trat nicht wie sonst in den Übungsraum, sondern in ein kleines Wohnzimmer. Das sanfte Licht einer Stehlampe beleuchtete die brokatgeränderten Strohmatten. In der Nische, zwischen polierten Holzpfeilern, hing ein Rollbild, die Tuschmalerei zeigte die Handschrift eines berühmten Meisters. Darunter stand eine Steingutvase mit einigen Sommerblumen. Midori-Senseis niedriger Schreibtisch, mit Büchern und Federschalen belegt, war so gestellt, dass sie in den kleinen Garten sehen konnte. Auf einer Kommode sah ich einige vergilbte Fotos in silbernen Stehrahmen. Während ich mich scheu umsah, bemerkte ich, dass ein »Naginata« über der Schiebetür befestigt war. Ein Naginata ist ein langer, leichter Speer mit einem gebogenen Blatt. Daran erkannte ich, dass Midori-Sensei einem Samurai-Geschlecht entstammte. Die Samurai-Frauen gebrauchten ihn früher zum Üben und für ihre Verteidigung.

Meine Verlegenheit wuchs. Als die Meisterin eintrat, wagte ich kaum den Blick zu heben. Midori-Sensei trug einen »Yukata«, ein bequemes Hausgewand aus blauer Baumwolle. Der dunkle Stoff hob das Silberweiß ihrer Haare noch deutlicher hervor. Sie begrüßte mich wie gewöhnlich, während ich mich errötend verneigte. Haru-San hatte zwei Kissen gebracht. Midori-Sensei ließ sich geschmeidig nieder und suchte sich eine bequeme Stellung. Mit einer Handbewegung forderte sie mich zum Sitzen auf. Eine kurze Weile lang betrachtete sie mich schweigend, während ich zuerst auf meine Hände starrte. Dann erst hob ich scheu den Blick. Ihre Augen leuchteten warm und in ihrem Lächeln war Zuneigung zu spüren. Gleichzeitig aber fühlte ich, wie mich das geheimnisvolle Feld ihrer Kraft fast körperlich berührte.

»Nun?«, fragte sie gütig. »Warum wolltest du mich sehen?«

Ich schluckte befangen. »Eigentlich ... eigentlich wollte ich mit meinem Freund sprechen.«

Sie hob belustigt die Brauen. »Sehen wir uns ähnlich, dein Freund und ich?«

Sie hatte mich geneckt, um mir die Befangenheit zu nehmen, und das war ihr auch gelungen. Ich wurde ruhiger. Inzwischen kratzte Haru-San höflich an die Schiebetür und schob sie einen Spalt auf. Sie stellte ein kleines Lacktablett mit zwei Bechern grünen, heißen Tees vor uns auf die Matte und glitt hinaus, wobei sie die Schiebetür kaum hörbar wieder hinter sich zuzog. Midori-Sensei lächelte. »Trink, du hast sicher Durst.«

Ich dankte, nahm den Becher mit beiden Händen und führte ihn an die Lippen. Vorsichtig schlürfte ich den dampfenden Tee. Wärme strömte durch meinen Körper. Vor Wohlbehagen kamen mir fast die Tränen. Als ich getrunken hatte, fühlte ich mich besser. Ich erzählte meiner Meisterin, wie ich beim Telefonieren die Nummern verwechselt hatte. Midori-Sensei nippte an ihrem Tee und hörte aufmerksam zu.

Schließlich nickte sie. »Nichts ist Zufall. Alles hat seinen Sinn. Oft sind unsere Handlungen von einer instinktiven Logik beeinflusst, die langes Nachdenken überflüssig macht. Etwas belastet dich und du suchst Hilfe. Was ist es?«

Ich verbeugte mich erneut. Meine Scheu begann unter dem Einfluss ihrer Teilnahme zu weichen. » ... ich danke Ihnen. Sie machen es mir leicht, einen Anfang zu finden. Ich erhielt einen Brief aus Kanada. Von Tante Mayumi, der jüngeren Schwester meines Großvaters. Sie schrieb mir, kurz bevor sie starb. Darf ich Ihnen den Brief zeigen?«

Sie stellte ihren Becher auf das Tablett zurück und neigte ruhig den Kopf. »Ich danke dir für dein Vertrauen. Es ist mir eine Ehre.«

Ich nahm den Umschlag aus meinem Rucksack und zog mit zitternden Fingern die Briefbogen heraus. Midori-Sensei hob sie respektvoll an ihre Stirn, bevor sie die Bogen auseinanderfaltete und zu lesen begann. Ich saß in dieser Zeit bewegungslos vor ihr, hielt dabei den Kopf gesenkt und die Hände im Schoß verschränkt. Es war so still im Zimmer, dass ich mein Herz schlagen hörte. Wenn Midori-Sensei die Seiten umblätterte, knisterte das dünne Papier leise. Beim Lesen bewegte sie nur die Hände und die Augen. Ich sah deutlich, wie tiefe, gleichmäßige Atemzüge ihren Brustkorb hoben und senkten. Mein Blick wanderte zu ihrem Antlitz empor. Die kleine Lampe beleuchtete es von unten, ließ die Wangenknochen und die sehr hohe Stirnfläche deutlich hervortreten. Das Gesicht, bleich und fast vollkommen in seiner Harmonie, erinnerte mich an ein anderes Gesicht und ich überlegte, an wen sie mich erinnerte. Ich musste diesem Antlitz erst vor kurzem begegnet sein. Aber wo nur? Und wann?

Im Nebenraum schlug eine Uhr zweimal, als die Meisterin endlich aufblickte. Sie faltete die Briefbogen zusammen und gab sie mir zurück. Ich verbeugte mich, um ihr damit meinen Dank auszudrücken, und schob den Brief behutsam in den Umschlag zurück.

Midori-Sensei saß ganz still, den Kopf hoch erhoben. Ihr Ausdruck war undurchdringlich und ihr Blick schien in die Ferne gerichtet. Als sie aber sprach, war in ihrer Stimme ein rauer Klang, der ihr tiefes Mitgefühl verriet. »Ja«, sagte sie, wie zu sich selbst. »Etwas war in dir, das ich nicht deuten konnte. Ich spürte es in der Art, wie das Holz deiner Hand gehorchte und wie der Bogen dich erkannte. Ich fühlte die Fremdheit in dir, das Holz jedoch vertraute dir. Jetzt glaube ich zu wissen, was es ist. Ein Teil von dir, Jun-Chan, entstammt aus einer anderen Welt. Und doch steht diese Welt uns nahe; einst waren die Kinder Asiens und die Kinder Amerikas ein einziges Volk. Das ist lange her. Unser gemeinsames Erbe haben wir vergessen, Pfeil und Bogen hingegen wissen noch davon.« Sie schwieg und legte die Hände auf die Knie.

Ich hob den Kopf. Eine wachsende Erregung nahm von mir Besitz. Ich erzählte ihr von den Landschaften und den Menschen, die ich im Traum gesehen hatte. Und auch, dass ich das Erdbeben vorausahnte.

Midori-Sensei zeigte keine Überraschung. »Träume sind Quellen uralter Erinnerungen. Die Bilder, denen du begegnest, kommen aus den Tiefen deines Seins. Und was das andere betrifft: Erdbeben zu ahnen ist ein Instinkt, der Tieren und Vögeln eigen ist. Unsere Überlieferung weiß aber auch von Menschen zu berichten, die mit ihrem Körper die Schwingungen der Erde empfanden. Es ist eine wundervolle Gabe. Und wie alle Gaben kann sie zu einer Bürde werden. Aber du wirst stark genug sein, um sie zu tragen. Das Volk, dessen Blut in deinen Adern fließt, teilt unser Denken und Fühlen, verehrt dieselben Geister, auch wenn es ihnen andere Namen gibt. Es sieht die Natur mit Lebenskraft beseelt, hört die Sprache der Berge, das Flüstern der Bäume, das Singen der Gewässer.«

Eine seltsame Erstarrung löste meine Gedanken. Ich versuchte mich auf ihre Worte zu konzentrieren, aber es war immer noch dieses Gesicht, klar und hell wie eine Maske, das mich in seinen Bann schlug. Ich wusste jetzt mit Sicherheit, dass ich es kannte. Aber ich kam einfach nicht darauf, woher.

»Hör zu«, sprach sie weiter. »Du musst nicht traurig, sondern glücklich sein. Auch die Geister haben weder Haus noch Heimat. Sie schweben mit den Wolken von Berg zu Berg. Du bist nicht allein, deine Brüder und Schwestern verehren die Erdmutter, denken im Licht des Mondes und tanzen mit den Tieren. Sei nicht traurig, sei stolz! Du hast dich gefunden.«

Ich fühlte, dass sie lächelte, und hob verstört die Augen; ich wagte ihr Antlitz nur mit flüchtigem Blick zu streifen. Und auf einmal wusste ich, wem sie glich. Ich schluchzte schwach, als es mir endlich gelang, den Blick auf die schwarzen, strahlenden Augen eines Wesens zu richten, das wahrhaft frei war. Und ich weinte vor Dankbarkeit, denn ich war sicher, sie hatte etwas mit der Göttin gemeinsam, die, vor wenigen Stunden nur, leicht wie ein Schmetterling und mächtig wie eine Donnerwolke auf der Bühne des No-Theaters ihren goldenen Fächer geschwungen hatte.

Zitternd suchte ich mein Taschentuch und drückte es an mein nasses Gesicht, um mein Schluchzen zu ersticken. Ich schämte mich, weil ich weinte.

Doch Midori-Sensei las in meinem Herzen wie in einem offenen Buch. »Sei deinem Vater nicht böse. Er ist ein guter Mensch. Einst jedoch traf er die falsche Wahl. Seine Seele wurde gespalten. Er sehnt sich danach, wieder eins zu werden mit sich. Hilf ihm dabei.«

Ich schwieg. Ich dachte daran, was er Nina gesagt hatte. Und plötzlich war mir klar, dass er für sich selber gesprochen und dabei an Dinge gedacht hatte, die ihm selbst widerfahren waren. Sich zu finden – mit sich eins zu sein –, ja, das war sein persönlicher Wunschtraum! Ich aber hatte davon nichts gefühlt und nichts geahnt. Blind war ich gewesen, blind und dumm und kindisch. Ich hatte nur an mich selbst gedacht.

»Warum hat er mir nie die Wahrheit gesagt?«

»Er konnte es nicht. Es war zu hart für ihn. Jedes Mal, wenn er daran dachte, blutete sein Herz vor Sehnsucht und Schmerz. Und gleichzeitig wusste er, dass die Menschen, die ihn damals von seiner Mutter getrennt hatten, im guten Glauben handelten, das Richtige zu tun. Sie waren nicht wie dein Großvater. Er stand mit seiner Anschauung allein da. Er hörte auf seine innere Stimme und nicht auf die Millionen Stimmen, die im Chor ihre Kampf- und Siegeslieder sangen. So wanderte er, auf der Suche nach der Heimat seiner Seele. Und als er sie gefunden hatte, ließ er sich nieder. Er wusste, dass er dorthin gehörte.«

Sie machte eine kurze, bedeutungsvolle Pause. Ich wagte kaum Atem zu schöpfen.

»Und an diesem Ort«, sagte Midori-Sensei, »ließ er, was er als Kostbarstes besaß; das Masamune-Schwert seiner Vorfahren.«

Jäh hob ich den Kopf. Ein Gedanke leuchtete in mir auf. Rau flüsterte ich: »Die Worte meiner Großmutter ... was bedeuten sie?«

Sie beantwortete meine Frage mit einer anderen: »Kennst du die Legende des Masamune-Schwertes?«

Ich verneinte stumm. Midori-Sensei erzählte: »Masamune, der Ende des vierzehnten Jahrhunderts lebte, war, wie du weißt, der berühmteste Schwertschmied aller Zeiten. Sein bester Schüler hieß Murasama. Man erzählt sich von ihm, dass er – was die Schärfe der Klingen betraf – seinem Meister überlegen war. Doch die Sage berichtet: Wenn einer die Schärfe eines Murasama-Schwertes erproben wollte, so hielt er es in fließendes Wasser und beobachtete, wie die Klinge jedes Blatt entzweischnitt, das mit der Strömung herabschwamm. Hielt er jedoch ein Masamune-Schwert ins Wasser, so wichen die Blätter der Klinge aus. Das bedeutet, dass ein Masamune-Schwert nicht gemacht ist, um zu töten; es besitzt eine göttliche Kraft. Während das Murasawa-Schwert nach Herrschaft und Gewalt strebt, ist dieses das Schwert der Reinheit. Seine Zerstörung wendet sich einzig gegen den Geist des Bösen. Es vernichtet nicht die Menschen, sondern die finsteren Mächte, die sich dem Frieden, dem Recht, dem Fortschritt und der Menschlichkeit entgegenstellen. Es vertritt jene Kraft, die für das geistige Wohl auf Erden wirkt. Es verkörpert das Leben, nicht den Tod.« Nachdenklich schwieg sie.

Ich fühlte, wie meine Hände zitterten, ich bewegte sie langsam und presste die Handflächen aneinander.

»Als dein Onkel Robin deine Großmutter besuchte«, fuhr Midori-Sensei fort, »gab sie ihm diese Botschaft mit auf den Weg: ›Die Blätter weichen der Klinge aus.‹ Die Botschaft gilt dir. Du hast jetzt eine Entscheidung zu treffen. An dir ist es, zu wählen. Nach eigenem Ermessen und nach deinem eigenen Verstand.«

Sie verstummte erneut. Ein seltsames Flackern erschien in ihren Augen. Fassungslos sah ich, wie sie das Haupt beugte, sich langsam und feierlich verneigte. Ich starrte sie an, aufgewühlt und beschämt.

»Warum ... warum verneigen Sie sich ... vor mir?«

Sie richtete sich auf, ein kaum angedeutetes Lächeln erschien auf ihren Lippen. »Ich verneige mich vor ihrer Enkelin«, erwiderte sie gelassen.

Ich saß wie versteinert. Ich verstand den Sinn ihrer Worte nicht. Und trotzdem wusste ich, dass sich etwas ereignet hatte. Etwas Wesentliches. Etwas, was mein Leben verändern würde. »Ich bin so durcheinander!«, stieß ich kindisch hervor.

Ihre Augen glitzerten spöttisch. Zu meiner Überraschung ließ sie ein Kichern hören. »Das geht vorüber. Die Jugend von heute ist nicht mehr so widerstandsfähig, wie wir es waren. Das Leben ist zu bequem geworden und der Körper fordert sein Recht. Müdigkeit macht träge, Hunger macht schlapp und mit voller Blase stellt sich keiner die Frage nach dem Sinn des Lebens, sondern er rennt zum nächsten Klo.«

Sie macht sich über mich lustig, dachte ich. Zum Glück erwartete sie keine Antwort, ich hätte nicht gewusst, was ich hätte sagen sollen.

»Aber was nun?«, stöhnte ich.

»Deine Eltern müssen wissen, wo du bist«, erwiderte sie entschieden. »Wie alle Eltern befürchten sie gleich das Schlimmste. Es ist besser, du erlöst sie von ihren Sorgen.« Ihr Gesicht wurde wieder ernst. »Und vergiss nicht, dein Vater ist in Trauer.«

Ich senkte den Blick. »Es ... es tut mir leid«, hauchte ich. »Ich kann nicht mit ihm reden. Noch nicht ...«

Sie nickte gelassen. »Ja, ich weiß. Mach dir darüber keine Gedanken. Das übernehme ich.« Sie griff nach dem Telefon, das neben der Kommode auf der Matte stand, und stellte den Apparat vor mich hin. »So. Und jetzt rufst du deinen Freund an. Er soll dich holen kommen.«

Die Röte schoss mir ins Gesicht.

»Um diese Zeit?«, stotterte ich. »Es fährt doch kein Zug mehr!«

Sie zwinkerte mir zu und lächelte. »Wozu hat der Mensch Beine? Ein nächtlicher Spaziergang klärt den Verstand. Dein Freund wird gewiss nichts dagegen haben, dass du ihn weckst. Er wird sogar entzückt sein.«

19. KAPITEL

Seiji hatte mich bei Midori-Sensei abgeholt. Müde wanderten wir durch die leeren Straßen. Es war kühl in diesen frühen Stunden kurz vor Tagesanbruch. Vom Ozean her wehte salzige Luft; unsere Gesichter waren von einem klebrigen Film überzogen. Im Osten brach langsam ein grauer Schimmer durch die Nacht und berührte nach wenigen Minuten die Hochhäuser mit seinem silbernen Licht. Wir hielten uns an der Hand.

Ich schwankte vor Müdigkeit und Seiji trug meinen Rucksack. Um uns war es so still, dass ich ihn atmen hörte.

»Ich hab immer geglaubt«, sagte er, »dass es nur wenige Dinge gab, die wir voneinander nicht wussten, und jetzt gibt es sogar Dinge, die du von dir selber nicht wusstest!«

»Es ist schlimm«, flüsterte ich. »Warum hat mein Vater das alles für sich behalten? Seine eigene Mutter verleugnen, wie konnte er nur?«

Seiji drückte meine Hand. »Weißt du, Panda, Männer sind nicht immer mutig. Manchmal sind sie sogar richtig feige. Viel feiger, als eine Frau es je sein kann. Sie fürchten sich vor Dingen, die eine Frau kalt lassen würden. Sie halten an überholten Wertvorstellungen fest und nehmen alte und neue Formen der Unterdrückung als gegeben an. Sie zeigen nicht gerne Gefühle, sie predigen lieber Moral.

Männer sind nicht frei genug. Sie brauchen die Kraft und den Großmut der Frau, um wahrhaft stark zu sein.«

Ich schmiegte den Kopf an seine Schulter. »Und warum vertraute er mir nicht?«

»Es ist nicht allein seine Schuld. Frühere Generationen wurden dazu erzogen, alles schwarz-weiß zu sehen. Sie glaubten, dass sie richtig handelten, doch im Grunde befanden sich alle auf dem Holzweg. Millionen mussten leiden oder kamen ums Leben, Millionen haben erschlagen und erstochen, erschossen und zerstückelt, haben gefoltert und vergewaltigt, weil sie glaubten, was man ihnen sagte, und taten, was ihnen befohlen wurde. Aber so wären vermutlich auch wir gewesen, wenn wir damals gelebt hätten. Ich bin froh, dass ich heute lebe. Dass ich niemals Militärdienst leisten muss. Dass ich reisen kann, wie es mir passt. Dass ich denken und sagen kann, was ich will.«

»Ein Fortschritt ist zu verspüren«, seufzte ich. »Wenigstens bei uns. Ich finde es gut, wie wir heute leben. Aber was wird aus unseren Kindern? Vielleicht fängt später alles wieder von vorne an.«

Seiji nickte finster. »Ja, damit müssen wir immer rechnen.«

Wir schwiegen beide. Ich dachte an meinen Vater, der sein indianisches Blut ein Leben lang verheimlicht hatte. Mich störte meine Andersartigkeit nur deshalb, weil mir die Wahrheit verschwiegen worden war. Mein Selbstbewusstsein war unversehrt. Ich zweifelte nicht an mir selbst; ich zweifelte an meinen Eltern.

»Du darfst deinen Vater nicht im Stich lassen«, sagte Seiji, als hätte er meinen Gedanken gelesen. »Er braucht dich. Hilf ihm, ein freier Mensch zu werden.«

Ein Auto fuhr langsam an uns vorbei, kurz darauf ein zweites. Die Helligkeit nahm zu. Der Himmel färbte sich zuerst grün, dann rot. Meine Müdigkeit war plötzlich wie weggeblasen. Ich fühlte mich seltsam beschwingt. Seiji ging neben mir. Seine feste, warme Hand würde mich immer halten und stützen wie jetzt, ebenso wie ich die seine hielt.

»Ich werde mit meinem Vater reden«, sagte ich. »Ich glaube, ich verstehe ihn jetzt besser.«

Seiji lächelte mich an. »Eines Tages wird er stolz sein auf das, was er ist. Man muss es ihm nur beibringen.«

Ich schluckte. »Ob er wohl oft an seine Mutter denkt?«

Seiji atmete langsam und tief durch. »Doch«, sagte er, »ich glaube, dass er die ganze Zeit an sie denkt.«

»Glaubst du, dass er sie wieder sehen möchte?«

Er nickte nur und ich fühlte, wie seine Handflächen feucht wurden.

Tokio erwachte. Sonnenlicht fiel in die Straßenschluchten, Schattenseiten standen den blau-roten Fensterfronten gegenüber.

Wir kamen an einem kleinen buddhistischen Kloster vorbei, aus dem hell ein Glöckchen bimmelte. Eng umschlungen gingen wir weiter. Alles war wie sonst, nur ich war eine andere. Kannte ich mich? Noch nicht. Vor einigen Stunden war eine Welt in mir zusammengebrochen, ich war verwirrt und verloren gewesen, hatte viele kindische Dinge gesagt und getan. Jetzt erwachte Tokio und mit dem neuen Morgen erwachte mein neues Ich.

Mit einem Mal sagte Seiji: »Ich habe große Angst.«

Ich starrte ihn erschrocken an. Wie bleich er war! »Angst, wovor?«

»Ich weiß es nicht.« Er sprach leise, kaum hörbar. »Dich zu verlieren vielleicht?«

»Wie kommst du darauf?«, fragte ich betroffen.

Er seufzte. »Du wirst bald fortgehen. Ich weiß es, ich fühle es.«

Aus den Hallen des riesigen Tsukiji-Fischmarktes strömte die Luft kalt wie aus einem Kühlschrank zu uns herüber. Sonnengebräunte Fischer, derb und fröhlich, den »Hajimaki«, das blau-weiße Schweißtuch, umgebunden, füllten in Gummistiefeln und Ölzeug ihre Stände. Ihre Stimmen hallten wie aus einer Höhle zu uns herüber. Berge von großen und kleinen Fischen, Wasserschnecken, Aalen und Krebsen legten sie auf zerhacktes Eis. Die ersten Lastwagen fuhren vorbei. Ampeln wechselten an den Straßenecken ihre Farbe. Ich blieb stehen. »Ich liebe dich. Küss mich.«

Wir umarmten uns mitten auf der Straße. Im Hafen hupte eine Schiffssirene. Kehrichtwagen sammelten die Mülleimer ein.

»Ich brauche dich«, hauchte ich. »Du gibst mir Kraft.«

»Nimm dir die Kraft von mir«, flüsterte Seiji. »Ich gebe sie dir.«

Die ersten U-Bahnen und Vorstadtzüge donnerten durch die Tunnel oder rasselten über Eisenbahnbrücken. In den Cafés zischten die Kaffeemaschinen. Im ersten Morgenlicht wühlten Bagger im Schutt, Bohrer rasselten, Kräne starrten zum Himmel. Häuser wurden abgerissen und neu gebaut.

»Weine nicht«, sagte ich. »Alles wird gut.«

»Ich weine nicht«, sagte Seiji und wischte sich die Tränen aus den Augen.

Im Hauptbahnhof von Ueno setzte sich der erste Superexpress, »Hikari«, in Bewegung, glitt über die Schienen, lautlos, geschmeidig und schön wie eine weiße Riesenschlange. Die ersten Angestellten stiegen aus den Vorstadtzügen, drängten sich durch die Sperren, fuhren auf gigantischen Rolltreppen hoch oder hinunter. Seiji und ich gingen in den kleinen Tempelgarten des buddhistischen Klosters. Vor einem Kirschbaum blieben wir stehen. Er wuchs jung und kräftig aus dem hohlen Stamm eines anderen Baumes, den der Blitz einst getroffen und verkohlt hatte.

»Ich muss erst selber klar sehen«, sagte ich. »Ich weiß noch nicht, was ich tun werde.«

»Ich glaube, da gibt es nicht viel zu überlegen«, sagte Seiji.

Ich lächelte ihn an. »Ich möchte jetzt einen Kaffee. Du nicht?«

In einem kleinen Café bestellten wir ein Frühstück: Milchkaffee, zwei Scheiben warmen Toast, Butter, dazu ein hart gekochtes, in Scheiben geschnittenes Ei und etwas Salat. Wir saßen am Fenster und ich blickte auf ein Hochhaus auf der anderen Straßenseite. Es war ein Gigant aus Glas und Stahl, schwungvoll sich erhebend wie eine Riesenwoge. Ein Kristall, in den Marmorfliesen am Fuß des Gebäudes eingelassen, fing das Eisblau des Himmels auf. Meine Augen wanderten zu diesem Himmel empor. Einige Atemzüge lang starrte ich traumbefangen ins Licht, bis meine Augen zu einem einzigen Auge zusammenschmolzen und mein Geist weit hinauf bis zu einem Punkt am Ende des Himmels schoss. Ich blinzelte benommen, senkte den Kopf und begegnete Seijis wachen Augen.

»Seiji«, sagte ich leise, »ich reise nach Kanada. Ich gehe zu meiner Großmutter und hole das Schwert. Beide warten auf mich.«

Ein langer, tiefer Atemzug hob seine Brust. Doch er schwieg.

»Nun sag doch etwas!«, drängte ich.

Er blieb stumm. Lächelte nur.

»Nicht schweigen«, hauchte ich.

Er streckte beide Arme aus und zog mich an sich. Seine Finger glitten über meine Stirn, meine Wangen und hielten auf den Lippen an.

»Jetzt gerade«, sagte er. »Jetzt gerade hast du Abschied von dir selbst genommen. Ich sah, wie deine Seele ging. Ich sah sie! Sie kam aus dir. Aus deinen Augen. Jetzt bist du gegangen. Komm zurück! Verlass mich nicht!«

»Du weißt doch«, flüsterte ich, »dass wir immer beisammenbleiben.«

»Ich warte auf dich«, sagte Seiji.

Die rote Sonne schoss über die Hochhäuser: ein einziges goldenes Lichtermeer. Tokio war erwacht. Und der Falke nahm seinen Flug.